创业者们

ENTREPRENEURS

——宁波财经学院校友创新创业故事

王云儿◎主编

天津出版传媒集团

百花文艺出版社

图书在版编目（CIP）数据

创业者们：宁波财经学院校友创新创业故事 / 王云儿主编 . -- 天津：百花文艺出版社，2022.3
ISBN 978-7-5306-8270-8

Ⅰ.①创… Ⅱ.①王… Ⅲ.①散文集 - 中国 - 当代 Ⅳ.① I267

中国版本图书馆 CIP 数据核字 (2022) 第 034494 号

创业者们：宁波财经学院校友创新创业故事
CHUANGYEZHEMEN NINGBO CAIJINGXUEYUAN XIAOYOU CHUANGXINCHUANGYE GUSHI
王云儿　主编

选题策划： 王　欣
责任编辑： 由高峰　　**装帧设计：** 凌点视觉 RISE VISION
出版发行： 百花文艺出版社
地址： 天津市和平区西康路 35 号　**邮编：** 300051
电话传真： +86-22-23332651（发行部）
电话传真： +86-22-23332656（总编室）
电话传真： +86-22-23332478（邮购部）
网址： http://www.baihuawenyi.com
印刷： 襄阳大唐彩印包装广告有限公司
开本： 787 毫米 ×1092 毫米　1/16
字数： 300 千字
印张： 22.25
版次： 2022 年 3 月第 1 版
印次： 2022 年 3 月第 1 次印刷
定价： 78.00 元

如有印装质量问题，请与襄阳大唐彩印包装广告有限公司联系调换
地址：长虹路 323 号金座大厦 11 楼
电话：（0710）3069691
邮编：441002

《创业者们——宁波财经学院校友创新创业故事》编委会

目 录

>> 扬梦想之帆，拓创业之路

——记包装技术与设计专业2011届校友陈婧琦 / 003

>> 确守初心，开启创业新征途

——记动画专业2014届校友胡弘毅 / 021

>> 一步一个坎，铸造水果产业链

——记英语专业2013届校友徐志栋 / 038

>> 承父之业，创其巅峰　创业十年，仍在路上

——记计算机应用专业2006届校友孙益 / 053

>> 创业之峰永远的攀登者

——记市场营销专业2014届校友田稼园 / 066

>> 一花一世界，一叶一追寻
——记国际经济与贸易专业2014届校友林帆帆 / 078

>> 博观而约取，厚积而薄发
——记市场营销专业2008届校友柏王强 / 097

>> 从无到有，拓创业之路
——记环境艺术设计专业2007届校友赵佳 / 114

>> 脚踏实地的实干家
——记环境艺术设计专业2008届校友余德和 / 128

>> 始于艺术，忠于坚守
——记环境艺术设计专业2007届校友徐洁 / 140

>> 心怀梦想，何惧山海
——记现代物流专业2007届校友宋泽 / 155

>> 用自己的双手耕耘出别样“丰”景
——记市场营销专业2010届校友林海 / 169

>> 用军旅情怀谱写一曲壮美人生
——记汽车检测与维修技术专业2016届校友仇挺挺 / 185

>> 用点滴汗水　逐梦“港通天下”
——记物流管理专业2010届校友梅大鹏 / 200

>> **点火辣之灯，扬创业之路**

——记动画专业2015届校友吕虹霏　/ 216

>> **“跑步鸡”跑出乡民致富加速度**

——记包装技术与设计专业2011届校友唐平冬　/ 231

>> **胸怀梦想，心系家乡，不忘初心**

——记艺术设计专业2011届校友陈诗洁　/ 248

>> **一位时代追逐者的“旅行”**

——记电子商务专业2007届校友高益波　/ 264

>> **不忘初心　步履不停**

——记财务管理专业2015届校友陈国栋　/ 279

>> **逆风的方向，才最适合飞翔**

——记计算机技术与应用专业2005届校友潘武波　/ 298

>> **致良知，在创业过程中寻找人生智慧**

——记现代物流专业2006届校友朱成　/ 315

>> **从游戏少年到CEO，游戏玩到这样才叫牛**

——记软件工程专业2016届校友吴德堪　/ 334

创业者

陈婧琦

趁我还年少，我要万水千山走遍……切记，不附权威，不畏权势，不贪权力。

校友简介

陈婧琦，女，汉族，1990年3月生，浙江嘉兴人。宁波财经学院包装设计包装技术与设计专业2011届校友。2008年进入宁波财经学院艺术传媒学院学习，2011年毕业后进入浙江科技学院攻读本科，并同时进入广告行业工作。凭借其敏锐的行业洞察力和把握机会能力，三年内从设计师跃升为合伙人，于2015年创立上海沸泛文化传播有限公司。现任上海沸泛文化传播有限公司董事总监、浙江琼琚文化传媒有限公司执行董事、嘉善县三原广告传媒设计室法人、禅射堂体育文化（嘉善）有限公司运营总监。怀着求知的渴望，目前于清华大学经管学院就读高级管理人员工商管理硕士（EMBA）。

扬梦想之帆，拓创业之路

——记包装技术与设计专业2011届校友陈婧琦

一缕阳光穿过办公室的玻璃，温柔地趴在了她的肩膀上，光影交错下，显得是那么唯美。她——陈婧琦，是上海沸泛文化传播有限公司（FEVER GROUP）的联合创始人，时间悄悄地把她带到了30岁的路口，她该如何继续行走漫漫人生路……

历练之伊始，破壳之凤雏

18岁的女孩告别高中模拟试卷后，大约期待的便是大学录取通知书了。看到“宁波财经学院包装技术与设计专业”的大学录取通知书，她显得没那么意外，作为双鱼座的女孩，本身便散发着艺术的气息，而设计专业是她所热爱的。她不拘泥于传统，天马行空的想象力同其优秀的创造能力相辅相成，其脑海里时常会冒出些巧点子，而那个时候，在21世纪变得日益重要的工作便是设计。

2008年9月，陈婧琦正式入读宁波财经学院包装技术与设计专业。开始的时候，她就和大多数大学生一样，初来乍到，想着念个大学，然后毕业，去从事与本专业相符合的工作。而这当然不是一个合适的目标，平庸而无趣。

“读大学，刚开始我会觉得是通往社会的一个过渡期，轻松地交朋友，轻松地完成学业，再轻松地找个工作，顺顺利利地踏入社会，也许也不是一件不好的事情，但是年纪轻轻地‘轻松’度日，是否缺失了刺激呢？”

随着大学学业的深入，不安分的她逐渐浮现奇妙的想法：“世界上99%的人都是普通人，可是每个普通人背后都拥有精彩的点滴，那么为什么我们不能多活得精彩一些，‘趁我还年少，我要万水千山走遍……切记，不附权威，不畏权势，不贪权力’”。就像每一朵向日葵都渴望阳光一样，首先需要汲取土壤的养分开出花骨朵。

2010年，还在宁波财经学院学习时，她便报考了浙江科技学院视觉传达专业攻读本科，并在学校设计工作室赚点补贴，这一年虽然时间紧任务重，但是她很快乐，“乐得其所”是她对这一年的总结。

捕捉生活之美的陈婧琦

2012年对她来说有点特别，陈婧琦完成在浙江科技学院的学业，获取本科文凭后，似乎又有了新的想法，她想跳出传统广告行业，去新媒体这个新兴行业试水。其实这个想法在旁人看来是“冲动”，但早在大二就在各大广告公司实习的她，凭借自身的一分机遇三分人脉和六分努力，已然在这竞争激烈的公关行业占据了一席之地。2012年中国互联网媒体掀起一波巨浪，那时候新媒体行业正式起步，大家都十分看好它的前景。在她回忆中“其实当时属于孤注一掷，那会儿又在给双狮、雅莹这样的本土公司企业品牌咨询，我记得每个月薪水已经有一万五六千了，心想已经非常不错了。然后面试到互联网广告公司，HR谈完后最多给到4000元的薪水，还没有其他福利，太难了，感觉生活质量严重下跌”。在这么一个节骨眼若是轻易选择转行，放弃现有的优越环境，那无疑是充满了未知风险的。最后，父亲的一句“趁年轻去尝试，试错的成本也是最低的”才让陈婧琦真正下定决心勇敢去新媒体行业闯一闯。

2013年，陈婧琦从宁波回到了自己的家乡——嘉兴。父母年纪大了总是希望儿女在旁的，而当父母问起陈婧琦有没有想法到离家近一点的地方工作时，她却有些沉默了。陈婧琦的家离上海其实非常近，坐高铁只要三十分钟左右，而如果到上海工作，机遇会更多，新媒体行业的发展肯定会在上海有一条更好的道路。

“我虽然在咨询公司已经有了不少的薪资，但我要是一辈子在舒适圈，那么也许一辈子就没有什么谈资了。”

于是，陈婧琦便毅然决然地辞职，转而来到了上海，在一家刚创业的新媒体公司任职。因为专业不相符，陈婧琦只得以简单的UI设计师面试进入公司，无行业经验底薪，意味着你在这个行业里面生根发芽要付出比别人更多的努力，她没有为之后悔，反而激发起了她的冲劲，因为她相信着自己的选择，相信着新媒体行业有美好的未来。

贵人之相助，新生之焰羽

陈婧琦加入的新媒体公司实际上并不算是一个特别大的公司，但她却能只用了不到三年就从简单的UI设计师成为产品经理，又一步步走到项目经理，再到成为合伙人，这绝非易事。陈婧琦用了不到三年就做到了可能别人十年才能做到的事情，其中除了她对所有可能机遇的准确把握之外，还少不了在入行初期遇上的一位贵人的相助。

“我很感谢他。我和单先生是在我刚入行的时候认识的，他比我大五岁。当时他还是我的客户，我觉得他是我创业路上十分重要的一个人，他给我带来了很大的帮助。”

陈婧琦同单先生的相识，就像是晚饭过后七点半的连续剧，意外而有趣。

在一个不热的夏天，陈婧琦的老板把她叫进了办公室。

“等会儿你去接一个老师，他今天要跟我们一起做提案，他是一个很重要的客户。”

陈婧琦当然明白，所以她早早地就出发了。和那位老师定好的地点在天桥，而陈婧琦到了天桥以后，却迟迟找不到那位“老师”。

“因为在我的印象里，做公关的人就应该是西装革履的呀，头发涂着发蜡梳得高高的，然后给人一种很成熟稳重的感觉。所以我找不到我觉得是‘老师’的人，再加上我没有他的电话，那个时候的微信还不流行，我就只能用QQ问他，因为面对一个还没认识的人，不会贸然给他打语音电话，所以还是挺为难的。”

结果令陈婧琦没想到的是，一个在天桥边“闲逛”的少年居然就是自己要找的“老师”。

当时在天桥上他就感觉完全处于一个非常放松的状态，穿着牛仔裤，吃着麦当劳，然后挂个耳麦。我感觉我完全看不出来他是一位公关人，更想不到自己找来找去找不到的“重要客户”原来能够打扮得这么“贴近生活”。

在这样的缘分下相遇，陈婧琦同单先生在后来的聊天相处中逐渐成了好朋友，两个人就像是有着磁场一般，相互吸引。此时，对于刚入行的陈婧琦来说，有着这么一位圈内大咖的朋友，确实给她带来了很多的启示甚至是人生道路上的建议。因为陈婧琦是一个女孩子，而在她所从事的公关行业里，女孩子不可避免地属于一个比较弱势的群体，因此，单先生也为陈婧琦的事业分析了三个优势与三个劣势，给当时的她提供了较为完善的思路。

“第一个劣势，因为我是一个女孩子，在公信力方面会比男孩子差一些。第二个劣势，我的专业度不够，别人可能难免会对我产生怀疑。第三个劣势便是单先生本身了，因为有像他这样的大咖在圈内，我做出的方案什么的就一定会被拿去和他作对比，觉得我做的方案不够完善。”陈婧琦如是谈道，“但我同样也有三个优势。第一，正因为我是一个女孩子，即便是我在某些方面做错了，在一定程度上也会得到别人的包容，这也意味着我有机会去犯错，而人也正是通过犯错才能吸取经验与教训，下次才不会犯错。第二，我的公信力会有一个专业的人来为我担保，比那些刚刚毕业的大学生会好出太多，单先生在给了我压力的同时也成了我坚强的后盾，会让另一些拿到我方案的人相信这个方案能够做下去。第三，我的年纪较小，头脑里有着更加新颖，更加跳跃的想法，设计出身的我做出来的方案可能会更加有创意，更加‘好玩’。”

陈婧琦与单先生的友谊日渐深厚。在一次聊天中，陈婧琦向单先生吐露出了自己对新媒体行业未来发展的见解。她直言自己想要创立一家与新媒体有关的公司，在互联网技术日益重要的时代，乘上一股向上腾飞的飓风。那时候的陈婧琦已经在上海的新媒体公司打下了一定的基础，当她谈论起自己对未来的憧憬时，冰晶般的双眼中透露着说不出的喜悦，仿佛这时候，她已经置身于自己想象中的未来里了。

而在陈婧琦把自己的想法告诉单先生后，令她没想到的是，单先生很是高兴。

“看你说得那么起劲，实不相瞒，我也有同样的想法。随着互联网基础设施的不断完善，网络在下一个时代绝对会成为最强有力的经济制造体，创立一家新媒体公司，顺应时代的变化，把握主流，是一个很不错的选择。”

两人一拍即合，成为合伙人。

2015年7月6日，上海沸泛文化传播有限公司正式成立。而此时的陈婧琦，年仅25岁。

上海沸泛文化传播公司工作场景

企业之新发，翱翔之火凤

世界闻名的魔都上海，在2015年的夏日迎来了一个新的商业“奇兵”。也许陈婧琦早就知道了自己的选择是完全正确的，或者说她不知道，却依然能义无反顾地坚持走自己的路，而事实摆在面前，沸泛文化在短短的几年间便成了集团企业，截至目前，已经坐拥十二家公司，由八个合伙人分别打理。

“FEVER GROUP”，其下辖“IDEAS”“POWER”“ONE”“TALENT”“MIRROR”五大事业群，为全球奢侈品、高级珠宝、高级腕表、高端快消品以及本土大型金融品牌提供本土化的消费者洞察和数字营销策略咨询、技术开发、平台化产品、KOL管理和时尚视频制作等服务。沸泛文化在北京、深圳、东京都有独立分公司，包括针对影视文化开发和IP衍生开发等，发展速度可谓快得惊人。

一个曾经无人知其名的小姑娘，却用短短的几年便达到了可能别人一辈子都难以企及的成就，这无疑是令人羡慕的。

“我们每天都在接触各种难题。” 陈婧琦如是谈道。阳光慵懒地趴在她的肩头，柔光跨过脖颈，点亮了桌前的黑咖啡。正如她所说的，公司每天都在接触各种各样的难题，也许在凌晨一两点钟的时候都会有客户给你打电话，让你解决他的问题。有很多人能够坚持在这个优胜劣汰的环境中生存下来，很大一部分也缘于辛苦工作过后，银行卡里多出来的那几个零。但陈婧琦却不一样，她之所以能够一步一个脚印地走到现在，靠的除了人脉和资源外，更多的是那蕴藏在最深处基因里的奇思妙想。“我们能够走到现在不是因为自己赚钱了，而是因为我们在最深层的基因里就有着完全不同的想要去做的事情。我们在得到名利的同时也不会忘记去回馈社会，但我们不会把自己树立为企业家，毕竟能够称得上是企业家的人太少了，这样就自封名号的话是干不了事情的。”

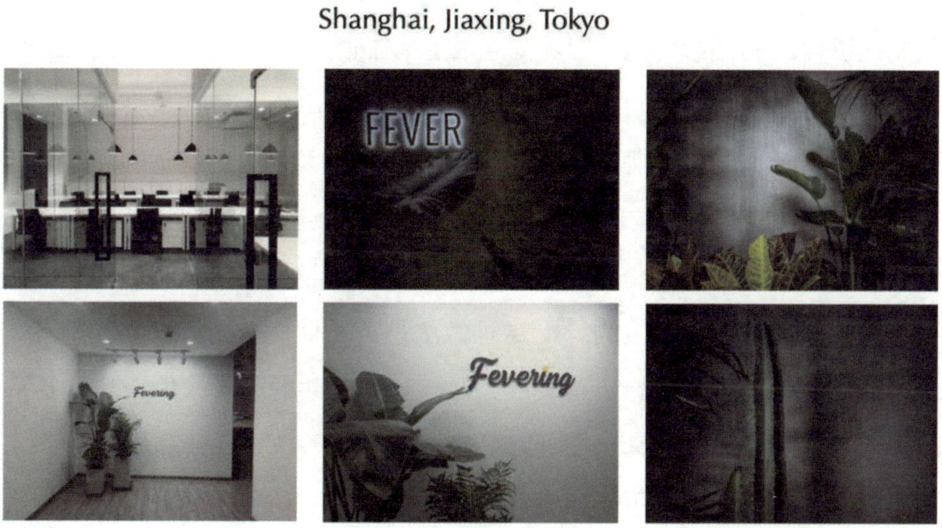

上海沸泛文化传播公司形象展示

陈婧琦不仅是这么说的，也是这么做的，这一点在公司的面试环节就已经能够展现一二了。

“我们不想要把员工招进来以后就只是凭借一个学历占个位子，这样还不如不招呢。我们是希望一群有趣的人去一起干一些有趣的事情，因为人生真的是很短很短，我觉得既然我们的心中充满梦想和激情，有一个好的平台的话那我们就要去施展我们自己。”沸泛文化在招聘的时候会和别的公司不太一样。其他公司是先看履历，然后和面试者谈话谈薪资。但沸泛文化却不一样，面试者一进来就会从面试官那里得到一份试卷，试卷里是一些很“好玩”的题目，但也只有题目，没有素材。面试者可以挑选自己喜欢的题目进行作答也可以全答，总共有10道题目。试卷的作答不限时间，等到面试者做完以后把测试题反馈给面试官，之后会根据面试者的创意和其天马行空的想象力，以及想法实际的落地同各种因素进行综合打分后再选择加入团队。

“沸泛所有的工作方式，从2015年到2021年，并不是以一个很严肃，很正式的方式去说服客户，而是我们希望我们能和每个客户都成为朋友。我们在讲自己的品牌的时候从来不会去讲我们的客户是谁，而是会讲我们的朋友是谁，比如说我们在和一些大集团品牌客户合作时都是会说我们是很好的朋友。”陈婧琦的眼睛里闪烁着真诚，不知为何，总感觉她说的话比起其他人更加容易令人信服。

沸泛大部分方案、提案等都是在一个下午茶时间或者是晚上同事们聚在一起吃饭、聊天时产生的。而这种做法是因为他们认为客户永远都有需求，每个企业、品牌要想快速发展，那么对像公共的、未来的市场包括人脉关系等，必然会有很多诉求。但如果是在一个严肃的会议环境里，很多东西是无法得到解答的，可能会有员工有着独特的想法和清奇的思路，但在那样的环境中难以得到诉说，甚至可能会因为紧张而疏忽，导致优秀的点子遭到埋没。但反之，如果是在一个类似下午茶的场合的话，我们就可以去聊天，去抱怨，去像朋友一样相处，从而得到同传统的会议完全不一样的收获。所以沸泛对案子的选择是很有门道的，有些案子不会去接，因为我们会觉得这个案子不是很适合沸泛这样的工作环境，但我们仍会传授对方一些策略方法，这样方便对方找别的更加合适的人去完成工作。如此便能够维持一个良好的关系，不会因接受了无法做好的提案而费时费力，也可以避免因为不接受的工作而遭到客户的抱怨。因为在当下的社会，和客户处好关系的关键点不是在于说你要把他所有生意都拿过来，而是要真心地去帮他解决问题。

当有一个案子进来以后，沸泛会进行全体决议，例如：整个创意团队有四十多个人，分布在上海和北京两个办公室，而北京偏向于媒体层面，上海则偏向于品牌层面，会把对这个项目最感兴趣的那些人找出来，成立“最感兴趣小组”。这个小组若是人多了就会有内部淘汰。每天早上九点钟，小组成员必须对今天一天的工作进行梳理，并在十点钟开早会，直到十二点为止。在此期间将会一直进行头脑风暴，等到大家对比较感兴趣的项目做延伸的时候，才会形成所谓的项目小组，且不会超过五个人的配置。小组成员包括文案、策划、视觉、项目经理，可能有时候会多一个视频剪辑或者其他的项目策划的统筹。他们一定是对于这个项目是有自己独特的想法才会形成一个项目圈，如果成员没有自己的想法，硬生生拼凑在一起是没有用的。之后这个小团队和客户进行密切的沟通，这样整个项目形成，然后执行。待到项目周期结束后，这个小团队就自动解散了。

模式之探索，一日之流程

“我们以前也走过一些崎岖的路，然后就发现员工和老板之间一定会有一些无法跨越的鸿沟。”老板希望自己公司的员工能够多做事，大幅提升公司的利润。但后来他们便发现强行让员工加班是没有用的，反而会产生一定程度的反效果。在这之后沸泛就开始思索比较开明的政策，因为他们的工作模式并不一定是朝九晚五，遇到了危机公关的时候，你的客户可能在凌晨一两点钟都会给你打电话。沸泛的上班时间是早上十点钟，但九点钟就可以到公司，这个时间是由员工自己来安排的，不过大多数人都会选择九点到九点半这个时间段，不然他们就会来不及做后面的一些事情了。

公司每天早上九点半会有专员准备好早餐放在每位员工的办公桌上。他们可以一边吃早餐一边想想今天要做什么事情，判断哪些是最着急的，哪些是可以稍微放一放的，同时上一职级的人会帮助下一职级的人去梳理这些事情。在这种规划下，员工大概会在心里做一个打算，知道自己今天一天应该去做什么事情，而不是简简单单地坐在办公椅上，等着事情来找自己。

“我们是创意公司，整个公司的核心价值不在于老板、合伙人，我们只能说自己可能在这个圈子里待得比较久，会有人脉，也会有一定的资源，但有趣的灵魂一定是这群年轻人。”

公司在十点之前，任何员工对于任何项目有任何问题都可以来找合伙人进行咨询，并且没有职级的限制。十二点之后就不接受任何外部咨询了。因为这个时候一般会进入到约客户吃饭、聊天，可能直到下午两三点才回公司。回来之后就是合伙人之间对一些大的项目进行讨论以及对一些项目进度的确认。如果没有必要讨论项目，也有可能会约客户进行一个轻松的下午茶交谈。

对于合伙人来说，到下午五点钟左右的话，是一定要回公司的。下午五点到六点这段时间是沸泛对一天工作成果核对以及相关问题做讨论，比如说今天招了哪些员工，或者是对一些杂销、开销进行核对。合伙人之间的某些私密问题，如晋升制度之类的，也会在会议中讨论。即便是一些很小的问题，都把它搬到台面上来，把一些在未来可能会成为隐患的东西扼杀在萌芽中，这样就可以很大程度上避免以后会发生争执。沸泛合伙人之间的讨论，不仅解决处理琐事，也使大家的关系不会变得僵硬。

“其实很担心的一点就是我们这样体量的公司容易出现内部崩塌，比如说是合伙人之间可能会出现一些隔阂，所以我们一直在努力避免这些隔阂出现。”

陈婧琦与她的同事们在工作

昨日之艰辛，今日之浅谈

沸泛在初创公司时总共有四个合伙人，而一年以后，一位主管技术的合伙人离开了。如今沸泛集团共有八个合伙人，每个人负责的方面都不一样。

在合伙人中有做影视开发的，有做IP开发的，还有做客户维系的，陈婧琦主要负责内部管理以及客户的维护。而成为合伙人的必要条件，第一是有相同的价值理念，第二是必须带来资源和人脉，所以相对来说沸泛集团对合伙人的要求会比较严格，包括目前的合伙人里面有几个都是非常有名的大咖。

“一起合伙做生意是要很强的‘心理建设’，因为很多人一起做生意容易崩塌。我们一起开这家公司（沸泛）是很慎重的，即便是有很多决策也好，很多的变故也好，或者遇到难处也好，我们是不会彼此捅对方一刀的。”陈婧琦说到这儿，嘴角微微上扬，眼中泛出点点星光，整个人透露着别样的自信，“只有在这种情况下你才可能去完成你最开始想要的目标，所以我们公司现在的成就不是我一个人促成的，而是说我们八个合伙人都保持着相同的态度，我们才能做出这样的成就。”

陈婧琦的话中透露出这一路走来的艰辛，虽然对于集团公司来说，八个合伙人并不算多，但如果是要平衡这八个人的事情的话，就不是那么简单的了。而陈婧琦同单先生作为创始人，同其他合伙人也有着一定程度上的不同，这也注定了他们在跟所有人对话当中，必须要去保持平衡点。对此，陈婧琦没有任何的抱怨，她只是静静地拿起桌前的咖啡，抿了一口。

上海沸泛文化传播有限公司团建合照

“我只是一个普通的幸运女孩，碰到了一群有趣的人然后一起做一家有趣的公司，一些好玩的事情。我现在所做的事情其实不是因为我感兴趣，而是因为我看准了时机，虽然我更感兴趣的可能还是设计那一块，但我现在入行也已经很久啦，很难再抛弃掉这些早已熟悉的东西了。”

自然之馈赠，人生之远航

沸泛集团现在内部做了调整，陈婧琦准备开始走“内线”，而这也起因于他们对一个问题进行的讨论：沸泛为很多公司企业做了本土化品牌形象的推广，包括一些国外一线品牌，既然我们也做了很多品牌推广，为什么我们不做自己的品牌？

“我们成立了一个新的珠宝品牌，以中国古典珠宝的复兴为主体，所以说明年我们和敦煌研究院、跟故宫，都会成为我未来重要的合作项目。”陈婧琦在描述着未来的工作时，掩藏不住内心的欢喜，与她所说的一样，她还是更加喜欢设计。陈婧琦用左手托住下巴，右手停下了手中的工作，她的眼神望向了窗外，细丝般的雨点正在唤起那往日的回忆。

“我大学毕业的时候曾经给自己定过一个目标，那就是我30岁之前一定要去西藏、内蒙古、新疆，去领略自然的馈赠，一定要去做一些很豪放的事情。”然而，当她25岁时，这个目标仍然没能实现。而和陈婧琦已经认识了很久的单先生，自然也是了解她的规划的。于是，单先生有一天如此向她说道：“你现在可以放下所有的工作，出去玩吧，第一站就去西藏。”

那，是一场说走就走的旅行。

在陈婧琦原始的幻想中，西藏，是一个充满了自由和自然气息的地方：高耸入云的珠穆朗玛峰，深不见底的雅鲁藏布大峡谷，世界海拔最高的天湖纳木错，无不牵动着旅行者无处安放的心神。一位少女只身行走在西藏的华美山巅，奔赴那未可知的远方和未可知的命运，这样的场景，只道是令人神往。

幻想是美好的，但现实似乎同陈婧琦的想象有所不同。“那里确实很美。”陈婧琦无奈地叹了口气，“但那里太空旷了，让我感到有些无助，就好像是在这座山走，却不知道下一条路在哪里。每次唯一的小小希望就是能够到达一个小小的村庄，但是这个小小的村庄却没有办法完成你的物质欲望，因为在整个西藏拥有最多最繁华街道的村落里也只有三条街。”

可能很多地方真的是要等到自己实际去过以后才能有更深的理解，陈婧琦也是在踏访西藏后才体会到了一个人的无助。“西藏那边的公路大多是盘山公路，让我印象很深刻的一件事是他们解决泥石流的方式，他们把从上面滚下来的石头往下面扔。这可能会让我想到的，是在一个社会的大环境里面，当你遇到了一个大麻烦，大家想到的是如何把这个麻烦‘掩盖’掉，到最后变成一片虚无。”

来到了西藏后，陈婧琦的心中忽然明朗了许多，举头仰望那漫天银河，竟泛起思绪翩翩。陈婧琦不知此时是星星迷了眼眸，还是回忆乱了心野，她的发梢任凭晚风吹拂，而嘴角却微微泛起笑容，“下一站，内蒙古！”

2018年，陈婧琦在内蒙古的草原上凝望星空，用双眼记录了曾经书本上翻阅过的内容，但体会到的，却截然不同。

2019年，公司内部出现了一些分化和分歧，使得合伙人之间出现了一点隔阂，陷入冷战当中。陈婧琦作为公司的COO（运营官），负责合伙人之间的感情联络，但当时每个人的诉求和关注点都不一样，她不得不选择各个“击破”。那个时候因为压力和挑战，令陈婧琦十分需要一个清净的空间来放松，正好她的旅途还剩下最后一个区域，新疆便成为了她的选择。

“三次旅行对我的人生影响很大，很多东西用自己的眼睛自己的意识去了解过后，才能得到真正的感悟。这三段经历也对我的创业路起到了很强的积极意义。”

陈婧琦放下了手中的咖啡，直起身子，向窗边走去。

“你知道吗，从毕业一路走到现在，感觉就和做梦一样，只不过这个梦，是自己和一群有趣的人一起做的。”

“那您有什么话想要对未来的自己说的吗？”

她拉开窗帘，温柔的光顷刻间洒满在她的身上。陈婧琦望着远方，沐浴在阳光里，眼中所含，是楼宇，亦是青山。

“愿你不负年少所言，依旧策马，依旧向前。”

执笔人：工商管理学院2020级营销2班　周驰涵

案例点评

“机会不会找上门来，只有人去找机会。”上海沸泛文化传播有限公司合伙人兼COO陈婧琦的创业奋斗经历深刻地诠释了这句话的含义。从一个普通的专科学生逐步成长为一个集团公司合伙人，陈婧琦成长了许多。若是没有精准地辨别，把握住机会，想必很难达到现在的成就。在人生的十字路口，陈婧琦选择了一条较为艰难的路，同时又把这条路走出了风采和光辉，把本应平凡的人生变得波澜起伏。

不甘平凡，敢想敢拼。如今的专科生相对于本科生而言，其社会竞争能力同发展前景皆处在较弱的态势，若想谋得更好的发展，获得本科文凭是必不可少的。陈婧琦自然明白这个道理，在攻读完三年大学专科课程后，又考取了本科文凭。一边读书一边工作的生活给初入行业的她积累了很多的工作经验，为之后的工作提供了不少的便利，也为她打下了人脉基础。

可以说，抓住机会，奋勇前行。在陈婧琦结束浙江科技学院的就读，成功取得本科文凭之后，逐渐崭露头角的新媒体行业进入了人们的视野，敏感的陈婧琦自然关注到了这一点。新媒体行业的远大前景是无法估量的，但若是因此便拱手放弃自己已经取得的过人成果，确是需要莫大的勇气。大部分人都会因现状感到满足，不愿意冒过大的风险。但陈婧琦做到了，她放弃了一万五六千元的薪资，选择了转行，把前途命运牢牢地握在了自己的手里。借助着自己在读书工作期间积累的经验以及人脉关系，陈婧琦从一个普通的UI设计师入行，不到三年便成了合伙人，这样的情况是十分少见的，优秀的合作伙伴和对机遇的精准把握能力无疑是她事业成功的一把利器。

模式、理念双创新。沸泛文化与普通公司几乎完全不同的工作模式给它带来了良好的口碑和巨大的经济效益。在时代更迭，创新思维如洪水般席卷全球的时候，企业若仍不思考如何紧跟时代潮流，就容易被市场所淘汰。而沸泛文化所采取的“和客户成为朋友”的方式，极大地拉近了甲方与乙方的关系，令原本严肃的商业活动变得更加令人感到舒适。而其对面试者的想象力和创意力进行面试综合打分的做法更是使得大量思维活跃的年轻人被挖掘出来。沸泛并未采用传统的朝九晚五工作制度，事实证明这是个正确的选择，对于创意公司而言，传统固定化的工作模式很可能会限制员工的工作效率，不如来一场轻松的下午茶更令人感到舒心。

人生远航，尚在路上。即使已经身为沸泛集团的合伙人，即使已经得到了足够多的成就，陈婧琦仍然在路上。从专科到本科，从摸爬滚打的普通员工到集团合伙人，这一路并不容易，而陈婧琦的话语中却并没有令人感到艰难，更多的是兴趣使然。西藏、内蒙古、新疆，那几段远方的旅行经历，令陈婧琦对未来有了更加明确的规划。生活不是一览无余的朗朗天空，而是交织风雨和晴光，陈婧琦乘上了新时代的浪潮，成功把创新思维在企业工作模式中成功实现。在沸泛集团成功以后，陈婧琦的“造梦”之旅也仍未结束，正如她对自己创业历程的概括——一群有趣的人在做着有趣的事情。

指导老师：工商管理学院　包小云

胡弘毅

创业者

人生未定，初心犹炽。既然已经迈出第一步，那么任何人或事都不应成为你继续前行的荆棘。

校友简介

胡弘毅，男，汉族，1992年6月生，浙江杭州人。宁波财经学院动画专业2014届校友。2010年进入宁波财经学院学习，2014年毕业后，在一家企业任秘书长助理一职，而后从事营销方面工作，经历坎坎坷坷、跌跌撞撞，最终奋勇拼搏，于2018年创办了杭州统领科技有限公司，为公司负责人，主要负责公司运营管理、供应商产品对接、速卖通平台运营管理等事务。目前，统领科技以国外电商平台为主要销售渠道，拥有500多家国外店铺，开拓了五大洲市场，至今已售卖超过100个国家的客户，拥有自主品牌“MUMUWU”和“Finemore”。

确守初心，开启创业新征途

——记动画专业2014届校友胡弘毅

在杭州统领科技有限公司（以下简称统领科技）的办公楼里，有一位青年正与国际物流公司核对订单进展，以确保法国客户能尽快收到产品。他就是胡弘毅，统领科技的创办人，四年前还在为如何找到一份好工作而苦恼的他，如今已正在热火朝天地努力着，踏上了创业的新征途……

少年自负凌云笔

九年前，在宁波财经学院学生中心最大的礼堂中，有一位青年怀着一颗跳得胜过兔子的心，伴随着众人的掌声走上舞台，他双手微微颤抖着举起了话筒，略带颤音开始了讲话。这是他第一次站上这么大的舞台，也是第一次向这么多人讲述关于对创业的理解。大会结束后的那个夜晚，他辗转反侧、难以入睡，脑海里浮现出今天发生的一幕又一幕，思考着自己究竟能否胜任创业者协会会长一职，以及之后又要怎样和协会成员们讨论创业的那些事。

他叫胡弘毅，此时的他还是一名二十岁出头的大学生。也许和大多数人一样，一方面是希望能够更快地熟悉校园环境，另一方面也因为自身的兴趣爱好、能力特长与协会内容相匹配，所以选择进入了协会。或许是由于那一点点创业的念头，最终在不懈的努力下，他成了创业者协会会长。

在之后的日子里，胡弘毅开始着手协会的相关工作，也借此参加了很多创业项目。

“我和协会在学校就业指导中心的带领下，做了很多学校的项目，其中有一些项目是带领大家去体验创业的，另外还做过很多好玩有意思的东西，也给学校组织了一个很大的兼职团队。当时我的愿景是我们协会的小伙伴们能够提前适应社会。” 协会成员也常常聚在一起，分享着那些不怎么成熟，甚至有些幼稚的想法。这是属于学生时代实现理想的方式之一，是对生活的一种抱负，亦是对未来的憧憬。

“我觉得在学校的这四年，学生干部的经历确实让我感觉能够提早接触社会，提前面对一些公众场合，提升一些抗压能力。”

大学四年是青春勃发的四年，是充满美好回忆的四年，也是构建价值观和作出职业选择的关键四年。胡弘毅在大学的这段经历是极为珍贵的宝藏，也为之后的职业生涯发展指明了方向。

山重水复疑无路

白驹过隙，时光荏苒，转眼间到了大四实习阶段。胡弘毅在家人的安排下，就职于由浙大管理学院发起成立的青年企业家俱乐部“乐创会”，任秘书长助理一职。

“刚进去的时候发现跟他们真的格格不入，因为他们都很厉害，有很多国外留学回来的同事，甚至还有哈佛毕业的，给我的感觉就是我们想象中电视剧里面那种职场白领。每天接触的人都是年轻的企业家，有些已经小有成就，有些已经在行业里很有名，当时让我感觉跟他们交流特别有压力。”

这是胡弘毅的第一份工作，可以说他在这里扮演的是一个“红娘”的角色，端端茶，倒倒水，搭搭线就是他日复一日的工作。恍惚间，生活好像失去了前进的方向，工作缺少了冲劲，但若干年后再回首，发现其中收获多多。

“第一就是开阔了我的眼界，我会突然发现：原来老板都是这样在聊天，这样在想问题的。第二点对我来说很大的帮助就是，让我觉得外面的世界和学校里是完全不一样的。”

不过成长之余，当时的胡弘毅仍认为青春不应该被荒废，思虑再三后，他选择了辞职。

“为什么我要离开呢？回顾七年前的今天，其实我现在是后悔的，但是想想当年，我还觉得自己挺可爱的。我要离开那边的核心原因是：我想找一个正正经经的公司去工作，我不太想在那样的地方长期工作。因为我只是一个普通大学本科毕业的大学生，每天在这样的圈子里，其实我专业的技能没法练就，我觉得自己是不接地气的，以后身边同学看到我感觉我就是个吹牛的，所以我跟老板说我还是想出去闯一闯。”

在当时东家介绍的校友企业中，胡弘毅本着“男女搭配干活不累”的想法，选择了老板为女性的浙江极珍生物科技有限公司。这时的胡弘毅铆足了劲，充分发挥才力，在这过程中不仅得到了老板的赏识，也从董事长助理一步步升到运营总监。那时的他24岁，意气风发，公司配备专职司机，座驾宝马740，月收入上万元，如今回忆过往胡弘毅语气里仍有一丝兴奋。之后，又在老板的要求下回到行政人事，成为行政与人力资源的“大管家”。短短两年时间，胡弘毅接触并了解了公司中的多个板块。这位年仅24岁的青年用两年时间取得了别人可能需要十年才能完成的积累。年轻就是资本，但与此同时年轻也给胡弘毅带来了一些困扰。

“在一次面试中，我的下属面试完之后说：‘你等一下，我们老大来给你复试。’然后我走进去了，对面那个招商经理蒙了，‘你们老大这么年轻？’

我那时候其实自己感觉这个气场都不一定压得住，而且因为我长了一张娃娃脸，看起来比较年轻，所以之后就逼着自己成熟，想尽办法让自己看起来成熟一点。也就是从那个时候开始养成一个习惯——穿正装。接下来的五年只要是工作时间，我一定穿正装，哪怕大夏天我也穿上衬衫，为了逼着自己显老一点，没办法。”除了感到无奈之外，胡弘毅用实际行动证明了自己，也得到了别人的认可。

胡弘毅担任运营总监指导工作现场

此时的成绩对比很多刚刚走出学校的毕业生来说已经是出类拔萃，这时应该保持安分知足才对。然而25岁的胡弘毅，用少年得志、年少轻狂来形容他是最合适不过的。因为价值观的分歧，他在一帆风顺的情况下选择了辞职。

辞职后，身心俱疲的他并没有迅速投入下一份工作，而是选择了出国旅行。一个半月，四个国家，偷得浮生半日闲。从国外回来后，胡弘毅才收起心，开始投简历找工作，制定将下来的规划。但也就是在这个时候，他遭受到了来自社会的“毒打”，也为裸辞付出了代价。

胡弘毅以为凭借他较为出色的个人工作经历，一定能找到一份还算不错的工作。但事实上，他每天投放近几十份简历，持续近一个月，却很少收到公司的回复，更不用说让他去面试了，这些简历像是石沉大海，杳无音信了。

“因为所有的HR（人力资源管理）都不相信啊，怎么会相信一个二十四五岁的人在一个公司短短只有两年半的时间，做过前台老大又做过后台老大，所有人都不相信啊。”

一瞬间，心好像跌入了灰暗、坠入了深渊，喘不过气，也看不见光亮，只能在无尽的黑暗中挣扎。最终在绝境里，他成为一名鲜花拍卖师，没有基础，从零开始，胡弘毅花了近一个月的时间，每天“浸泡”在鲜花的海洋中，认识了几百种玫瑰，记住了几百种鲜花的学名，像极了专业的植物学家。胡弘毅凡事悉力以赴的态度，很难不做好事。但这份工作终究不是他想要的，很短的时间就让他决定换工作，这一次他有了明确的方向——大公司。

柳暗花明又一村

寻找猎头，投放简历，六轮面试，进入阿里巴巴。

“我经过了六轮面试，第一轮是猎头给我电话面试，第二轮是我未来的主管就是直接招聘人给我的电话面试，第三轮是线下未来的主管跟我面试，第四轮是主管面试好了之后再让我过一天来复试，他的老大就是经理来给我复试，第五轮面试是事业部的总监给我面试，五轮完了之后还没完，阿里还有最变态的第六轮面试，第六轮面试叫阿里的政委就是HR总监面试，他有一票否决权，他来面试只看一样东西：‘闻味道’，就是看看你有没有阿里味，他没闻到这个味道，你前面面试得再好都给你挂掉。”

通过层层筛选，胡弘毅成为阿里巴巴的正式员工。他的工作主要是销售及对接大客户，有着先前经验的他迅速开始了工作。

“当时心里想的是：哇，我都能去阿里巴巴了，好激动啊，我感觉自己职业生涯往上坡路走了，应该会非常棒，非常好。”

胡弘毅阿里巴巴任职期间合照

然而进入阿里后，胡弘毅彻底摸不着了头脑。首先，作为阿里正式员工的他，底薪竟只有2500元，这让他一度怀疑自己是不是进了诈骗公司。其次，在入岗前有一个月时间的培训，其培训考核除了采取普遍的末位淘汰制外，还有另外一种极为奇怪的裁汰制度——员工需要默写阿里巴巴的企业文化价值观：六脉神剑。不能写错一个字，甚至一个标点符号，否则就会面临淘汰。在阿里这种特殊的招纳和辞退员工的模式中，胡弘毅收获了很多并找到了自己。其中很有意义的一点就是：拥抱变化。

“在阿里巴巴给我第一次感觉到原来付出一定会让你有收获、有回报的。”

但在成长蜕变之余，感受更多的是压力。众所周知，阿里巴巴是很多年轻人的梦想，大家都挤破了头地想进去。而阿里为什么能有今天的成就？就是因为其中每个岗位都很拼，所有的员工都是“拼命三郎”，在其中工作的压力是可想而知的大。

“每天我们400多号人，我这个岗位的人每天都会拉战报，当你排在300名以后的时候，你都会很害怕。因为阿里巴巴是361制，一个季度淘汰10%，当你在后面的话你自己会非常非常害怕，觉都睡不着，每天都这样的状态。”

工作了一年，胡弘毅一方面考虑到身体原因，长期的高压工作会导致身体吃不消；另外一方面在阿里的制度下，根本没有闲暇陪伴妻子，再这样下去可能会影响婚姻生活。而此时正好有一个契机，胡弘毅最终选择放弃阿里的工作，加入了海盟控股集团，该企业任命他为总裁办主任。“这是目前我职业生涯中让我最有成就感的公司。”在这家公司工作过程中，胡弘毅拥有了很多与物流相关的资源，正是这一点为之后的创业历程提供了强有力的支撑。

“30岁前不奋斗什么时候奋斗？”胡弘毅在工作中不断问自己，究竟如何去拼一个更好的未来？

事实上，此时胡弘毅心底自主创业的火苗已熊熊燃烧，虽然在这么一个节骨眼放弃优越的环境转而选择自主创业，无疑是充满未知的风险的，但回归初心——创业时不我待。

千磨万击还坚劲

2018年，胡弘毅正式迈上青年创业的征途。首先摆在他面前的难题是“选择哪一行业的创业”。

“其实我有两个项目，一个项目就是我现在选择的跨境电商，是和我阿里的同桌合伙，我的同桌是在阿里待了八年，很厉害的一个人。还有一个项目也是和阿里的两位大佬，一个P7（专家）、一个P8（高级专家），两位想出来创业，做一个旅行类的新媒体。”

“因为和我同桌是很好的兄弟，志同道合，最终我决定选择了做跨境电商这条路。”

自主创业，说起来容易，可当真正开始做的时候，就会发现那是一条多么崎岖坎坷的路，作出这个决定是多么勇敢。

统领科技从最初的两个人，到现在的十七人，一路走来磕磕绊绊，努力壮大。胡弘毅坦言一开始很难，一人负责运营板块，一人负责供应链，从选品到与工厂的对接、质检，通过物流渠道到最终的仓库。每一个环节都由他亲手把关，现在想来虽很辛苦但值得。

后来公司办起来了，此时的经营管理得迅速跟上。经过一系列市场调研分析后，胡弘毅首先开拓了美国市场，针对欧美区开始自主研发产品——女式印花瑜伽裤，并注册商标“Finemore”。凭借先前拥有的物流资源，在胡弘毅的领导下，很快产品就开始有序地由广州和义乌的工厂发往海外仓，形成了初步的企业供应链。

之后有一位学习日语的女孩子来公司应聘，虽然她是一位专科生，但人家还是看不上这家成员仅三人的小公司，后来还是胡弘毅的合伙人打电话说服她才加入的。正是因为公司纳入了一名日语专业的毕业生，胡弘毅抓住机会由此开拓了日本站，在对日本市场深入研究后，他发现日本男士对生活用品的品质要求是很高的，他最终确定在日本市场销售自主研发产品——男式钱包和围巾，同时注册商标“MUMUWU”。

胡弘毅灵敏的产品机会识别“嗅觉”使得统领科技在组建伊始便展现出超乎想象的强大生命力，萌发出勃勃生机。在胡弘毅带领下，统领科技像滚雪球似的越滚越大。

回忆往昔，当时辞去高薪的工作，只是怀揣着一颗炽热的初心，而后便主动下海经商，在公司人员十分短缺的困境下就开始了自主创业生涯。幸好在胡弘毅的精心经营下，统领科技得到了快速发展。可以说其发展响应了那句口号：“汉唐速度”，年轻创造。此时胡弘毅及其团队已经凭借超前的思维，敢闯的魄力，踏实的作风迈出了他创业理想的第一步。他以年轻的特质创造着神奇的“汉唐速度”，也便是从那个时候开始，他与杭州这片土地血脉相连。

路漫漫其修远兮

“关关难过关关过，前路漫漫亦灿灿。”

仅仅一年的时间，美国和日本的市场已基本趋于稳定。但在年末计算利润时竟发现公司处于亏损状态。带着疑惑和不解，胡弘毅对企业运营的每一环节进行了深入调查。

“最后发现公司亏损的核心原因是：在FBA模式下，公司购买了一仓库的货物，其中可以分为五批货，第一批在工厂生产，第二批送公司质检，第三批在海上漂，第四批在美国、日本仓库，最后一批在从仓库到购买者的手中。因此，往往要为一批货物准备五批货的价钱，其中任何一批货物出现问题时，全部价款都将打水漂。”

胡弘毅创业初期考察市场

于是胡弘毅开辟了第二个模式，即一件代发，店群的模式，这个模式的优势是轻资产，也是企业近两年发展的重点。在新的运营方式下，统领科技弥补了亏损，并开始正向盈利，企业正式步入正轨。

目前统领科技在海外已有六七百家店铺。“我们聚焦海外市场。目前我们的店铺在海外市场分布较广且产品品类很多，多达几十万种，可以称得上是‘在亚马逊开超市’。”

胡弘毅为优秀员工颁奖

当谈及创业路上遇到的“坑”时，胡弘毅感触颇多。在公司运营管理过程中，由于市场需求等因素的变化，项目总是具有不确定性和易变性，因此“踩坑”对于他来说是家常便饭，甚至可以说，胡弘毅的大部分工作时间都是在填“坑”。频繁掉“坑”，抱怨和撂挑子只能爽一时，后续该做的事同样一个都跑不了。积极面对、冷静分析才是正确的应对方法。无论是错误预估产品需求量也好，被怀疑诈骗而无力追回损失也罢，当把遇到的“坑”都成功填上后，胡弘毅发现，填“坑”的能力就是自身的竞争力。

“对于老板来说，就是去解决问题的，其实每个问题遇到了就想办法去解决它。”

在“双创”热潮的带动下，初创企业数量急剧增长。但企业在创立之初，总会遇到种种难题，资源制约、人才缺乏、方向不明等因素在很大程度上阻碍了企业的发展。“招了10个人实习，但最后只留下了2个人。”胡弘毅坦言，“没有创造价值就没有薪资，底薪3000元。这样的报酬使得大部分人都坚持不下去，能坚持下去的可以说是凤毛麟角。现在人才问题仍是个比较头疼的问题。”

问题面前，胡弘毅总能冷静应对，超乎年龄的成熟是时间的成果。

“登高莫问顶，途中耳目新。”我们永远都在崇拜着那些闪闪发光的人，永远觉得他们像是神一样的存在，他们用强大而无可抗拒的魅力征服着世界，但是我们永远不知道，他们用什么代价才换来了闪亮的人生。

乘风破浪潮头立

回到几年前，在胡弘毅创业的那段时期，自主创业，加强国内外合作的方针是充满机遇与风险的。而如今，以数字经济为主要代表的新产业竞争已愈演愈烈，当代青年将面临的是更残酷的市场筛选。但这正是当今的年轻人们应当去努力适应社会、发展社会、改造社会的必由之路。

胡弘毅这位青年直击商海，待凛冬离去，雪融草青，统领科技日日自新。在将近三年发展的历程中企业有了新的使命——在时代中发展，在时代中成长。

2020年春节期间，由新型冠状病毒引发的疫情无时无刻不牵动着我们每一个人的心。病毒的出现让原本的新春盛典成了一场没有硝烟的战争。胡弘毅巧借疫情防控的时机，向美国人民卖出近200万卷厕纸，“大概有10万余人在用我寄出的纸。”与其说这是自豪，不如说更多的是一种荣耀吧。

随着电商行业方兴未艾，企业转变发展战略势在必行。胡弘毅在把控企业发展导向的同时，兼顾品质、品牌和服务的关系。对于这三者，胡弘毅解释道，统领科技对品质问题是非常看重的，通过自建仓库并自检的方式保证产品品质。在品质的保障下，品牌和服务便有了依托。同时胡弘毅要求员工在24小时内必须回复客户邮件保证服务。因此不管是周末，还是节假日，客服一直在线。这种经营理念使得三者之间相辅相成，最终成就了统领科技的今天。

也许每个人的生命当中，都有最为艰难的一段岁月。如果说创业是胡弘毅毕生的梦想，那么付出再多他也愿意。在早起努力的那些日子，在熬夜奋斗的那些时光，在那些觉得累到站不起来却依然支撑自己起身的夜晚，那才是梦想的力量。重要的不是结果，是过程。

扬帆起航正当时

毕业之后的胡弘毅一直在家乡杭州，与一方水土同呼吸，与统领科技共命运。回头看这一路的创业历程，是不断寻找与不断纠错的过程。

与此同时，胡弘毅清醒地认识到，作为一名年轻的企业经营者，一方面要满足于现状，一方面又要不甘于现状。其一是要“实实在在做人，踏踏实实经商”。其二是要有拼搏于更广阔市场的雄心与气魄，用积极的心态去应对国内外环境变化带来的困难和挑战。面对日益完善的现代市场，他深深感受到创业之路并没有想象中的简单。在经营企业中，他始终坚持两个字——细节，使企业不断从小到大，而他自己也在发展企业的过程中，努力地使自己成为一名既有商业头脑，又有丰富学识的现代年轻企业家。

也许有人会说统领科技实现了“弯道超车”，胡弘毅仅仅用三年的时间就占得了跨境电商市场的一席之地。如今企业发展得越来越好，越来越多的人知晓了统领科技。但岁月悠悠，在这道路上尝到的心酸苦楚与快乐也只有胡弘毅自己知道。

对于统领科技的未来，胡弘毅有清晰的规划。

“现在在美国和日本都有自己的海外仓，现在在注册欧洲的商标，我希望把欧洲市场也给做起来，在欧洲有海外仓。其实FBA模式我并没有说不看重了，海外仓对我来说未来还要将它生根，将它做好，我的第一个目标是想在欧美包括日本等地区都有自己的海外仓，都能够有自己的品牌精品，然后是其他不同的产品。第二个方向就是我现在有个六七百家店，我自己的方向是想在全球至少在今年年底要开到上一千家店，但是在亚马逊开店是很难的，非常难。”

关于创业，“创业带来的最大的启发就是对我个人确实比工作中的成长要得快很多，因为我现在接触的其实是方方面面的，就是从具体的工作到企业的管理到和一些社会上的资源的匹配。其中对我个人的最大启发就是使这个人更全面、更完善、更成熟了，这是创业带给我最大的帮助。”

也许每个人都曾深陷泥潭，或也曾跌落谷底，有过最黑暗的岁月，背负着荆棘痛苦踟蹰独行。纵然未来也未可知，亦始终前行。

胡弘毅并不鼓励每一位大学生学着他的样子去创业，但他支持用智力换资本，用行动实现梦想。

在这激情飞扬的21世纪经济大浪潮中，胡弘毅奋勇搏击，面对机遇和挑战豪情满怀，携全体员工坚定不移地走创新创业路，立足浙江，投身国内外大市场。“我们生活在行动中，而不是生活在岁月里；我们生活在思想中，而不是生活在呼吸里。”而今少年已立风，幸得沃土向阳生。胡弘毅的征程还在继续，统领科技的征程也还在继续……

“这么多年，我亦坦然，亦无可惧。”

执笔人：财富管理学院2019级财富1班　杨哲璇

案例点评

杭州统领科技有限公司负责人胡弘毅创业起步时，正处跨境电子商务行业巨头出现和企业全球化扩张的交汇期。但是胡弘毅的成功并非仅仅凭借于社会宏观背景的优势，坚守初心、商业直觉、行销能力、自主创新、敢于冒险、战略更新意识更是关键。借此，胡弘毅在跨境电子商务市场牢牢把握住企业发展壮大的机会，引领统领科技带着新的使命在时代中发展，在时代中成长。

坚守初心，孕育统领科技。胡弘毅在读书期间心中便埋下了自主创业的种子。“学道须当猛烈，始终确守初心，纤毫物欲不相侵。”胡弘毅对于自己的梦想始终一心一意坚持，在学校的学习与之后的工作过程中逐渐培育了创业的沃土，终于在2018年他迈出了创业理想的第一步，开启了杭州统领科技有限公司的篇章。

商业直觉，奠定企业基础。互联网的发展为电子商务奠定了坚实的技术基础，也推动了电子商务的蓬勃发展。同时生产全球化和贸易全球化趋势极大地催生了跨境电商的出现与成长。由此电商行业竞争愈演愈烈，只有技高一筹者才能够取得成功。胡弘毅凭借其敏锐的商业嗅觉，开拓了跨境电商领域的道路，从亚马逊美国站起步，快速拓展全球多方市场，着眼于国外优质平台，从而奠定了统领科技的发展方向。

行销能力，确保生存发展。胡弘毅在过往的工作中储备了较为丰富的知识、能力和资源。在不断实践的过程中，他也渐渐培养了商业洞察力和趋势判断力，为客户提供有价值的市场建议，进而确保统领科技能以“汉唐速度”发展。社会是发展的，市场也是变化的，胡弘毅以超越众多企业家的行销能力，成就了今天。

自主创新，推动立足稳定。基于创新创业的新时代，激活大众创业、万众创新是全面建成小康社会的推动力。胡弘毅通过常年对全球市场的数据调研，针对不同区域自主研发不同产品，准确筛选出迎合当下市场的产品，并建立了自主品牌。通过从不同角度看问题，发现新的需求，推动企业扎根浙江，投身国内外大市场。这是时代发展提出的迫切要求，也是企业发展的必由之路。

勇于冒险，把握市场机遇。对于胡弘毅来说，之所以他每次都能准确地把握跨境电商行业的发展趋势和时代机遇，不仅是因为他发自内心地热爱这个行业，更关键的是他敢于冒险，但敢于冒险不仅要有“勇”，更要有谋。2020年春节期间，新型冠状病毒引发了一场没有硝烟的战争。在很多企业面临停工停产几近倒闭的困境时，胡弘毅以统领科技跨境的优势满足了美国市场和消费者的需求。胡弘毅巧借疫情防控的时机，引领了企业新的增长。

战略更新，实现升级演化。战略升级是促进成长的关键，是企业成长过程中对“坑”的跨越，是企业为了更好成长进行的全方位再造。面对企业的亏损，胡弘毅迅速调整运营方向，在不完全摒弃FBA模式的前提下，开辟了第二条路——店群模式。毅然的抉择使得统领科技以风驰电掣般的速度扭亏为盈。在全新的模式下，企业实现了可持续性发展。

创业是一个厚积薄发的过程。在21世纪经济大浪潮中，统领科技以互联网为载体，以亚马逊这一“护城河”为支点，撬动了企业新发展。面对市场经济的机遇和挑战，胡弘毅迎风而上、顺势而为，奋勇搏击、直击商海，带领着企业员工们坚定不移地走创新创业路，统领科技也日日自新。长风破浪会有时，胡弘毅凭借超前的思维，敢闯的魄力，踏实的作风向着心中的目标一路前行。

指导老师：工商管理学院　包小云

徐志栋

创业者

生鲜是个马拉松，业务就是运动员。加油，其实你自己就是最好的渠道！

校友简介

徐志栋，男，汉族，1989年3月生，浙江金华人。宁波财经学院英语专业2013届校友。2009年进入宁波财经学院英语专业学习，2013年毕业后就职于一家美国公司。2014年开始进入水果零售行业，之后担任杭州最田网络科技有限公司的采购总监，也是该有限公司的联合创始人。2018年创办浙江绿聚仁农业科技有限公司，敢于创新勇于实践。现任浙江绿聚仁农业科技有限公司执行董事和总经理、南宁百川源农业科技有限公司佳果农业电商部总经理。

一步一个坎，铸造水果产业链

——记英语专业2013届校友徐志栋

远远农场里那个忙碌的背影，穿梭在一排排大棚中，大片阳光洒在水果支架上变成了点点光影。他——徐志栋，是浙江绿聚仁农业科技有限公司的创始人，他不断在探索，不断在做大做强。加油，生鲜人……

就业初体验，挑战与机遇并存
“食一碗人间烟火，悟产业数据集成”

2013年，他大学本科毕业。作为英语专业的学生，在校期间便希望能够在工作岗位上发挥出自己的优势，毕业后去往大城市打拼，去闯一闯更大的世界，真实感受到职业的魅力。就这样，他带着求知和热情来到了这座瞬息万变的大城市。

他事先了解到在2010年之后，电商大战一直很火热，淘宝、拍拍、京东等电商正在对传统零售业务重新洗牌，例如2013年沃尔玛门店开始收缩。而另一个大卖场家乐福，在2013年门店达到顶峰236家店，之后也逐渐开始回缩。鉴于当前的经济形势，要想突破重围，就不能只做局外人。到达上海之后，他应聘的第一个工作就是美国公司Char-griller，主要产品是烧烤炉，主要客户是美国前几名的连锁商超，Lowe's，沃尔沃，Target，The HomeDopt，也包括电商巨头亚马逊。在这份工作中他一直思考的是怎么避免这么多渠道商家在售价上产生冲突。后来他在产品销售中发现尺寸的差异、包装的差异，赠品的差异会导致价格较大差异，当做成SKU+（库存量）就可以同时服务多渠道多客户了。在其中他深深体会到了产品做深和渠道做广的重要性。

之后他也担任过沃尔玛的QA（品质保证）人员，主要做的是商品检测和质量管理的工作，他积极学习，向前辈请教，在完成工作任务的同时也在学习新知识新经验，乐于去结交更多志同道合的朋友。他在工作中明白了流程数据和销售计划的重要性，懂得了如何处理人情世故和合作应酬。虽然在真正的社会实践中有着很多无奈和不适应，但是梦想从来没有停下脚步。在这样的全球性连锁企业中他最先学到的是完整高效的系统体系构建，在工作过程中也体会到了产业数据集成如何造就高效率和高效益订单生成，连锁超市管理系统如何利用管理信息系统高效准时完成To B（面向企业）销售业务。

在检测和质量管理过程中他明白了讲究数据能够带来多少便捷和快速响应，如何利用数据汇总来保障销售计划的正常运行，也深刻理解了掌控数据等于掌握市场。

初帮扶家业，后萌发创业思维

“对于所有热爱的事物，都要不遗余力”

2014年，一天下班，他接到父亲的电话，家里种植的桐琴蜜桃因为当年的市场不景气，已经大面积囤货了，滞销的问题迟迟得不到解决。在上海的这段工作经历给予了他很大的启发，数据是解决产品滞销的关键。因为从小跟着父亲一起管理果园，所以认识到目前已有的传统果园管理很难保障产品带来的最佳效益。当务之急，必须打开水果销路，水果从成熟到采摘，再到运输，时长控制很重要，需要保障销售的流畅度。而果园所在城市金华，交通普及率并不低，所以问题关键在于有效的营销。网络是当前最快的传播媒介，于是他在工作之余，开始尝试帮父亲在网上销售水果，第一时间收集了家乡的水果照片和相关素材上传了农享网，学习给水果拍照、分拣和包装。他在各平台交易中学习交易过程，学习做微商代理，学习写各种营销段子。起初抱着试探的想法，没想到家乡高性价比的水果获得了不少平台的青睐。没过多久，"天天果园"相关负责人表示有意向，洽谈长期合作，也由此为家乡片区的大批水果打通了销路。在合作过程中，更进一步了解到大数据的强大，系统化流程为一大批果农打通了致富的道路。

解决了家里水果滞销问题之后，他却停不下来了，逐渐熟悉了水果行业之后，创业构想也逐渐完善。在积累了一定质量管理和市场运营的经验之后，他确定了做水果微商的想法。引用牛顿的一句话，"如果我看得更远一点的话，是因为我站在巨人的肩膀上。"因此决定了目标之后，就准备去看看更大的世界。

在保证完成日常工作的情况下开始摸索微商这个行业，从最基础的平台搭建开始学习，逐渐拓宽自己的人脉，以及学习如何在社交平台上宣传，学会了编写段子，在一段时间的探索之后，他成功地在上海组建了一个团队，开始带动家乡与一些地级市果农的销售并不断拓展业务。经过一年的经营，虽然水果销量较高，但是高成本的项目运营还是让扩大规模的计划搁浅了。由于团队的人手有限，招工成本高，地区涉及较广导致难以系统组织产品集中销售运输，快递物流的成本较高等一系列问题都无法在短时间内得到解决。他慎重考虑之后，选择暂时搁浅该项目。

摸索新市场，正式加盟水果行业
“世界这么大，我想去看看”

2016年，在安置好上海团队之后，他选择了辞职。一个清晨，他拖着一个二十寸的黑色行李箱，望着东边的日出，踏上了从杭州萧山到泰国曼谷的飞机。抵达曼谷入住先前联系好的住处，开始了泰国一年的水果代理销售运营。第一天便来到“The Mall Bankapi”购物广场附近，逛逛当地人买的水果市场，从了解市场开始，他选择了当地最平价的水果集聚地，通过询问采买尽快了解泰国水果行情。利用语言优势，能够与合作商进行基本的沟通，也进一步达成了合作。在寻觅市场过程中结识了一些合作伙伴。在考察之后他决定抓住泰国本土榴莲这个市场，不仅做当地销售，更多也是在继续做国内原有客户的生意，与当地水果老板合作，介绍客户，带动榴莲销售。他在营销销售过程中，一直注重稳定客户资源。

由于直接采购泰国当地产的榴莲，同时减少了销售过程中的中间商，很大程度降低了价格，也稳定了之前的消费群体。在与基层一些果农交涉中，积极学习当地语言，在实践中不断成长。经过一年的滚打摸爬，发现泰

试吃贵妃芒果

国当地经济偏向于原始销售，数据化程度很低，不同农场主水果定价差异大，且不同时间价格波动大，这很大原因来自买卖双方甚至商家之间的信息不对称。由于水果的保存时长较短，囤货加转货成本较高，有段时间资不抵债，他多方面考虑之后决定回国发展。但经过国外一段时间的水果行业滚打摸爬之后，了解到了行业内部运营不易，他也掌握了一些水果运营原则和规律。

而他在2017年之前，曾担任杭州最田网络科技有限公司的采购总监，也是公司的联合创始人。同样更多的是在从事水果行业的营销和水果采购，由于从小在家里有跟着父母亲种植水果，对水果产品筛选、厂家选择有一定的经验和认知。在工作过程中，他不断接触新事物，需要学会应酬和洽谈合作，在一次次碰壁之后开始小有成就，磨炼坚强的意志。大家都说做水果玩的是心跳，而他能够很好适应波动。这每一个进步都源于他热爱学习和满腔的热情，勇于尝试，更敢于挑战自我，在日常工作业务中不断汲取经验和方法，在尝试中发现更多新的商机，这也为后来创办公司做了一个很好的铺垫。

勇创水果公司，构生态产业链
“前路浩浩荡荡，万物皆可期待”

2017年之后，他决定做水果微商，在微商运营稳定的情况下，也开始投资开设水果实体店，深入基层社区，驻扎消费群体集中地段，通过O2O（线上到线下）模式铺设水果销售渠道，保障销量。2018年成功创办浙江绿聚仁农业科技有限公司，精准定位业务为一件代发，成本较低灵活性较高，而主营产品为牛油果，代理商较少。在选择客户端方面，综合考量了各大电商平台，解决了各大平台无充足货源和稳定供应商的问题。当年由于政策的改革，一些平台的客源开始分配到了零散的商家，然而部分商家又无法承担自产自供，他便很好地抓住了这个契机。开始承包所有系列商家的供货，在全国各地建立水果供应链，在考核成本和信用的基础上，通过与淘宝、天猫、京东、拼多多等电商平台合作，成功构建四大核心供应链，借助阿里巴巴强大的流量支持下，保障每日订单的流入。首先是要定位好细分市场，才有余力去“瓜分”更多的“蛋糕”。以股神沃伦·巴菲特的雪球效应为启发，当雪球非常小时，它能够快速滚动，在滚动中雪球的体积都在增加。所以是抓住了那个契机，让雪球不断地滚动，越滚越大。雪球好比是牛油果，渠道做广之后，斜坡坡度不断增加，利润也不断增加。

在做供应中，他最先定位了牛油果，首先考虑到该产品可以进行全年销售，销售门槛较高，便于打包，消费群体稳定等优势，并且一个牛油果可以做出三十多种SKU，包装规格可以有2个装、4个装、6个装、8个装等，并且每个单重也有多个维度。除此之外，他创业的地方是浙江金华义乌，有着全国最便宜的快递费，2个装的牛油果发全国快递费大概只要每单1.8元。其中最重要的优势是同行牛油果供应商更多采取的是家庭小厂，也是因为自己流水线工厂的优势，开通了拼多多、天猫、京东、社团团购和微商等渠道，经过实践，他更加坚定走牛油果全产业链的构建，这能够带来可观的利润。而对于本职工作选择做进口牛油果的销售，其中有更大的原因。近几年进口牛油果价格从三十几降到六七元，当年的网红水果牛油果市场正走向成熟。而他通过每天走华东最大的进口水果市场——辉展市场，实时掌握牛油果的价格，牛油果属于后熟型水果，生与熟就在一小段时间，熟透了价值就会大打折扣，那么销售就一般采取生果运输，减少损失，根据货源决定产品是否储藏或出售。并且注意在运输中保持5℃的储存环境等事项来保证产品的价值。筛选、进货渠道、运输储藏等一些苛刻的硬性条件让很多经销商望而却步。由于中国对牛油果需求量不断地创新高，他在抓住商机后，经过一年的经营销售成功做到了全网销售第一，用赚的钱快速扩张到全国建立分仓，进一步扩大了水果产业链规模。

线上线下生鲜电商，系统数字化应用
“天越来越黑，星星会越来越亮”

2020年，在创业平淡期，他无意间看到了佳果农业的招商公告，乡村振兴正是他多年来一直的梦想。依托于更大的平台，或许能闯出更大的一番天地。于是他带着先前的团队加入了南宁百川源农业科技有限公司，成为该公司的电商部总经理。在从业的过程中为企业创造价值，不断学习实践，也在不断为创立的企业添砖加瓦。

在夏黑葡萄农场进货

他通过学习其他优秀企业，不断提高自己的运营能力，获取新的销售经验，依托于数字一体化采摘、包装、运输的生产流程线，迅速扩大了电商销售的规模，通过淘宝、天猫、京东、拼多多、抖音等电商平台构建数字销售农业，开启直播带货的新途径，真正大规模融合互联网的优势。学习使用数字化工具，针对水果产业特征，进行数字化抽检和分选评级，强化质检力度。通过数据分析，实现精细化冷链处理，便于大规模生产和销售，减少单品成本。术业有专攻，专业系统化的力量不容小觑，积极引进标准化、自动化生产线，在一定程度上提升了生产输送效率。不同包装面向不同市场，小包装适合供商超社区开启团购模式。大批量偏向于平台大面积供货，主做一件代发。他们的短期目标是盈利，长期目标是做大做强。通俗地说，起步阶段为淘宝，当淘宝做大做强之后，能够牵连出多个业务，比如菜鸟驿站、菜鸟物流和阿里巴巴广告等。

他非常欣赏美团王兴说过的，就是我们犯了很多错误，交了很多学费才知道了这个世界没有神话，只有一些很朴素的道理：便宜的打败贵的，质量好的打败质量差的，认真的打败轻率的，耐心的打败浮躁的，勤奋的打败懒惰的，有信誉的打败没信誉的。描述市场其实很简单，但置身市场又是一番新天地。遇事不抱怨，懂得先想办法。创业项目来源于灵感，更来源于市场，业务模式的创新也同样是重头戏。他在一件代发的业务模式中总结出的业务原则是能出量，能回款，即不能光出量不回款，也不能光回款不出量。他看着这么多年的奋斗打拼，回归了几个最朴素的常识：最好的产品是专业，最好的渠道是人品，最好的生意是复购，最好的管理是分钱，最好的壁垒是复利。

沉浸互联网时代，学习共享发现
“敢闯才有机会，敢拼才有未来”

在互联网市场逐渐繁荣的同时，人人都能赚钱，经营门槛降低，即赚钱机会是共享的。他分享过那么一个故事，如果有个人告诉你某个项目很赚钱，无非三个目的，第一个是他想赚你的钱，第二个是他想让你赚钱，第三个是他想让你来填坑。因此这个故事强调了赚钱要有道的原则，不是自己的别要，没有天上掉馅儿饼的事，能掉下来的也是个陷阱。他在多年商场打拼之后，由于了解到云南的白色石榴以及其他很特别的品种，就一眼相中了这块土地的水果资源。

巴掌榴莲洽谈合作

云南当地水果全年不间断，春夏秋冬都拥有特色水果，地势多样导致了水果上市批次有间隔，货源地距离远能够提高商家对产品价格的掌控，以及云南当地产的人参果、雪莲果、牛油果等水果是不可替代产品，结合大量重要因素之后，精准定位了云南和进口水果市场，并且靠近东南亚国家，便于进口销售，如大量的泰国产巴掌榴莲，因此云南靠近了大量优质且品种丰富的水果种植基地。总而言之，资源和市场是创业必须审核的两大要件，想做电商的新兴创业者，就需要学会掌握优质货源和保证流量稳定。目前大家熟知的电商平台有淘宝、天猫、京东、拼多多、得物、抖音和小红书等，而如何选择流量占比较高的几个电商平台，成了很多创业者疑惑的点。在担任多年的电商部经理后，对于普通电商创业者选择平台这个问题，他有着一些经验和见解。针对天猫、京东、抖音和拼多多这几个平台，他认为能多开就多开。而对于具体操作：

第一，审视创业者自己本身拥有的货源和资源，选择专攻的品类。他建议小型创业者应选择品类多的货源根据地，以及传统货源优势的商家可以选择先开拼多多，因为拼多多是目前电商运营门槛最低的一家平台，只要交付入门保证金1000元就可以尝试在平台上开展运营、发货、营销和客服等活动。而从整个行业的平台知名度来讲，天猫是一个不错的选择，该平台的产品活动类型多样且丰富，并且背靠阿里巴巴大数据平台，拥有较高比例的大流量市场，能够保证每天大型农场和较大果园的大量订单，基数能够保证几十万单起步。从团队运营角度来说，建议可以再开一家京东店铺，对于特别擅长自媒体运营的商家，可以选择再开一家抖音小铺，进行直播营销。而之所以要开这么多家店，他用自己多年经营水果电商的经验告诉我们，正所谓“鸡蛋不能放在一个篮子里”，是要学会分散投资风险。

第二，其中最重要的是要做好这些开店计划，顺应资源整合变化，及时调整策略，提前了解各个主流平台的运营规则，分别对待四个平台。虽然每个平台的运营方式类似，但不同的平台有着不同的红线和底线，甚至发货方式、订单要求等细节都会不一样。因此对于这个问题，负责人不能让一个运营团队同时对应四个平台。细化到对产品的要求，每个平台也有着不小的区别。以水果生鲜为例，抖音要的是二三期货，京东和天猫要的是好果，偏向于高质量的水果，而拼多多不仅追求好的果源，也追求更精致的包装。

第三，选择合适且较稳定的品类，就是成功了一半。目前电商平台上较大部分产品的数据流量一直不稳定，真正掌握流量的其实是平台，我们在一开始考虑行业选择时就需要提前考核各方面条件，传统行业的流量是趋向稳定的，不会造成昨天500单交易量、今日5000单交易量、明日1000单交易量的现象。由于水果生鲜对于广大家庭等消费群体都是生活必需品，也是日常上下班，接送孩子，休息逛街，外出等场景都会去消费的品类，能够在一定程度上规避订单流量不稳定导致的风险，这也是他选择专攻该品类的原因。

第四，尽可能地丰富品类，保证全年无阶段地进行销售盈利，减少由于个别品类市场不景气造成营业额断崖式下降的可能性。例如在售卖水果沃柑品类之后，需要补充洋葱和土豆、鸡蛋等生鲜品类，保证在沃柑售卖地两三个月之后，团队还能保持运营活力和盈利能力，保证与签约快递公司的每日订单量。在这同时也能稳定住大部分打包清洗等基础岗位人员，减少重新招工的时间成本，促进当地人员的就业。

监督鸡蛋打包工厂

最后还要强调的是在能力范围内开多个平台的店铺，保持稳定式销售增长。就算是手握优质传统货源的商家，也同样要遵循这个原则。例如当自己拥有五家平台店铺时，每个平台的日常流量为500单，那么就拥有2500单，而当自己只拥有一家平台店铺，平台日常流量500单，就只会有500单。当这个平台订单受到影响，就无法弥补这个损失。因为在掌握货源的同时也要考虑到一般优质传统货源都受制于天气，灾害等无法预知的硬性问题，会出现减产、断产等问题。与此同时，拼多多为保证平台的利益，减少这种未知因素带来的损失，维护大部分客户的利益，会发布较严格的罚款条例。

古语有云：志合者，不以山海为远；道乖者，不以咫尺为近。他始终永葆初心和热情，在失败中成长，在过程中反省总结，不断创新，不断创造新机。经验来源于实践，从一开始的未知到操控自如，从追求稳定式销售增长到尝试直播带货的爆发式增长，从线上传统电商到做起抖音电商，一路的尝试，一路的挑战，一路的成长，都会留下实践的印记，也会为他未来更好的事业发展提供强大的支持。他感恩生活有剥夺有恩赐，保持炽热，坚持奋斗。

执笔人：工商管理学院2018级工商1班　周英

案例点评

水果营销是一个竞争很激烈的行业，而且有一定专业度。徐志栋之所以能成功，取决于他比一般的经营者更愿意动脑筋，把握了经营过程中至关重要的环节，并对策略进行及时调整。比如，开第一家水果店时，虽然刚开始赔本，但他知道扭转局势的关键点在渠道上，知道自己赔多久能赚钱，把风险控制在可控范围内。这种风险意识又来自之前失败的经验，他经历的那些挫折是他创业的无形资本。目前他们的发展也面临十字路口。选择在更多城市开店只能作为一种策略，而不是战略，因为他们与同行的竞争是无可避免的。更应该做的是明确自己的业务属性、整合资源，形成核心竞争力。

谈及创业的艰辛历程，徐志栋并未做过多的讲述，他笑笑说："回过头看，遇到的困难都不算什么，只要自己的辛勤付出有回报，困难也是一种满足，我希望打造本土的水果品牌。"

尽管现在浙江绿聚仁农业科技有限公司在本土水果市场上已小有名气，徐志栋和他的伙伴们并不满足。徐志栋说："我们希望金华人一买水果首先想到的是亲亲鲜果园买，这是我们的梦想。"徐志栋说，第一家店开业时其实就是简单地把地摊摆进了屋里。做水果生意容易，做出品牌，做大做强却并不容易。"经过多年的摸索，我们一步步地找到了自己做水果产业链的方式。退伍不落伍，我们要努力跟上时代的潮流，抓住当下的机会，做大规模，打响品牌。"

徐志栋说，既然选择了水果营销这一行，他就一定要充满必胜的信心与勇气，做金华水果营销行业的先锋与楷模。

指导老师：工商管理学院　陈虹

孙益

创业者

只要我们能梦想的，我们就能实现！

校友简介

孙益，男，汉族，1984年10月生，浙江宁波人。宁波财经学院计算机应用系2006届校友。毕业后，进入家族企业工作，从底层做起，涉足了生产、采购、销售等多个部门，积攒了大量经验和人脉。而后凭借其出色的洞察力和市场分析把握能力，于2008年创立了慈溪翔和轴承有限公司，2014年创建宁波山河通信设备有限公司和武汉同创天宇通信设备有限公司，现任慈溪翔和轴承有限公司董事长、宁波山河通信设备有限公司和武汉同创天宇通信设备有限公司总经理，公司经过十几年的沉淀发展，规模壮大，发展良好。

承父之业，创其巅峰　创业十年，仍在路上

——记计算机应用专业2006届校友孙益

时代变幻，他瞄准时机，抒写华丽篇章。

一路坚持，他披荆斩棘，开启辉煌业绩。

孙益，怀揣着梦想启航，踏上坚持的旅途，一直不曾放弃。十余年的创业，没有被失败打垮，没有被成功羁绊，激情仍不减当年。

创业维艰，奋斗以成。

这位创业者，一直在创造属于他自己的精彩时代。

孙益2003年就读宁波财经学院计算机应用专业，2006年以优异的成绩毕业，同年进入中国电信工作，其间从事电信业务推销工作，一次与父亲的交流，帮助孙益走上了家族企业经营之路。

当年恰逢自家企业扩充产能，亟须补充员工，父亲就问孙益

“想自己上班还是留在公司，在电信上班大概能拿到多少工资？”

“在宁波上班大概1800—2000多。”

“那就留在家中帮忙吧，这里可以学到更多的知识。”

父亲让孙益从企业基层做起，逐步熟悉自家企业的业务流程、生产流程和管理流程。孙益抱着学习的精神，下车间与工人同吃同住，学习产品生产技术，产品质量管理标准等，先后进入采购部门，物流部门，销售部门，

后勤部门顶岗学习。通过近三年的基层工作锻炼，孙益对企业运营和企业管理有了最初的认知。

“这几年通过在自家企业基层的学习和打磨，使我懂得了父亲做企业的辛苦，也让我学习到企业运营管理的一些方法和手段，帮助我积累了大量宝贵的经验和财富，为我后来再创业奠定了很好的基础。”

2008年，长期的家族创业和经商环境的熏陶下，孙益的创业之花在心底萌发，在家人和妻子的支持和鼓励下，孙益决定在现有企业经营的基础上进行再创业。

抓住国内基建机会，开辟商业新战线

2008年受到国际金融危机的影响，国家采取积极的财政政策，大力扶持中小企业，支持科技创新和节能减排，推动经济结构调整和发展方式转变。在国家政策的支持下，孙益审时度势，精准地抓住了国家扶持的相关政策，瞄准国家加大基础建设投入的契机，结合市场调整的窗口期，在深入分析本地轴承产业集群的特点之后，选准轴承产业链上的高利润点项目，在家族企业原有的基础上成立了慈溪市翔和轴承有限公司。意气风发的青年创业者在自己建造的战船上扬帆起航，由于准确地把握了国家政策及行业供应链高价值项目，孙益创立的翔和轴承有限公司在短短的三年即初具规模。

但是，市场就像天气一样瞬息万变，初创企业经过了三年的建设期以后，由于国家相关政策的退出以及欧美行业的复苏，国内轴承市场竞争愈来愈激烈。另外，原材料及人工成本大幅上涨，企业的利润也大幅下降，年轻的创业者受到市场正面的挑战。后来，孙益在回忆这一段艰难困苦的日子时总结道：

由于创业初期脚步跨得太大了，单生产线投入3000多万元，总共上了4条轴承生产线，一条800多万，导致资金不足。虽然2008、2009产能顺利释放，企业的盈余能够达到还贷的水平，但负债达到最高纪录700万。

真是屋漏又偏连夜雨，2011年一起合作多年的外贸公司倒闭，公司生产的产品滞销，几个仓库堆满，积压多达400多万的货品，这几年公司资金链几乎断裂，企业发展艰难，由于欠银行的钱，企业分期还贷的压力巨大，真的缺资金啊。

多元战略创新生，机会留于有心人

由于国内外原材料的涨价以及上游行业需求的萎缩，孙益所创立的轴承企业碰到了经营上的困难。同时，每个月还要承受银行巨额的还贷压力。年轻的创业者在困难面前没有退缩，顶住了压力。用孙益自己的话说，“这段时间里我也不知道是怎么过来的，但是有一点我是知道的，我必须寻找出路，防止企业资金链断裂”。在孙益创业最艰难的时候，已经退居二线的老父亲带着多年企业经营的经验出来帮孙益。

“打虎亲兄弟，上阵父子兵”，认真分析了当前企业经营的困境之后，在父亲的指引下，孙益及其经营团队提出了企业“两条腿走路”的多元发展战略。一方面继续稳定经营家族企业翔和通讯设备有限公司，利用翔和通讯设备有限公司稳定的资金来源帮助翔和轴承有限公司，防止翔和轴承有限公司因为资金链断裂而破产。另一方面企业管理层要继续深耕轴承行业，积极收集市场信息，拓展国内外市场，在最寒冷的时候活下来才是最重要的，因为寒冬之后必然是春天。

凭借“两条腿走路”的多元发展战略，企业逐步地摆脱了债务的危机，迎来了新一轮的发展。

老树发新芽，芝麻开花节节高

通过这次创业的经历使得孙益明白了企业的发展一方面要与国家战略的发展相契合，另一方面还要进行多元化的经营。在企业发展的过程中要合理地处理企业主营关系，合理地进行企业资源的配置。国家大力实施信息化发展战略，《2006—2020年国家信息化发展战略》指出“以信息化促进工业化，以工业化带动信息化，走出中国特色的信息化道路”。在此战略背景下，翔和通讯设备有限公司这个老树又开了新花。

2013年通信行业迎来5G产业大发展，国家和省市相继出台相关产业发展政策。由于通信行业的技术升级，行业对通信基础设备的需求量极大，对从事通信基础产品生产的企业是极大的利好。因此，从2014年开始，孙益又将企业的发展重点转移到翔和通讯设备有限公司。

一体化光缆熔纤盘和SMC光缆分纤盒

翔和通讯设备有限公司主要生产通信设备中的基础性设。其中光缆分线盒、一体化光缆熔纤盘和SMC光缆分纤盒是企业的主打产品。由于公司生产的设备质量过硬，达到了国家和欧盟相关标准。在国内产品受到了国内上市公司烽火通信有限公司的青睐，所生产的主要产品得到中国移动和中国联通等企业的采购。

在国家信息化发展战略的背景下，孙益准确把握了国家战略发展的方向并及时调整了企业经营的重点，使得企业逐步走出了发展的困境，帮助企业向着更高的台阶进步。

积极开拓国际市场，企业不断做大做强

伴随着全球5G通信行业的技术升级，亚非拉及部分东欧国家内部的通信技术还停留在3G时代，受5G通信技术升级的影响，这些国家对相关4G光纤通信设备的需求非常大。因此，孙益从2020年开始将公司业务发展重点转到出口上。

由于中国在通信行业发展处于世界前沿，技术和设备都比较领先，国外对相关产业设备的需求很大。通过对比国内与国际上通信行业发展的现状，深入调查了东南亚、印度、巴西、俄罗斯等市场后，孙益认为东南亚和印度市场非常大，应该充分把握住国外通信行业技术更新这一红利，大力开拓国际市场。

通过发展东南亚和印度的通信业务，并以东南亚市场为跳板逐步向欧洲市场拓展，孙益认为东南亚和印度的相关行业在未来五年就会饱和。因此，企业要通过市场拓展和技术积累，在未来五到十年重点开拓欧洲市场。孙益说道："我们企业长远的战略是希望公司可以做到行业里面排名前五，产值在1到2个亿之间。"

在企业原始发展过程中，由于长期从事生产，并且对象主要是国内用户，在国际市场及国际用户中并没有积累太多的资源。如今要实行企业国际化战略，开拓国际市场，必须延伸自己的产业链，引入相关资质的企业或者战略合作者。通过多方考察，最终引入了与自己合作多年的合作伙伴并共同出资成立了武汉同创天宇通信设备有限公司。

当国际市场逐步打开后，企业需要解决的首要问题就是产能。厂房的扩建一直困扰着孙益，厂房如果不改造、不扩建，对于产能的影响极大，

公司要想长远发展，对于厂房的需求是不断扩大的，如何选择一个适合的厂址和厂房?

改造厂房，对于公司整体的产能提高效果并不明显，加上厂房也比较老旧，改造周期较长，对于公司营运发展来说不是一个好的方案，同时改造需要的资金也是一笔不小的费用。这让孙益进退两难，开始了新一轮的“头脑风暴”。“公司厂房的周边环境和内部结构较差。就比如厂房的实际长宽高都不够机器设备的有效摆放，实际的产能是比较受限制的，以至于生产流水线不好摆放，导致整个装配的效率还不够高。”

把厂房放在别的地方，在一个合适的地段再新建一个自己“心仪”的厂房。然而厂房的选址位置是重中之重，因为需要根据生产的产品、场地大小和客户群进行全面的选址。如果是用地要求低、技术要求高、无污染的高科技产业，则可以选择高新技术园区，但是自身的公司是一个劳动密集型企业，并且对土地的要求很高，那就只能选择郊区的大面积厂房。经过前期的反复斟酌，他选择去了两个地方考察，第一个是河南，第二个是武汉。这两个地方虽然周边环境很不错，土地租金较低，但由于处于长江地带，上下游的运输成本非常昂贵，公司员工公共交通不方便，通勤的时间较长。经过团队的综合考虑后，这一方案最后不了了之。

不久，孙益的朋友找到他帮忙网络土地拍卖。孙益灵机一动，觉得自己能不能租一些现成的厂房，比新建来得快，对于产能的提高周期也稍短一些。经过多方了解之后，发现工业用地的情况比较复杂。首先是产权的年限问题，工业用地的房子的产权多也就是五十年，对于企业长期发展来说，还是不太适合。其次对于考察土地性质是否属实(是否为工业用地)、使用年限、使用范围(防止此地皮有项目限制，很多地方政策不一样)、用地的合法转让手续是否齐备等这些问题。但是，雷厉风行的他通过引入战略合作伙伴，最终成立了宁波山河通信设备有限公司。

孙益通过引入战略合作伙伴，分别成立了武汉同创天宇通信设备有限公司和宁波山河通信设备有限公司，前者延伸了企业的产业链，开拓新的市场将自己的业务发展到东南亚和印度，后者满足了市场开拓之后的产能需求，两个分公司的创立完善了公司的结构，帮助企业不断做大做强。

吃一堑长一智，加强企业质量管理

质量是企业的立业之基，一个企业如果没有质量作基础，是不可能有发展的，日本企业家士光敏夫曾说过“没有沉不了的船，也没有倒闭不了的企业，一切都取决于人的努力”。产品是“过程的结果”，企业想持久地发展，除了要不断改革创新，最重要的就是要注重产品质量。产品质量的问题是企业发展重要的一环。提高产品质量是现代企业生产的内在要求。产品质量是企业在市场竞争中取胜的关键性因素，也决定产品市场占有量，直接关系到企业经济利润的实现。

前几年出现了一次品质事故，使公司损失了70万，当时的损失对于公司来说也是巨大的，公司还差点失去合作多年的老客户，可谓是得不偿失。

酿成此次产品质量事故的主要原因是技术研发不过关、原材料不合格。所以必须加强技术研发和原材料采购的把关，加强质量管理控制的关键环节。随着公司不断发展扩大，进入新产品领域指日可待，面对的产品类型问题也愈来愈多，如何应对产品质量监控的问题，孙益开始思考未来更能适应公司发展，同时又能提高质量和管理效率的策略。

从那以后，孙益对于产品质量的问题更加重视。他从三个方面对产品质量进行管理：第一，制定严格的质量管理标准。孙益坚信产品质量没有抓不好的，关键是看企业在质量管理上的投入，他对产品开发、工艺流程设计到原料采购等每个环节都制定了详细且可控制的质量管理标准。第二，落实相关人员责任制。产品质量问题，公司每一个员工都要有意识，所以开展了对于产品质量问题的培训，将产品质量问题真正落到实处。第三，完善质量管理体系，健全质量管理制度，加强过程的控制，特别是加强对产品生产的全流程监督和管理。第四，提升企业管理人员的素质和管理能力。管理者自身的提高对公司未来的战略发展决策也是至关重要的。在现代企业中，管理者的思想观念往往就是一个企业的文化，与其说企业的员工是在执行企业的文化，倒不如说是在贯彻企业管理者的思想。

大力提升员工素质，技术创新出成果

公司经过十几年的发展沉淀，产业规模达到了一定的程度，产值相较于同类型公司来说也是可观的。同时，企业的国际化发展战略倒逼着孙益加强内部管控，提升企业技术研发，由于不同的国际化市场需求不一样，东南亚市场的产品标准和欧洲市场的产品标准都存在着差异。两者不单指产品市场和管理流程，需要对管理和技术有一个新的升级。

孙益透露，这一路走来公司发展已经到了一个瓶颈阶段，想要再上一个新的台阶，需要作出积极的改革。瞄准未来国际5G市场，公司积极开展智能化数字化转型升级，抛弃以前粗放的生产操作和管理方式。技术创新方面，企业积极寻找科研院所合作，特别与武汉烽火通讯有限公司进行技术合作，在员工培训、管理层提升以及技术研发等方面开展深入合作，建立ISO 9002质量体系，通过技术合作，目前，企业在光纤分配盒方面具有多项自主专利。

企业内部员工素质问题也是孙益关注的重点。现阶段公司人员的学历大部分都是高中及以上，对于早期创业的时代，可能还是比较高的学历。但是时代在发展，科技信息更新日益加快，公司员工对于外界信息知识的获取以及应用不得不使孙益担忧。孙益也计划着开展员工培训，一步步提高员工的整体素质。

在当今信息爆炸、知识更新快速的时代，作为一个高层的管理决策人员，在管理决策过程中想要能正确、全面地分析企业面临的客观环境因素，实事求是地对企业进行准确的市场定位和明确企业的发展方向，只有不断地向外界学习多方面最前沿的知识，并运用到企业管理的实践中，才能把企业发展推向一个新的阶段。为了实现企业发展的战略目标。企业迫切地需要提升企业员工和企业管理层的素质和能力。

孙益面临着一个艰难抉择的问题：是引入行业中具有丰富管理经验的高层次管理人员还是通过企业内部培训逐步提供员工和管理层的能力和素质。前者能够在短时间提升企业整体的管理效果。后者所用的周期相对前者要长，成本也要高许多。孙益担心新引入的管理人员不能完全胜任这份工作，如果对公司内部员工关系处理不当，那对于公司内部的影响是非常大的，导致企业发展“开倒车”，同时造成公司产能下降，但是在这一“剧痛”过去之后，企业的发展会更上一层楼。

反之，孙益担忧如果顾及人情关系，不请“副总”，只请管理类培训老师在公司进行内部培训提高，最后的培训效果如何也未可知。毕竟公司内部的很多员工都是从孙益早期开始创业一直任职到现在，与他都拥有着比较深厚的情谊。一个企业家除了要效益，更多的还要具备社会责任，孙益说：“不光做一个事业有成的企业家，更要做一个有温度、有温暖的企业家，这些跟我一起创业的老人，我不会轻易地丢弃。”

近几年公司发展迅猛，在多种因素的综合作用下，管理者的自身能力和素质显得尤为重要。公司早期的状态一直是粗放型的发展、粗放型的管理，甚至是粗放型管理的老板。从管理的角度来说，公司要想在下一个五年的风口不倒或者再上一个新的台阶，管理者自身也要“充电”。

“作为公司的管理者，理论知识要丰富，无论是公司发展还是自身提高，每一个阶段都需要知识的应用。”孙益说道。他也意识到自己在管理公司的过程中，对于精细化和高效率还稍有欠缺。在现阶段公司发展的过程中，孙益自己也提出了一些策略：像自己本身可以多去所在的行业交流学习，学习别人的企业是如何高效率地运营和管理，就比如烽火通信等一些有着丰富经验的大公司；关于自身公司的发展规划可以去找业内的专业人士进行沟通咨询，深入探讨未来公司的一些发展方向和战略问题。

做有责任的企业，做有责任的企业家。

不断发展进步，企业大有可为

孙益说公司近几年目标：今年修内功，达到要未来几年我们现有的客户离不开我们，保持长久的合作关系，五年要进入华为供应链体系，寻找发光点，迂回路线，国内外踩点。“那么，除了丰富企业战略知识外，企业内部信息化程度也可以提高，比如如果我在机器设备内装一个传感器，可以清楚了解我的机器运转状态，会极大提高生产质量的在线化管理；如果我引进企业ERP系统，就可以结合人力、财务、研发、生产等各部门，提高工作效率，这样一套模式化的系统，可以降低成本，提高效率……”孙益侃侃而谈，他对于企业内部信息化的管理也有着自己的一套初步的改革方案，对于公司的改革，他志在必行；对公司的未来，他充满信心。

执笔人：工商管理学院2018级工商1班　张晓玲　钟佳慧

案例点评

毕业于宁波财经学院计算机应用系的孙益，在继承家族企业基础之上，其创业之路是一段艰苦奋斗的历程。在创业道路上，孙益始终心怀自己的梦想，为自己的梦想一直坚持着，同时也始终谨记父亲的教诲：诚信和责任感是作为一个企业家最重要的品质，应将自己放在一个大的格局中，去思考公司的未来发展。孙益从小生活在强大的家族企业环境中，在父亲、叔叔的身边学习思考，耳濡目染，对企业的管理和经营具有一定的了解，拥有一定的经营理念和大局意识，公司的每一个决策都是经过其深思熟虑，三思而后行的。他深知公司的每一步发展都不易，所以时刻都保持着学习的心态，更新升级自己的知识体系，在谨慎规划中进行大胆创新，勇于突破。

孙益在其创业之路上，将公司的发展与国家发展大趋势以及市场需求紧密联系起来，大力实施创新意识，积极调动公司人员工作效能，并对公司生产运作线进行更新，积极带动公司整体发展，扩大其经营范围，增加公司产值。

孙益的成功告诉我们，一个创业者要想成功是离不开坚持的。当公司负债累累的时候，他没有放弃，等待时机，一鼓作气，快速发展；当公司遭遇质量危机的时候，他没有放弃，沉着冷静，迅速应对；当自身经验不足的时候，他仍然在坚持，积极向业内人士汲取经验，总结原因。也正如孙益自己所说："只要我们能梦想到的，我们就能实现"，只要坚持自己的初心，无论前路艰难险阻，也要努力前行。

指导老师：工商管理学院　黄涛

田稼园

创业者

不要去考虑对手有多强大，首先把自己强大起来，才有机会去干掉对手。

校友简介

田稼园，宁波财经学院2014届市场营销专业本科毕业。浙江省杭州人，杭州面面俱到南星桥餐饮管理有限公司实际控制人。

田稼园在2010年，就读于宁波财经学院，在校期间担任团支书四年，并在创新创业班担任班长一职，曾获“优秀团员”称号，积极参加各类创新创业比赛，荣获浙江省首届青年网络创业挑战赛亚军、“益暖中华”谷歌杯第五届中国大学生公益创意大赛决赛阶段全国入围团队、2013宁波市“文具杯”首届公益项目设计大赛创意入围奖。

2015年5月成立了以“新鲜、美味、健康”为理念的杭州市江干区楠星面馆，从事餐饮服务。面馆在2015年10月14日注册为杭州面面俱到南星桥餐饮管理有限公司，为当地餐饮服务事业注入了新的活力。

创业之峰永远的攀登者

——记市场营销专业2014届校友田稼园

兴趣使然，创业萌芽

创业是田稼园从小的选择，家庭因素是一方面，个人性格是另一方面。小时候别人问田稼园今后想干吗，当时他并没有明确地指出要创业，只是说想做老板，也不知道要做什么，反正就自己做，不想去任何公司上班。由于从小就有这种想法，所以在大学时期他充分利用学校提供的各种资源，从中获得了很多机遇，不断提升自我。

2010年，田稼园步入大学，大学初期由于在杭州湾校区不能外出，于是他接触到了淘宝，开始做淘宝店铺的经营，这为他日后选择餐饮创业打下了一定的基础；2012年，田稼园回到本部校区开始了他新的创业项目，在学校创业园区开设打印店，同时还涉猎快递业，大一开始经营的淘宝店铺生意也蒸蒸日上，这为他日后创业积累了很多的经验。

2013年，田稼园带着自己的团队去温州参加浙江省首届网络创业大赛，他回忆道，当时他们一行五个人前往温州，在那边住了一个月，然后从零开始创立淘宝店，慢慢地根据他们的规则去进行比赛，一步一步地去把排名提升。因为当时的比赛不是针对学校的，而是面向整个社会，参加的团队里面还有一些成员曾担任过评委，其他人的综合实力都挺强，但他们是从学校里面出去的，阅历各方面都没有其他人深，但是最后也得到了比较满意的名次。因为当时还在读书期间，在温州那边吃住全部都要自费，住的都是旅馆，吃也都是自己开销，为了这次比赛投入了很多的时间和精力。最终，功夫不负有心人，他们一行人获得了亚军。在校期间也参加过其他比赛，那些比赛是偏文案型的，因为田稼园个人比较喜欢挑战，喜欢这种实操性的比赛，不喜欢文字类型的那些，就去参加了这种实操类的比赛，这也对他后续创业产生了很大的影响。在他看来，实践去指导理论会比理论去指导实践更好操作，对后期的成功来说，当实践、实操这些都会了，理论也就掌握了。如果单纯地停在文字上面，真正地去做这件事情就不一定能够胜任。

温州市首届青年网络创业大赛获奖

坚定理想，一往无前

2015年，田稼园成立了以“新鲜、美味、健康”为理念的杭州市江干区楠星面馆，从事餐饮服务。之所以落脚在餐饮行业中创业，他表示这与他做淘宝店的经历有关。“因为电商我也做了将近七年。我从2010年下半年开始做也算比较早的。但是淘宝不断更新规则，各方面的限制便随之而来。因为在别人的平台，当别人想把你的流量掐住之后，你可能就会受制于别人。当时我做淘宝店、阿里巴巴店这些都有所接触，于是我就想找一个行业，因为电商兴起后，很多实体店都很难做。那么餐饮这一块，我觉得反正吃嘛，网络没办法打击到餐饮的实体店，所以最后先选择了餐饮，再选择了它更小的一个类目。餐厅这一块我一窍不通，从来没有接触过，我自己也不会烧菜、烹饪。又因为我本身也是杭州人，杭州人相对喜欢吃面食，后来就选择了面食这个小品类，以便更容易进入这个餐饮业。”

因为那时没有做餐饮的经历，所以田稼园便到市内大大小小不同的面馆去品尝，无论有名还是没名的，只要看到了这些店，都会进去品尝，最终他总结出了自己想要什么样的面馆。

2015年5月，田稼园开了第一家面馆。刚开店的时候田稼园一窍不通，只知道先把一家店开起来，然后一步一步做下去，想着做一步遇到了困难再去解决困难。起步先选择了一个地址，去开了店，开店之后需要招人，一个厨房里面必须要配厨师、切配，还有洗碗阿姨、服务员、收银员。一开始只有田稼园自己一个人，厨房这一块他一点儿也不懂，但是他会去各个面馆尝试口味，然后招聘合适的厨师烧出来试过之后觉得可行，前期由他自己负责收银、出餐这一块，再通过与厨师之间的交流，需要安排什么样的后厨人员，缺什么人配什么人，就这样一步一步把店开了起来。

2015年10月，田稼园注册了杭州面面俱到南星桥餐饮管理有限公司，将个体户转变为公司模式。说起公司名称，田稼园回忆道：“南星桥这个地区，在杭州这一块相对来讲面食这一方面是比较出名的，然后当时就想着名称上面先选择一个大家耳熟能详的名字，这就是当时设立南星面馆的一个原因。我们一开始做的是个体户，后来因为想着要继续发展，才转变成公司模式。其实这里面也有一些问题，就是像我注册商标是南星桥，但是南星桥这个公司的名称无法注册，所以又加了一个前缀‘面面俱到’。”

在创立初期，面馆所有的食材都是通过正规渠道采购，比如油是用中粮的，鸡精是用太太乐的，美味鲜是用海天的，全部都选择了品牌供应商。

从创业之初到现在，田稼园一直以来的理念就是：做各方面的推广需要花很多的费用，不如用这些费用去保证食材的安全性。因为对于田稼园来说，他不急于把一个店的规模做得太大因为一下子也承受不了这么多的客源，因为他们全部的产品都是现煮现烧，一份一份地去做。所以，田稼园觉得长期稳定地发展才能将一个企业做成功，太急功近利的话可能因突然的人流的加大，会导致自己的店无法去承接这么多客户，从而造成了品质降低、客户的体验感变差等问题。

2018年10月，田稼园开了第二家面馆。因为选址不同，面向的消费者喜好会有所偏差，田稼园第二家店是开在写字楼里面的，客户群主要是一些白领、上班人士，而第一家店则是开在小区边，那里的老杭州人会比较多，所以田稼园每开一家店，都会在那边待半年到一年时间，去和顾客做一些交流，从而去改变一些产品的口味，根据客户的口味做出调整。“比如说像我们的面条是会偏生一些的，而老杭州人会喜欢吃生一些的面条，但到了写字楼这一块区域，各地的人都有，口味比较多，所以有些顾客会觉得那些面没有熟，会感觉到面偏生、夹生，所以需要做出一定的调整。在面的出水方面我们会侧重于稍微偏熟一些。”在最初的时候，面馆的产品以纯面为主，到后面发现顾客需求的一些不同之处，增加了一些炒菜类、套餐饭类去满足不同的客户群体。同时，面也是定做的，这是核心。经过反复的研究、各方面的调制，面馆推出了特色的大肠系列，成为店里的一道招牌菜。

在经营面馆的过程中，田稼园发现储备人才是关键，有人才能去做这些事。“不光要有人才，而且人才要有技术，还要有认同我们的一些理念，如今后要自己去创业，因为我们后期的店都有内部入股，就是内部员工通过门店的开设，使他的管理各方面的能力会达到一定的程度，等到这家店调配完了、业绩往上走了、稳定了之后，那我们可以下一家店给他股份，然后让其持续地去开设门店。”

2020年5月，田稼园开设了他的第三家门店。为了让自己的店越来越好，田稼园会经常出去逛逛，去经营对手的面店尝试各种小食，关注他们的店铺装修、经营模式、营销手段等各个方面的情况，了解他们的服务状态以及新产品的推出状况。与此同时，将经营理念“新鲜、美味、健康”这几点贯穿始终，因为田稼园觉得这是吃当中最主要、最核心的，对现在的消费来讲，大家也喜欢健康的食材。口味也很重要，目前的经营理念还是做口碑为主。为了让消费者吃得安心，吃得放心，田稼园自开面馆以来，从来不卖隔夜的东西，当天有多少就卖多少，卖完为止，哪怕有剩余的也不用了。所有的门店都是明厨的状态，所有的顾客都能看到厨房的一切，包括食材的制作。

面对困难，永不退缩

回顾这五到六年的创业过程，田稼园认为餐饮业与其他的行业相比存在特殊性，当餐饮业忙碌的时候，时间的冲突或是用工的需求以及一些其他的方面和别的行业是很不一样的，这些是很大的困难或者挑战，尤其是在疫情防控期间。“我们餐饮这一块，几乎可以说是全年无休。另外，我觉得最近的一个困难就是疫情，有各方面的压力。比如说门店人员到岗情况，因为疫情的时候会有各方面的限制，包括门店的开设、复工的申请，还有食材的储备等各方面的东西，面临方方面面的压力。”因此，很多家店的营业状况可能并不佳，而田稼园的门店的经营状况并没有倒退，不降反增，营业额提升了40%左右。在2020年初八就把一家老店开起来了，当时属于在江干九堡营业的第一家店，位于客运中心旁边，初八之后一直在持续经营，几乎没有关过，而很多门店没法开出来，当时能开出来的店铺也就七八家，都是非常知名的品牌，如肯德基、必胜客、麦当劳、老娘舅等，这正好也是一个机遇，而田稼园牢牢抓住了。这时候田稼园的面馆得到了一个非常大的曝光量，导致当时的外卖体量非常大，而其他的店铺像绿茶餐厅都是在疫情之后的复工时期才开设出来的，很多餐饮企业的店铺那个时候由于经营不善、受到资金等各方面的压力，开得越来越少了，这就促使能够生存下来的店铺越做越好。

受到疫情的影响，人们对于健康美味的食物产生了非常大的需求，不断追求高质量，与此同时浙江省也在积极倡导一些食品安心的工程，这刚好和田稼园的经营理念相契合。田稼园觉得门店的口碑是慢慢树立起来的，有这样的经营理念才会有之后稳步的发展。为了让食物的口感、品质得到百分之百的保障，田稼园的店铺以“堂食为主，外卖为辅”，外卖这一块与田稼园之前接触的电商类似，会做一些推广营销，因此田稼园店铺的外卖做得还不错。业务的比重上，线上、线下同步在增加。“但还是以线下为主，线下其实导流到线上而已，因为很多顾客可能在线下尝过了，才会去点你们家的外卖，然后外卖平台积蓄的客户口碑越来越多，从而带来一批新客户。”

当问到田稼园对面面俱到的未来展望时，田稼园说他只有一个简单的愿望——平稳发展，因为餐饮行业其实要平稳发展冲击是非常大的，很多的创业企业在三年就会遇到一个很大的分水岭，有些企业可能就销声匿迹了，有些企业过了三年之后仍会很好地发展，看似云淡风轻，其实对企业来说会有更高的要求。田稼园打算之后每一年开设一家分店，希望能够成为杭州知名的餐饮连锁企业，至少能被本地人所熟知，他觉得提升口碑十分重要。“包括在店的规模、数量上也希望有一定的突破，因为我之前开设的店铺，第一家店我们开的是168平方米，而到了第二家我们是300平方米，第三家也是300平方米左右。我为什么先选择较大的店铺？因为它能够储备更多的人。后期我们就想往小而美的一些店铺去做，就是它的面积可能会不大，但是人员相对好管理，因为人员少了，店大肯定人多，店小了就人少了，也能够让我们之前的这些人员还有一个发展，就是我们会让这些人带人，让现有的人能够有一定的发展，给他们店铺经营，比如我们出资加上他们出资成立一家店，他们自己成为老板，以合伙的形式去做，这样的话人员会更稳定，包括口味等各方面也都会非常稳定，他们的积极性也会更加上涨。但是手艺人这方面，还是要跟企业的理念相契合，考虑他是否愿意跟随企业共同成长，以及给到他满意的待遇，从而把人才留住。”

田稼园从2015年5月份开设的第一家店担心的是这家店该怎么存活下去，到现在2021年4月考虑的是这个团队该怎么建下去以及这个企业后续的发展，如何让每个人都心很齐地一起往前走，给公司的员工有一个发展规划，让他们觉得自己也是企业成长的一个重要的参与者，让他们也有一种归属感和认同感，同时在这个过程当中把企业做大，再做强，这个就像企业的老员工一直跟着老总干，也是一个功臣，随着企业的发展也会留出更高的位置可以让他们去担任。“因为不能只给他们希望而不让他们实现，我们首先要给到他们希望，也要同步帮他们把这些他们的愿望去实现，这才能够使他们健康发展。”与此同时也会关注员工在工作中遇到的问题，“因为全部都是从老店开始带出来的人去了新店，他们的理念应该都是相同的，都是想跟着企业共同发展的一些人员，包括管理我们都是扁平化的一些做法，我们每个门店都有一个微信群，然后整个公司有一个大群，他们都可以实时在里面反馈问题，也可以直接与我沟通，所以这方面我们都可以有效快速地去解决问题，每个人都可以提他自己的想法、建议、问题。当然他们能够自我解决最好了，如果需要我去出面解决的，当然我也会帮助他们一起去解决这些问题。”

为了更好地服务顾客，田稼园这几年又在产品与服务方面不断进行创新与改革。他提到：“对于我们来说是轻餐类吧，你要说服务做到像海底捞这样的程度也不可能，因为其实你本来也就是快消品类，他进来吃一份餐品的时间也就在十几、二十几分钟，餐售非常快，这种情况下，我的理念是把最普通的东西做到极致、做到最好，这才是最关键的。我们也会不断地推出应季的一些产品，去看下顾客的反馈以及销量，然后改进使之成为我们的一个固定的品类，如果这个产品失败了，当然也没有关系，那么就先淘汰它。作为我们经营店铺来说，如果自己觉得满意的东西比较好，就会想着让顾客满意。所以此时我会先跟一些知名连锁企业学习，他们如何推出一些应季的产品，限时然后到一定的程度它会下架。就我们自己店的产品而言，我们的品类已经挺多了，但底料都是一样的，只是上面的一些浇头不一样。所以无须做太大的创新或者改动，如果做太大的一些改动的话，反而会让顾客不适应。就像宁波牛吃草面馆做得也挺大，也就是基础性的东西，而我们常见的像肯德基、麦当劳这些快餐品如吮指鸡、汉堡等，这些都是许久不变的，只是实时地会推出一些创新产品。而对于餐饮这一块，而我们的定位本身就在于快销品、家常菜这些普通的产品。所以我的想法就是把我们普通的东西做到最好，那也就行了。”

企业在慢慢发展，门店也在增加，来自竞争对手的各种压力也会随之增多。对于竞争对手，田稼园认为只要是餐饮店都算是竞争对手，但是最大竞争对手还是他们自己。“只有自身不断地去完善，那你才能够去抵御外来的一些竞争压力，我想不用去考虑对手有多强大，首先让自己强大起来。”

与此同时，在企业内部经营的过程中也会产生一些问题。事实证明，在餐饮行业当中，因为客户群体不同，一家店成功的经验也不好复制给另一家店，这是田稼园目前比较大的一个困惑。“因为中餐主要靠的是手艺人，而面馆这些都是靠手艺人去把产品给做出来，不像外婆家这些是有料包等一些标品化的东西，而我们这个很难做到标品化。就是这些店，你要复制同样的口味，那我们的面品特有的口感就会容易消失，比如说都用料包形式的，提前制作好了，那么必定会失去它的新鲜程度，然后用料包口味，又不一定会吃到各个调料的叠加味。因为如果后期要再把口味加进去，你就没有必要用这些调料去辅助了。”像牛吃草连锁店，可能一个料包就可以解决后厨的很多问题，也可以解决很多成本性的问题，但是这个可能会跟田稼园的初衷、经营理念发生很大的冲突。田稼园的店就这样慢慢地铺开来，因为它需要去适应这个区域当中客户的口味、口感，这也可能是他与其他人最大的区别。田稼园一直在追求现场制作有家味道的面品。“因为这很难达到标品化，唯一能够把它的核心统一起来的只有人才，人才去带人才，再把人才抽调出来，去开设新店铺，保证口味的统一。人才的储备非常重要，因为面品全靠手艺人。除此之外，我们自己的竞争力还来源于食材，包括我们的面是自己的一些配方去定做的，这些是别人从市场上买不到的。”

执笔人：工商管理学院2018级市场营销3班　王昕

工商管理学院2018级市场营销3班　杨欢

案例点评

田稼园是一位极具社会责任心的企业家。在企业发展的同时，他一直致力于社会公益事业。在疫情防控期间，看到社区里的人们出行买食物非常困难，就会通过自身的渠道免费为他们提供食材；在平时，招聘员工时也会招纳残疾人，根据他们的实际情况去调配岗位，给予他们稳定的工资，为他们的生活提供保障；在外卖上，也会去选择公益项目，每卖出一笔订单会捐赠一部分的款项给需要帮助的人们。

对田稼园而言，无论做什么事情只要问心无愧，默默地去付出就好，没必要引起太多的关注，这与他的经营理念不谋而合，就是默默地做事情，把品质做好了，把事情做好了，也是他特别想要去传承的，从始至终表达的一个核心的理念。“我做事情就喜欢遇到问题解决问题，其实一开始做任何东西我都没有想过今后的一个长期的发展，一下子把后续的问题都解决掉这是不可能的。做任何事情不可能把所有的问题都想到，当然我们能够把大部分的问题在前期解决掉，但是在做的过程中还会遇到非常非常多的问题，当然在这个过程中如果能够把问题一个一个地解决，今后的企业自然而然会越做越好，我觉得还是要敢于去做吧，实践出真知。”

指导老师：工商管理学院　林锦锦

林帆帆

创业者

不放弃，哪怕只有万分之一的机会都要坚持到底！

校友简介

林帆帆，男，汉族，1992年5月生，浙江温州人。宁波财经学院2014届国际经济与贸易专业毕业生。2014年开始创业从事家纺行业，2018年进入生鲜领域，打造“本果生鲜”新零售，凭借坚持不懈的毅力和对市场敏锐的洞察力，于2019年成立大漠农业，标志着他和他的团队正式进入新生态农业领域。不断敢于创新的他，于2021年转型新零售投资领域，目前主要投资新农业、新零售以及创业团队的孵化以及实体行业的赋能与塑造。

一花一世界，一叶一追寻

——记国际经济与贸易专业2014届校友林帆帆

站在山腰远眺，映入眼帘的是一大片硕果累累的橘林，一个靓丽的身影在橘林中穿梭，树影斑驳，脸上幸福的笑容在阳光的照射下显得分外阳光。他——林帆帆，是浙江大漠农业科技有限公司的创始人，一心做民生企业的他，该如何不忘初心、继续前进呢……

红鹰起梦，沃土培育良才

在当初的宁波大红鹰学院，现如今的宁波财经学院创办的第十个年头。2010年夏季的尾声，林帆帆与数千名同学，怀揣着对大学美好生活的期望来到了宁波财经学院。

对刚刚摆脱枯燥高中生活的大一新生来说，一时的放纵在所难免，那时网吧是大学生们记忆深刻的地方，与大多数新生一样，林帆帆每到周末便会与好友在网吧寻找欢乐，一直到大一下学期，经过了一个学期的放纵，渐渐地林帆帆开始反思在悄悄流逝的半年中自己得到了什么，与进入大学最初想做的、想得到的一样吗。

逐渐地，林帆帆开始转变了，一次、两次……

他开始拒绝朋友们一同去网吧的邀约，他开始习惯于听课、习惯于在图书馆度过一个个孤独的下午，慢慢地坚持了自己想要在大学中做到的事。

经过了半个学期的不懈努力，在大二初成为全班唯一一个拿到奖学金的人，时光匆匆，又是一年，大三初林帆帆在学习上更进一步成功拿到了校二等奖学金，还在各类省级大学生竞赛中取得了不菲的成果。

在这两年，除了学业外林帆帆还参加了军训教导队和学生会，“在军训教导队的那段时间我学到了很多，磨炼了意志，在大二因身体原因退出是我莫大的遗憾。”林帆帆这样说道。

而在校外联部林帆帆一直工作了三年，在这三年里从干事成长为部长。他提起这三年的工作经历，印象最深的就是担任部长后举办的第一场活动，刚刚接手部长职位的他并没有充分的经验和信心打响自己的第一炮，但在整个团队的共同努力和赞助商的支持下，取得了出乎意料的成功，将一场普通的讲座办成了一个有意义有反响的校级活动。

对于这件事，林帆帆说：“我一直特别感谢第一场活动的那位赞助商和我团队的成员，如果没有给我开好头，后续可能又不一样了。”

当被问起大学时最遗憾的事情是什么时，林帆帆直言道：“是错失国家奖学金。当初我的一切资质都符合国奖条件，但因为省优秀学生干部的证书晚下来了一个月，便与国奖失之交臂。”

这件事的发生让林帆帆失望过一段时间，但他豁达地说：“生活是这样创业也是，谁也不能保证意外和成功哪个先到，遇到困难不能怨天尤人，要正视它。”

至于说去做创业这个事情，林帆帆说：“一个是环境，小时候就是我们温州的大环境有这个氛围，周围的人都想出去‘闯一闯’，同样在大学经常能够在课堂和同学的口中听到‘创业’这两个字。从大二开始，我就对自己说我要去做一些事情，然后有意识地在筹备这个事情。”

潜移默化下，创业的种子就在林帆帆的心中种下了，但真正让林帆帆下定决心走上创业这条路却是在实习之后……

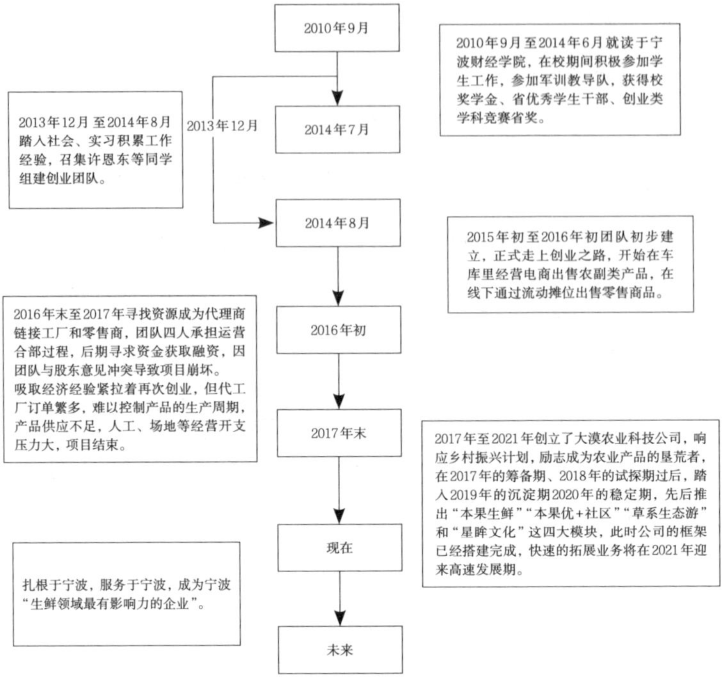

创业历程

扬“帆”起航，奔赴创业之梦

当结束大学四年的学习后初步迈进社会时，他发现外面的社会环境并没有心目中想象的那么美好，觉得自己没有施展拳脚的平台。正是这个时候他决定了，他要创业。

但是创业，这个简单明了的词汇却并没有他想象的那么简单，在众多机会中该如何选择又该如何把握成了他创业道路上新的难题。他就像一个无头苍蝇般在创业道路上跌跌撞撞地前进。前路茫茫又孤身一人，林帆帆真的不知道该做什么才能够创业，也许是一路的孤独让他萌生了寻找伙伴的契机。

他坚信创业应该先打造人员团队再整合资源与项目。

2013年他开始召集团队，先后联系了许多要好的朋友，其中许恩东放弃了薪资待遇较好的工作从安徽回到宁波与林帆帆一同创业，老板对他说让他做到明年正月，但是许恩东愿意放弃此前做过的所有努力，甚至放弃了晋升的机会毅然来到了林帆帆的身边与其一同白手起家，打造属于他们自己的团队与企业。他还联系了一位校友，但校友因为一些原因拒绝了他，初期团队就只有两人，林帆帆团队学习乔布斯租车库作为办公室，他们开始在简陋昏暗只有十几平方的车库里面做电商，出售一些农副产品，但是毫无经验的两人宛如失去桅杆的帆船在大海上随风漂流，没有明确的目标以及正确的方法。

初试——车库创业

他们在创业的道路上到处碰壁甚至难以维持生计。迫不得已他们只能回到学校门口开始卖一些零零散散的小物件，如手套等。但是这副业并没有为林帆帆团队带来改变，让流动资金所剩不多的创业团队更是雪上加霜。有一次林帆帆遭遇最大的困境，他们连一个月六七百元的车库租金都付不起了，林帆帆从来没有借钱的经历，那次他拨通了十年没见面的初中朋友的电话，朋友已经在北京毕业并去往绍兴工作了。在电话的一头，林帆帆一开始并未立刻发声，眉头微皱着，眼神飘忽不定。半晌后，他说出了致电的因由，朋友什么都没说就把钱给林帆帆转了过来。过了一些日子两人见面时，朋友说当时为了给林帆帆转钱走了好远才找到银行。林帆帆表面并未表达过多但内心却已经波澜四起了。他说道：“如果当时没有这些朋友的支持，我也不会有日后的成功。”

遭遇了创业最大的困境后林帆帆团队所创立的公司开始有所起色。他与工厂合作，做工厂与零售之间的中间商。外贸专业毕业的他涉足生产行业，这时候开始了林帆帆团队创业的初级阶段，开始出售枕头，团队成员也从原先的两个人扩增到四个人。林帆帆团队看到自己努力这么久后创业终于开始正式步入轨道，内心有着难以言喻的喜悦，尽管从运营、卸货、理货到发货这一系列的步骤都由四个团队成员完成。他们依稀还记得搬枕头时流的汗水，别看一个枕头轻飘飘的，但是当枕头数量多了还有一系列的流程也让他们疲惫不堪。当林帆帆团队创业越来越好时，他们开始吸引投资商加入，但当一个团队开始有盈利时利益纠纷也随之到来，因为股东们与林帆帆创业团队发生的矛盾并没有得到有效的解决。新加入的股东对于公司未来规划也有自己的想法，这让他们对于后来枕头的社区团购规划造成了影响，企业成员也没有去着手解决这个问题。因为困难过的林帆帆创业团队并没有正确处理利益关系的经历，他们这个创业项目也最终在内部矛盾难以调解的情况下失败了。

他开始了解到并不是每一个融资都是有好处的，也明白了利益分配对于企业成长和生存的重要性。融资进来的钱并没有林帆帆团队想象的那么好，会出现一些问题，因为一个团队加入外人后会有其他的想法，那么企业就会有争议，新想法与之前一些规划做法完全是不一样的东西。所以林帆帆团队的第一次创业失败了。

再试——重蹈覆辙

2017年林帆帆团队又开始了新的创业项目，与上一个项目一样是做代工，但做的是不同产品，运用的仍然是上次创业的模式，并没有做过多改变，同样寻找了一家工厂合作，继续做起了工厂生产与零售之间的中间商。林帆帆团队通过缩短产品生产到消费者手中的途径从而减少了中间商赚取的差价，成功将产品价格压低。因此林帆帆团队出售的商品以低价格的优势和高质量的产品保障深受广大宁波消费者的欢迎。

林帆帆团队所运营的客户越来越多，需求越来越大，他们没有注意到合作工厂产品的生产周期与现有客户需求之间的差距越来越大，寻找到的工厂是日资企业，它的派单很多，又因为林帆帆团队属于中间插单进去的，工厂基本上都是优先服务上市公司，所以工厂需要满足众多上市公司的订单后，才能去解决林帆帆团队等微小企业的订单需求，那么一个单子排队排下来要将近两个月的时间。林帆帆团队运营的客户群体的需求让仓储量完全没有办法保持在一定水平，因此，所有的人工、场地等开支压力非常大。而且越来越多的客户因为没有能够短期内得到自己需要的产品开始寻找其他途径购买，这让林帆帆团队运营的客户数量越来越少。所以林帆帆团队的第二次创业再次遭遇失败。

窗外下着雨，天空灰蒙蒙的，似乎屋内的氛围也受到了天气的影响，弥漫着一丝压抑的气息。连续遭遇两次创业失败，林帆帆团队似乎已经失去了信心。林帆帆站在窗边，思想却飘到了四年前那个狭小阴暗的车库办公室中，往日的艰辛犹如幻灯片在脑海中一张张闪烁，倏然，他的眼睛亮了起来。

那天林帆帆对团队说出了一个决定，他们要做自己的品牌，做自己的产品，做自己的渠道，做自己的产业链。林帆帆团队梳理了两次创业失败的原因，明白如果创业，前期不能去想任何东西，要看自己手里的渠道能办多少事情，是否能保障自己的销量，保证自己的现金流，并以整个团队成员为优先，再去寻找匹配创业团队成员能维持的投资。

创业初期资金筹集是所有创业者都需要面对的一个难题，林帆帆团队集合了所有零星的资金筹集渠道才获得了创业启动资金。林帆帆曾说如果中间哪怕错失一个筹集资金的机会，也不会有今天的企业。所以资金筹集也是企业创业成功的一个重要因素，但他们筹措资金采用的是比较粗放的吸纳方式，一开始林帆帆团队成员把企业当作自己的家，通过各种方式扩大企业资金，没有过多区分比例，导致最终整合的资金优势与企业股东及团队成员对于企业未来规划以及利益分配出现矛盾，所以企业最终都失去了生命力。

对于一个企业而言，一定要树立形象与品牌。如果只是接受现成产品的输出却又不去打造企业形象，那么企业最终会消失在众多同一领域的企业中。

失败——乃成功之母

林帆帆团队经历一次次的创业失败后在2019年创立了大漠农业科技有限公司。但企业名字一开始并不叫大漠科技农业公司而是叫本果。但明明身处江南这一方肥沃的土地为什么要取名大漠呢？林帆帆团队当初也为企业名字苦恼许久，但有些时候想法总会突兀地显现，他认为在宁波这一市场中还没有哪家企业将农副产品做成完整的一条产业链。林帆帆团队将宁波这一尚未开垦的农副产品销售渠道市场比作荒漠，他希望他们团队所打造的大漠农业科技有限公司能够在这片市场上深根扎底，将水果带进宁波，让每一个宁波市民都能够享用到最新鲜最健康的水果，因此将企业名字改作大漠。在新兴市场中摸索前进同样是一件极其困难的事，因为他们没有可以参考的成功案例，所有的一切只能靠林帆帆团队总结以前失败的经验以及对未来的规划一路前进，他们不知道这条道路是否能够直达成功的乐园，但他们知道只有坚持到最后才知道未来是否光明，不去想未来有多坎坷，努力做好当下，在创业道路上持续前进才是最正确的选择。

大漠农业科技有限公司是林帆帆团队在总结之前两次创业失败经验后重新打造的企业，这一次林帆帆选择一人完全控股来确保企业能够按照林帆帆团队的思路去规划未来。

迎风张“帆”，推动时代巨变

大漠初绽，做行业的开拓者

浙江大漠农业科技有限公司组建伊始便展现出了强大生命力，萌发出勃勃生机。林帆帆团队将企业的经营理念定位为服务型企业，秉持着改善民生的初心，致力于打造便民利民的生态社区。对于服务型企业的营运，林帆帆有着自己的理解：企业能够长期稳定地发展，最重要的就是做到“利他”。他说“利他”也是一种商业模式，就是将服务他人作为宗旨。我们要将眼光放得长远些，看得更深入些，这样才能深入挖掘当中的利益，企业才能做稳做大。随后，林帆帆举了一个生动的例子来阐述“利他”这一概念：假如我有一个杯子，每个人都想要，那么谁提出来要这个杯子那就是矛盾的源头了。但是我会想得更长远些，这个杯子给别人，我不想要。既然这个杯子这么抢手，那我就要卖这个杯子，那我不就是赚钱了吗，所以在“利他”的同时对我也很有利。

会议室

企业文化是一个公司的生命之源。浙江大漠农业科技有限公司的企业文化就是“成就他人，成就公司”，充分展现了公司的格局和魄力，短短的八个字，却包含着深厚的含义。“成就他人”不仅仅是成就民生事业，还包含着成就公司的员工。

林帆帆说道：“我们大漠在做到产品品质和服务最优的同时，还要解决好最后100米的配送问题，这才是真正便民利民的生态社区。除此之外，人才赋能企业是主流，人才的培养就是公司的重中之重。我们公司组织架构是一个‘倒三角’结构，因此公司目前推出类似于海星的项目孵化器，公司的发起人和管理者则是给创业团队提供资源和渠道，辅助项目的成功落地。”“成就公司”则是通过前期“成就他人”获得忠诚的客户以及培育的人才，这对公司的发展有着积极深远的意义。

在人员管理方面，林帆帆团队实施的是弹性自主的管理模式。项目实施过程中，有能力、敢担责任的员工可以主动提出负责项目，但权力与风险并存。这一管理模式充分提高了员工的主动性和创造性，大大提高了项目完成的效率，推动着公司的快速发展。

员工休息区

大漠初心，做农产品的垦荒者

浙江大漠农业科技有限公司将农产品确立为主要的发展方向，不久，便先后推出“本果生鲜”“本果优+社区”“草系生态游”和“星眸文化”这四个模块。“做农产品的垦荒者”则是林帆帆团队的初心和使命，因而大漠在短短的三年时间里就进入了高速发展的阶段。

“本果生鲜”作为大漠的主营业务模块之一，林帆帆团队专注于建设水果和海鲜产品直供客户端的供应链，从源头保障品质。

团队致力打造自营品牌优势，在水果供应链上，直接参与基地优培、水果优选、精细储运各环节。成熟采摘、冷链配送，“从树尖到舌尖只差一个你”，为消费者提供更多新鲜、好吃的优质果品。在海鲜的供应链上，市场上大多数企业都采用普通的冷冻技术，在海鲜品质上无法保证并且会造成很大的损耗。林帆帆团队吸取同行业的经验教训，创新采用优质的液氮锁鲜技术，提高海鲜产品的新鲜度、保证产品的品质。同时，林帆帆团队发现在海鲜的存储和运输过程中难免会造成损耗，为了解决这一问题，团队决定与工厂合作，研发海鲜深加工产品，极大程度地解决损耗的问题，也极大地提高了产品的利润。

天宫冷链仓储交易中心

在互联网蓬勃发展的时代，社交电商成为主流。为了适应这个大趋势，林帆帆团队推出了“本果优+社区”团购项目。通过零成本的精准营销，塑造品牌口碑不断裂变社交圈中的目标客户群体，将私域流量变现。团队秉持着线上做高端、线下做直营的方针，为了配合线上社区团购的购买和极速配送，在线下开设了直营门店，将服务客户做到极致。林帆帆团队谈到，目前想要形成一个生鲜行业的标准，同时他们也向着“成为宁波市生鲜领域最有影响力的企业”的目标奋力前进。

在搭建好“本果生鲜”“本果优+社区”这两个模块后，林帆帆团队考虑到客户年限的问题，为了解决这一问题，团队推出了一个类似于“田园综合体”的生态游系列。目前，项目在义乌做试点，与当地已对接完成，打造一个集采摘、户外拓展、户外旅游于一体的生态体系。

随着时代的发展，林帆帆团队发现塑造文化体系将成为行业的趋势，通过“星眸文化”模板作为载体，打造属于大漠的专属文化体系。林帆帆说："我们想要追求的是属于我们大漠自己的风格跟理念，后续会看到我们跟京东合作，推出类似于武侠风包装的文创产品，增加产品的亮点，提高竞争优势。"

本果邻里直采基地

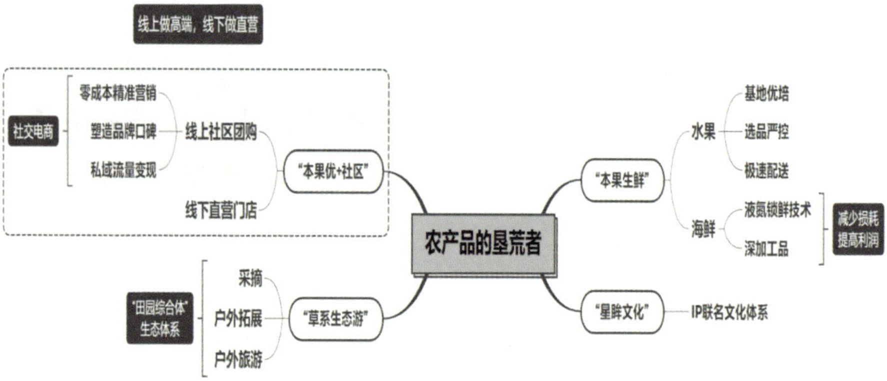

浙江大漠农业科技有限公司四大主要业务模块

大漠发展，做行业的引领者

现代管理学之父彼得·德鲁克说过："当今企业之间的竞争，不是产品之间的竞争，而是商业模式之间的竞争。"是的，21世纪的企业竞争的最高境界，不是产品的竞争、人才的竞争、营销的竞争、服务的竞争，而是一种商业模式的竞争。商业模式关系到企业的生死存亡、兴衰成败，企业想获得成功就要从制定好的商业模式开始。林帆帆团队凭借着敏锐前端的思维，深刻地认识到商业模式的重要性，只有独一无二难复制的商业模式才能在激烈的市场竞争中独占鳌头。林帆帆团队将商业模式拆分成产品与服务、价值和利润这三个板块，对公司的产品、服务、渠道和资源进行合理划分和整合，实现产业链转型升级，总结出大漠独有的商业模式。

林帆帆谈到商业模式的渠道构建有着自己独特的见解：互联网时代创业要去想的东西，跟以前已经截然不同了，这会颠覆以前的想法，所以不要轻易创业。但是要创业就要先去做渠道，先做渠道是最稳的。

的确，渠道的铺设最为关键，所以林帆帆团队在创业之初就是建设渠道。发展至今，林帆帆团队除了将产品和服务做到业内最优之外，还不断将产业链拓宽延长。目前，已经实现了从产品、人员、资源的组合转型升级为人才、产业、模式的输出。此外，林帆帆团队最独特的商业模式就是他主动承担起不同于其他企业的社会责任，将民生作为公司发展的初心，致力于打造便民利民的生态社区。

林帆帆提到："在如今的大环境下，接下来绝对是实体经济的春天。我坚信在互联网化的时代下，实体经济绝对会越来越轻。"互联网化的实体经济作为一种新兴的概念，林帆帆及他的团队思想绝对走在时代发展的前沿。从渠道的拓展到资源的整合再到最后造就了服务型的浙江大漠农业科技有限公司。

大漠惠及，做民生的成就者

就业是最大的民生。授人以鱼，不如授人以渔。林帆帆和他的部分合作伙伴对学校仍有浓厚的感情，提高创业成功率是增强"造血"能力的有效途径，也是增加就业的现实路径。以产业促进就业，响应国家政策，为更多青年群体提供就业岗位，实现稳定就业。只有将当代有活力的青年群体带向成功，使之扎根、开花、结果，才能使本地甚至国家经济社会发生质的飞跃，人民生活得到更好改善。

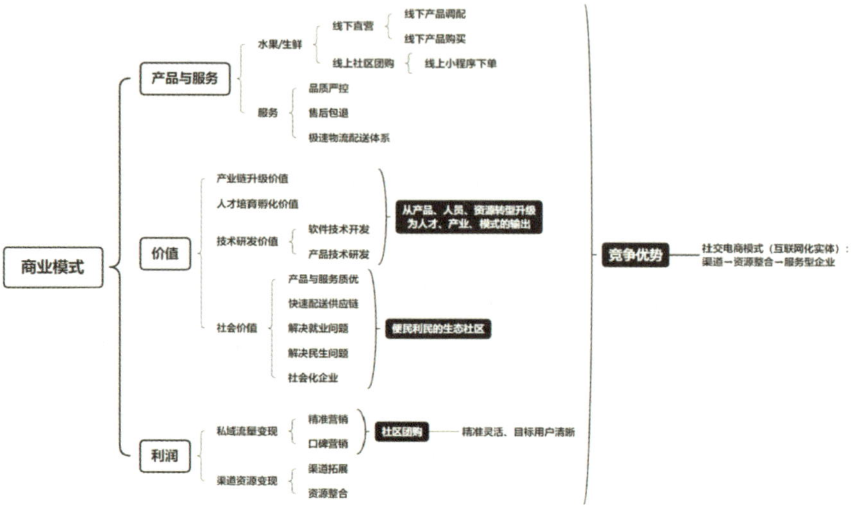

浙江大漠农业科技有限公司的商业模式

林帆帆和他的团队认为要从“溯源”到生产端，形成一个好的产业链，把优势资源结合起来，带动和提升宁波地区发展，最大程度增强“造血”能力。顺应国家经济发展的要求和产业结构调整的步伐，做好特色产业，注重“大健康”，给人民群众提供优质的水果、海鲜以及家居用品。

利用先进技术，延长水果保质期，提高水果口感，用社区团购和小区体验店的模式保证果蔬的鲜度脆度，以相同甚至更低的价格快速地提供给消费者所需的产品，减少人们看不见的担忧。

“帆”鼓船进，扬起激情浪花

2020年，“私域流量”一词成为营销人常挂在嘴边的话语，这可能是2020年最热的营销话题，2019年是“私域流量”爆发的一年，大家关注讨论的是“私域流量用户增长”的话题。在多媒体时代，林帆帆认为，不要选择自己不擅长的方向进行传播，局限在文字上，而要选择自己适合的传播方式，比如去运用图片、包装、视频。有了过硬的产品内容以后，可以借助新媒体将目前掌握的私域流量不断扩大，打造一个爆号，得到公域流量以后，再将这部分公域流量转变为私域流量。“小而美”“小而精”则是林帆帆团队一直坚持的产品标准。

“我前两天看了一个特别感动的案例，北京一个卖咖啡的，只露出一个墙洞递产品，但是你知道里面是什么人吗？他的脸部是烧伤的。但是他就有这么一个理念，他能够把这东西做爆的！”林帆帆说道，他认为一个企业想要做大做强，就切忌急于求成，应该稳中求进做成一个服务型、社会型企业。这一点与公司的文化理念自然是不悖的——成就最好的他人，就是成就最好的自己。

王健林曾在中国品牌论坛上说过：“企业在制定目标和发展方向时，要与政府、社会的发展目标一致，比如生产环保型产品，将企业发展成果与员工共享。第二，企业的利润诉求与百姓利益应是一致的。”林帆帆的企业做到了！在同行市场上，他们讲究“溯源”，从生产端开始监督，同样的产品能做到保鲜时间更久，产品质量更优质放心；一直适应国家政策，顺应时代发展的他们也在努力解决一部分就业问题并且尝试孵化和鼓励大学生创业，立足于做一个真正的社会化的民生企业而不是个人企业。

回想起团队这些年所走过的路，林帆帆感慨万千，在创业的道路上，他和他的团队不怕失败，他说：“国家是为人民服务的，它不是只服务于前10%的高端收入人群。我们在刚开始永远不知道结果，因为没有预见性。做任何事情，不能害怕失败，创业都是需要一定创新性的，创新就意味着前人没有做过，总有要面临失败的可能。”林帆帆觉得创业方向对了，创业成本会极低，如果方向不对，那么创业成本极高，就变成两个极端了。

在坚定信念的支撑下，整个团队的创新氛围相当浓厚。不仅林帆帆自己的创业成绩斐然，团队的其他成员也都取得了卓著的项目成果，获得了很多的资源。林帆帆对学校仍有一种说不清的情怀根植于心，他的团队也希望能够帮助更多有理想的创业青年实现梦想。

当今商业大潮中，风起云涌，竞争无处不在，商机稍纵即逝。抱残守缺者、食古不化者、犹豫不决者就会在潮中翻船落水，林帆帆一直强调的创新性和洞察机会的敏锐性，是一个成功者需要养成的。机遇与风险同在，成功与勇气同在，唯有“帆”鼓，有风的时候才能船进，扬起巨浪！

案例点评

“我凡事必有充分的准备然后才去做”，浙江大漠农业科技有限公司董事长林帆帆的创业经历与这句话是不悖的。从一个懵懵懂懂的稚气青年逐渐成长为一个成熟稳重的企业家，林帆帆经历了无数次风霜雨雪的洗礼。在学校教导队、学生会的锻炼以及温州经商氛围的影响下，他逐渐培养出企业家必须具备的品质和意识：耐力、创新力、前瞻性和大局意识。自此，林帆帆带领他的团队踏上了大漠农业的发展道路。

耐力铸就大漠农业。干任何事情都不会一蹴而就，也不会随随便便就能成功。创业更是一样，特别是在创业潮风起云涌的今天，市场竞争更加激烈，可以说，创业难度更加增大，难免有很多坎坷、泪水甚至痛苦，这就要求创业者有一个好的创业心态。他们在创业的道路上到处碰壁甚至难以维持生计，最后林帆帆决定做自己的品牌、产品、渠道以及产业链。不言败的耐力让大漠农业迈上了新征程。

创新力开拓新天地。市场上大多数企业都采用普通的冷冻技术，在海鲜品质上无法保证并且会造成很大的损耗，林帆帆和他的团队开拓创新，将“利他作为服务宗旨”，采用优质的液氮锁鲜技术，提高了海鲜产品的新鲜度、保证了产品的品质。致力打造自营品牌优势，在水果供应链上，直接参与基地优培、水果优选、精细储运各环节，为消费者提供更多新鲜、好吃的优质果品。就这样，形成了公司独有的风格和理念。

前瞻性引领行业潮流。互联网时代创业跟以前已经截然不同了，产品和服务要越来越突出以用户为导向的个性化和智能化设计，林帆帆带领他的团队从产品、人员、资源的组合转型升级为人才、产业、模式的输出。互联网化的实体经济作为一种新兴的概念，林帆帆及他的团队思想绝对走在时代发展的前沿。从渠道的拓展到资源的整合造就了服务型的浙江大漠农业科技有限公司。

大局意识夯实根基。21世纪的企业竞争的最高境界，不再是产品的竞争、人才的竞争、营销的竞争、服务的竞争，而是一种商业模式的竞争。“成就他人，成就公司”这样的企业文化充分展现了公司的格局和魄力，林帆帆认为只有将当代有活力的青年群体带向成功，使之扎根、开花、结果，才能使本地甚至国家经济社会发生质的飞跃。他认为一个企业想要做大做强，就切忌急于求成，应该稳中求进做成一个服务型、社会型企业。

指导老师：工商管理学院　楼沁沁

创业者

柏王强

无论前路多么坎坷，只要怀着不屈的信念，你的脚步就是传奇！

校友简介

柏王强，男，汉族，1986年12月生，浙江嘉兴人。宁波财经学院市场营销专业2008届校友。2005年进入宁波财经学院工商管理学院市场营销专业学习，2008年毕业后从事营销方面的工作，经过艰苦磨炼和不懈进取，于2010年初创办了嘉兴市欧柏特电器有限公司。现任嘉兴市欧兰科技有限公司总经理、嘉兴市欧柏特电器有限公司总经理、中国建材市场协会集成墙面分会副会长、中国集成墙面产业联盟副理事长、宁波财经学院校友会副秘书长、宁波财经学院嘉兴校友会会长。2018年，嘉兴市欧柏特电器有限公司被评为“嘉兴市专利示范企业”“嘉兴市名牌”“嘉兴市著名商标”“中国集成吊顶十大品牌”“中国绿色环保产品”。

博观而约取，厚积而薄发

——记市场营销专业2008届校友柏王强

离开校园之后，他选择从基层做起，学无止境，奋斗不息，渐渐地成为他的座右铭。在积累了一定的社会经验后，他就毅然决定自己创业。他就是嘉兴市欧柏特电器有限公司的创始者——柏王强。如今，公司规模越做越大，产品质量越来越好，过硬的商品质量和良好的服务得到了全国经销商以及消费者的充分认可。让我们来看看柏王强是如何一步一个脚印走到现在的……

初生牛犊不怕虎，开启创业之路

2008届市场营销专业的柏王强毕业后直接进入家族企业，看似比常人起点高很多的柏王强，没过多久却发现在处理公司事务时，常常会有些束手无策，脑子里的理论知识无法正确地运用到企业事务上。柏王强开始意识到实践的重要性，唯理论与实践相结合方能举重若轻。恰巧，公司想要派人去湖南开拓建材市场，他得知后向父亲表达了自己的想法，父亲看着他笑着点了点头。

柏王强带着满腔热情和满脑子专业知识，背包只身前往湖南为公司寻找新的合作机会，资源、平台、经验什么都没有的情况下，只有不断地打磨和历练才能在这里扎下根来。柏王强通过数日的市场调研发现当地存在夜市，并且整个行业内做吊顶的同行只有六七家，在市场竞争不是那么激烈的环境中，一个新进入者如何脱颖而出也是一个难题。经过调研分析可知，这些竞争对手的营销方式过于传统，仅限折扣。新店单是采用折扣方式吸引消费者对于一个新进入者来说无疑是自寻死路，销售及营销方式都需要与众不同才能吸引消费者的眼球。柏王强苦思冥想，终是找不到适合方案，偶有一次经过杂货店时，听到店内的广播内容是“十元两件”，他忽然灵机一动，是不是可以模仿并改进一下？

一个点子在柏王强的脑海中快速地构建了起来，他回到出租屋与团队成员就市场目标、消费者心理、营销手段等方面展开了激烈而深入的讨论，时间过得很快，他们用八个小时孕育出了一个比较完整的方案。一套房子一厨两卫，卫生间在五到六个平方米，送客户五个平方米吊顶，其余商品不减价。拿出售价最贵的拼图形状，将其做特价，一元钱一片，在当天开业之前，将横幅和布条做好，凌晨四点一同张贴和广告宣传，开业后竞争者措手不及，导致竞争者门庭冷落。并且当客户在店内购买商品时可进行一次抽奖，抽奖设有1个一等奖，2个二等奖，3个三等奖及若干个特等奖，抽奖送的礼品均属于实用性电器，因为来购买吊顶的客户多用于家庭，注重商品的实用性。其中有一家三口，因为商品价格昂贵存在顾虑，小孩子看着抽奖表达着想玩的欲望，柏王强看着小孩子笑着说好。小孩子玩心重，旁边的客户也不会太过于在乎，小孩子手气好抽了个二等奖——苏泊尔的微波炉。旁边的客户纷纷投来羡慕的目光，小孩子的父母也欣然买单。因此，柏王强陆陆续续签下很多订单，其他分店纷纷效仿，公司渐渐地在湖南市场已占有一席之地。

此次湖南之行，让柏王强对吊顶行业产生浓厚的兴趣，他知道了市场运作和团队管理的重要性，这促使他渐渐萌生出创业的想法。

开启多赢互利的市场营销时代

在湖南做完一年的销售工作后，柏王强转战江西半年，最终回到了浙江。柏王强谈道：“当时的竞争还是十分激烈的，公司每年都会给每个片区设立指标，原先负责浙江片区的人因没有完成指标，也就换成了我，机会落在了我的身边，我也是抓住了机会，能回到浙江区也是幸运。”柏王强在2009年正式接手浙江片区后先后开了10家店，分布于温州、余姚北、慈溪等地。博观而约取，厚积而薄发。接触该行业一年后，柏王强看到自身在该行业积累的一些自身优势，例如具备相关经验，结识相关人士，具有一定物质条件。于是，2010年初他成立了属于自己的嘉兴市欧柏特电器有限公司。

此后，柏王强加强了对销售理论的学习，原本就对营销策划颇有兴趣的他也经常与团队成员出去调研，基本上维持着白天调研晚上讨论的常态，事业上越发忙碌，面对的困难也越发多样。令他印象深刻的是，一次冬天去温岭谈生意，抵达温岭已经晚上九点了，外面下着倾盆大雨，马路上的积水差不多十厘米深，见到客户的时候鞋袜已经湿透，柏王强却满脸笑意地与客户交谈。另一次酷暑，他顶着烈日走了25公里去和客户谈生意，见到客户时的他满头大汗、衬衫已被汗湿，衣摆挂着汗滴。当被问及那两次的生意是否谈成时，柏王强欣然地点了点头，并说道：“即使没有成功，这种磨炼也是需要的。”

柏王强总结了几点在浙江区域销售的成功经验：第一是组建联盟，发布广告。随着创业的规模越来越大，为了企业可持续发展，现有资源远远不够，柏王强心中早已有互利共赢的想法，但迟迟等不到一个合适的时机。柏王强在2010年一年里以学术探讨的名义走访了金华几个主要的同行企业，即便是竞争者，柏王强也愿意分享自己在创业中的一些心得，交流过程中心细的柏王强发现，在竞争中寻求合作这一诉求似乎在同行里得到了共鸣。

就这样，2011年同行业聚会，酒桌上推杯换盏间，建材七大主材以及辅助材料的经营者协商加盟，成立中国建材市场联盟。十几个人一拍即合，进行全覆盖递推。提前半个月对市场进行宣传，每家公司租若干数量的出租车和大巴进行广告宣传。等到销售当天，订单装满八个订单盒子，共283单，定金达到二三十万元，这个数量及金额在当时成为市场第一并保持很长一段时间。联盟内具有订单指标，在达到订单目标时还有金额要求，联盟内最后一名则需要接受惩罚。很快，联盟的良性发展推动着整个行业的发展，联盟的各个企业都收到了丰厚的利润回报，这为后期产业的转型升级奠定了良好的基础。

欧柏特荣获2011—2012年度集成吊顶影响力

第二是独特的“工厂店”方案。柏王强对此方案非常看重，并称其为当时最新颖的商业模式。当时全国各地都在拆迁，这是孕育“工厂店”方案的大环境，其次是住建委要求所有的房屋必须精装修出售，一旦精装修，所有的产品都由装修公司或者地产公司接手，对于经销商来说就没什么事了。工厂店着手的时候人、地址都难以抉择，刚开始推进的时候只有两三家。在未来可遇见的一点，工厂店采用组建工程，主打拆迁小区，以量取胜，建材的经销商会大部分消亡。柏王强大致介绍了这个方案：“我在小区里租一个车库，免费给你装修好，但是我需要用一年。海报张贴在每家每户的墙壁上，小区的重要路口横幅拉好，赠送门套，门套上印有广告，在视觉系统上全部到位，广告覆盖率高。家庭装修，介绍一单客户，返点10%。让顾客得了实惠，然后给自己做广告推销。通过工资与提成的方式找村里退休了没事干稍微有文化的中老年人，帮忙看看店，瓜子茶水备好。他们的任务便是找村里空闲的人喝茶聊天，在闲聊的过程中，背后的产品也会引起来访者的关注，这样一来，打开品牌知名度，深度挖掘小区市场的目标将不成问题。”

理论总归是理论，柏王强是一个注重实践的人。2012年，进驻温州市场建立门店，吊顶的原材料由德国进口，由于数量有限，引起行业内疯抢，总店进购1万片，目标是吃下温州一半的市场。原材料成本在200元左右，加工后对温州市场进行市场细分，将产品因售价分为三类，分别是形象产品、利润产品和进价产品。形象产品售价高、利润高但销量低；利润产品则是门店主推产品，售价介于形象产品和进价产品间，成为大多数客户的选择；而进价产品售价低，主要作用是打开市场和占有市场份额。

在实施工厂店方案时，柏王强第一眼就瞄上了温州市内的一个小区，原因很简单，当时温州拆迁的费用十分昂贵，居民可以拿到相当不错的补偿，而跨越经销商进行销售虽然给推广带来了麻烦，但是对于某个小区进行精准营销，这丝毫没有受到什么影响，反而给自己带来了更多的利润。当然看重这个市场的不仅仅是柏王强，奥普、欧普等同行的加入使得原本空旷的道路开始拥挤了起来，然而柏王强并没有退缩，他依旧按原计划实施规划已久的工厂店方案，其中最大的难度在于分析消费者的消费能力，来决定产品的价格。柏王强花了大量的人力资本就是为了搞清楚这块区域的人到底愿意拿出多少资产来购买自己的产品，为了收益最大化，防止滞销情况的出现，柏王强还谨慎地将调研分析的结果下调了五个百分点，这样欧柏特的价格会在奥普和欧普之下，形成了明显的价格优势。可遗憾的是，柏王强在调研分析的时候出现了问题，并非他所想的消费者会为了储蓄装修房屋而更倾向于低价格。恰恰相反，当地拥有高额补贴的消费者会更愿意提高消费预期，他们会更愿意购买高端的产品来追求他们的品质生活。欧柏特的产品并不低端，只是价格设得较低会给消费者一个低端产品的感觉，另一边奥普和欧普的高价格策略反而得到了市场的青睐。柏王强在争夺市场的初期失去了主动权，与竞争对手之间的差距越来越大。然而第一次实施方案的失败并没有给柏王强带来一丝丝灰心，在这之后，柏王强总结了失败的原因，在策划中特别注意细节，工厂店方案变得更加完善，并应用于现今的欧柏特。

工厂店方案为欧柏特后期发展奠定了一定的基础，而建材联盟助推了欧柏特在行业的地位，此两者结合推动了欧柏特在全国市场的布局。

互联网崛起，寻思转型

2013年，欧柏特线下专卖店多达150家，遍布全国。同年，互联网高新技术进入快速发展时期，互联网发展导致产品研发和产品创新技术提升，行业内许多竞争对手因无法支付大额研发费用而选择关门，欧柏特也因此门店缩水。线下门店由原来的150家减少到120家，这对于经销商来说无疑是巨大的打击。

2013年的第三季度，江苏片区和山东片区的季度销售额分别下降43%和31%，柏王强感到疑惑亲自前往调研，结果发现江苏和山东片区29家门店为了减少成本，串通做假货，利用公司名号进行销售。柏王强十分心痛，两个片区全国占比20%，欧柏特对29家门店发布律师函进行警告，给他们两种选择挑选：关闭门店和每家门店交3万元保证金，29家门店沆瀣一气选择全部关闭，欧柏特的门店一下子就锐减了29家，江苏和山东两省的市场份额一下子全部从手上溜走。经销商做假货的行为为公司带来了巨大的负面影响，尤其是在江苏和山东这样大的市场之中，仅29家门店关门，公司就一下子损失了500万元，公司现金流在此时又恰好出现问题，导致产品研发和产品和创新上投入的经费减少。年末，柏王强在看公司财务报表的时候，得知公司的年收益直线下滑，看着上面的数字，他连着几夜都没有睡好。

前期事情风波尚未平定，一波又起。2015年，公司团队内部出现问题，招商部总监及整个招商团队被竞争对手以高价挖走，条件十分诱人，对此，柏王强表示理解，毕竟人为财死鸟为食亡。关键是本该和欧柏特签约的客户却与对手公司签约合作了，不仅如此，对手公司在招商部的帮助下开始着手挖欧柏特的门店，柏王强知道此事后摇了摇头。这件事也逐渐在行业内传开，竞争者由此在圈内人云亦云。对手公司作为新人，在如此激烈的市场竞争环境下，产品研发、创新及运营费用投入较少，低盈利导致公司入不敷出，资金流断裂，最后以倒闭告终，这样的结局并不是柏王强想看见的。

风波稍作平息之后，柏王强并没有安定下来，他隐隐感到“互联网+”正是未来发展的趋势，那么建材行业就需要一次彻底的革命来完成他的产业升级，与其跟他人拼抢吊顶这个拥挤的市场，还不如另辟蹊径去寻找互联网带来的新兴市场。

技术成熟，二次转型

柏王强于创业初期关注的集成墙面市场在这个时候悄然崛起，市场异常火爆，当年创业的年轻人没有一个不想涉足这个行业。刚涉足集成墙面市场的他就像是个愣头小子，即使他在2008年就注意到这个市场，却因为技术局限性的缘故而与之擦肩而过，现在的他作为新进入者，势必被“老人”们排挤，撞过南墙、交过智商税的他渐渐地在这个行当里琢磨出一条适合他走的路。即便吊顶市场现在是一摊稀泥，但它也是建材市场必不可少的材料，那么吊顶作为他的老本行是否可以和新行业协同发展呢？经过欧柏特高层激烈而深入的探讨，一致决定采取“以集成墙面为主，吊顶为辅”的策略。

欧柏特集成墙面形象展示

2015年，欧柏特集成墙面技术成熟，专注于产品的研发和创新，最近几年，欧柏特所开发的新产品譬如浮绘·亚特兰庭系列和2016年的光影系列，无一不丰富了行业的产品体系，推动了行业的产品竞争力。

“光影”系列产品运用到的UV材料及光致蓄光型自发光颜料是绿色环保材料，不含放射性物质，不会污染环境，板材表面具有抗污、阻燃、高硬度等优点，且光致蓄光型自发光颜料在很多方面都具有优势，比如不含任何放射物质，无毒、无害，不含磷、铅等有害元素，保证对人体的安全性。同时具有稳定的物理和化学属性，使用寿命可达10年以上，并且是易于同各种透明介质原料混合使用的微小颗粒。

光影系列引用的设计构思源于自然界的极光现象，将其巧妙地引用到装潢材料中，对材料的表面进行光效处理，使其具备彩色发光的功能，让人们在家中也能看到极光。据内部提供的数据显示，光影系列市场反应良好，得到全国各地经销商的一致认可与好评。在行业内也产生了很大的影响，有部分竞争对手纷纷效仿，却也只是东施效颦，核心技术依然掌握在欧柏特手里。手握核心技术和专利的欧柏特，在市场销售中占据有利地位，企业的发展速度超过了行业的平均水平，并且建立了一张覆盖面广、忠诚度高的销售网络，使其销量在集成吊顶市场的比例得以进一步提高。

现欧柏特电器公司工作环境

2020年，欧柏特启动“百万富翁”计划营销助力品牌升级。欧柏特经过历时三个月的市场调研，对集成吊顶市场有着深刻认识，决定启动“百万富翁”计划。针对行业内缺乏品牌意识、伪劣低价产品充斥市场等现象，欧柏将从品牌定位、专卖店形象升级、产品升级规划、服务升级、渠道升级以及品牌传播升级等多方面来鼓励和扶持经销商，并打造产品整体形象从而提升品牌价值，倡导产业的健康发展。

柏王强对于集成吊顶行业的未来发展抱有乐观态度。他认为市场环境的瞬息万变以及现代化家居业的发展，使人们对家装整体的美观性、协调性、创意性的要求越来越高，同时对厨卫空间的功能性要求也越来越高。集成吊顶产品的概念和模式逐渐被消费者所接受，大量初创企业涌入集成吊顶行业，为提高企业竞争优势，不少厂家都在朝着个性化和定制化发展，以此来巩固原有的市场份额。根据目前的行业发展趋势来看，2016年起集成吊顶行业必将进入快速发展阶段，不管是顾客的接受程度还是产品的更迭速度较之以往都在不断地提升。在最近几年行业发展的主题依旧是：环保、低碳、智能、健康，而家居生活空间采用吊顶将增加阳台、客厅，卧室、走廊等。总而言之，目前推动集成吊顶行业发展的有利因素依旧存在，整个市场还将继续保持增长。

柏王强参加中国家用电器行业峰会

“做消费者喜爱的产品”是柏王强创立欧柏特的价值导向。欧柏特自创立以来，就坚持以产品为中心，以消费者需求为导向的战略方向，一直把服务消费者作为企业的核心价值，在产品研发、生产、销售及售后环节，尊重消费者都是公司发展坚持的一贯原则。柏王强也希望通过个人努力，为集成吊顶行业保持健康良性的发展贡献自己的力量。

疫情突现，转型数字

2019年末，突如其来的新冠肺炎疫情再次给欧柏特笼上了一层阴影。为应对此次疫情危机。人们出行受阻、居家观察，导致全部的建材市场一时间门庭冷落。

每一次危机都是一场行业的生死大考，特殊时刻，有人处于茫然与时运不济的哀叹之中，也有人在不断寻求新出路，从而刺激产业复苏与激活，逐渐实现正常运转。面对疫情的挑战，欧柏特线下门店经营受到较大的影响，前期无法正常营业，后期到店消费者人数锐减，为了让欧柏特继续生存下去，柏王强能做的只有开源节流。降低预期产能，减少人力成本似乎成为疫情下自救的唯一方法，但所有人都知道这只能减缓倒退的步伐，并不能促使企业正向发展。

在这样的背景之下，欧柏特将线下营销模式转到线上，利用数字化力量创新，不仅打破时间地点的限制，更扩大了营销辐射面。这一转变，将疫情带来的影响降到最低，并开启全新的数字化营销模式。

累计在线观看近37600人，累计收获点赞量12378次，直播间下定4362单。这是4月2日晚上仅两小时的欧柏特电器有限公司首场直播活动的成绩单。据了解，这场直播活动涉及高显光LED平板灯、吊顶辅材、扣板、浴霸电器、智能锁等各类商品的专业讲解，同时也通过镜头让消费者身临其境地感受欧柏特集成墙面的展厅风貌。

这是以往线下营销所远不敢想的。往常销售活动往往依托于线下门店、小程序等辅助工具，通过众口相传的方式形成营销效果，辐射面相对比较固定。而这次的线上直播活动，打破了时间和空间的限制，无差别覆盖对应的需求者。无论是经销商还是一线导购抑或是消费者，通过一台网络设备，就能同步直播现场的一手信息，最大范围地接触到全部人群。

而这样的线上数字化营销活动不止一场，4月12日微信线上秒杀送货到家、4月21日嘉兴电器直播、4月30日线上工厂直购活动……欧柏特正在通过数字化力量辐射更多消费者，也让自己在疫情阻击战中打了一场漂亮的攻坚战！

当销售、运营等在数字化力量的影响下都逐渐恢复正常运转的同时，欧柏特开始将目光集中到扩充品牌竞争力上。5月，欧柏特新品系列重磅上线。通过媒体多角度宣传、线上传播等方案，为新品上线造势。同时，门店可通过线上订购、线下送货的方式，实现品牌的有效竞争。

新品上线的过程，消费者通过数字化方式，掌握一手数据和信息，最大限度提升品牌亲和力，减少与消费者之间的隔阂，也让经销商能全面地了解新品的价值从而获得合作机会。欧柏特通过引进数字化力量，实现销售、运营及产品运输的一体化产业复苏。据内部人员透露，疫情后欧柏特的经销商不减反增，实现疫情下企业效益有效增长。

面对挑战，欧柏特以变应万变，利用数字化力量的加持，让我们看到它的气魄，也让我们对它的未来充满美好的期待。

展望未来，期冀少年

柏总在期待欧柏特美好未来的同时寄希望于当代少年。他说，创业初始阶段最难的就是开拓市场，要让别人买你的东西，要让别人和你合作，洽谈方面必不可少，和你接触的都是在这个行业摸爬滚打十几年的人，和他们相比你不过就是一只雏鸟而已。天下熙熙皆为利来，天下攘攘皆为利往，只有利益能让他们和你合作，而你要做的就是让他们在你身上看到潜力和未来的收益。柏王强曾经觉得很苦很累，一年365天，几乎全国各地跑，最北到过长春，最南去过深圳，最西到过乌鲁木齐，他就像个陀螺不停地转，正因如此才会有现在的欧柏特电器有限公司。谈及这段经历，他风趣地说："仔细算算，我可是走遍了大半个中国啊！"

很多时候你付出了不一定就能得到回报，不是每一次都能成功的，想成功就要有经受大浪淘沙的准备。他还说，做营销的人和做其他生意的人感触颇深的一句话是"跑断腿，磨破嘴"，可见做任何工作都要付出努力，都不是轻易可以完成的。拥有家族企业需要继承的年轻人最好出去闯两年，经历过社会的"毒打"和职场的历练，再回到家族企业从基层做起，这样有利于日后接管家族企业。

大学生毕业后一定要摆正自己的位置。大学生创业想法是好的，但是需要慢慢来，即使有家族企业为你撑腰，也得慢慢来，不然肯定会摔跤的。刚踏出校门就进行创业的大学生最缺的就是管理经验，创业了自己做老板，听起来好像不错，但个中滋味只有自己才能体会得到，要管理公司员工、要努力进行市场开拓、要与社会方方面面打交道，这些都是书本上学不来的，只能靠自己摸索。大学生创业，大多都是年少轻狂，没有看清自己，这样很容易导致创业失败。大学生想创业必须要具备创业最基本的素质：吃苦的准备和永不放弃的精神。想干哪一行就必须深入地了解该行业，积累一定的工作经验、管理经验、人脉关系和创业资金。总的来说，要做事就必须先学会如何做事。

执笔人：工商管理学院2019级营销2班　方雨婷

案例点评

柏王强的创业之路是一段披荆斩棘，不断开拓的冒险历程。初生牛犊不畏虎，他敢拼敢闯，一毕业便进入家族企业的他决定只身前往湖南开拓建材市场，渐渐地在湖南占领了一席之地；大浪淘沙，他亦迎难而上，成立属于自己的嘉兴市欧柏特电器有限公司后，他曾因一次市场调研的失误失去了争夺市场的主动权，但这并没有使柏王强感到挫败，此后的他精益求精，成就了现在的欧柏特。从大学毕业到进入公司上班再到自己创业，柏王强所经历的每一次挫折都让他对这个市场有了更深入的了解，正如他自己所说：“想要成功，就要经历大浪淘沙的准备”，没有任何成功是一蹴而就的，都是厚积薄发。

柏王强是一位坚定的实践派，进入公司不久柏王强就感受到他所学的理论知识无法正确地运用在处理公司事务上，当时公司正要派人去湖南开拓建材市场，他便带着满腔热情与满脑子的专业知识只身前往湖南。湖南的吊顶行业的竞争并不激烈，但对新进入者来说，如何脱颖而出也是个难题，柏王强经过数日观察以及与团队的激烈争论，最终孕育出了一个比较完整的方案，使得公司在湖南渐渐占有了一席之地。公司内部的竞争是激烈的，但正是这种激烈的竞争环境催促他不断成长，两年多的历练让柏王强积累了不少相关经验，结识相关人士，具备一定的物质条件，于是他决定创业，成立了属于自己的嘉兴市欧柏特电器有限公司。柏王强深知如今企业之间的竞争，不是产品之间的竞争，而是商业模式的竞争，所以他在开发产品的同时，不断寻求新的销售模式，除了成立中国建材市场联盟，还孕育了独特的工厂店方案，遗憾的是工厂店方案在温州实施时，柏王强在市场调研环节出了问题，导致公司在争夺市场的初期失去了主动权，柏王强不断总结经验，完善方案，为欧柏特后期的发展奠定了基础。2013年山东与江苏片区与经销商串通，给公司带来了巨大的负面影响，2015年公司招商团队包括总监整个被竞争对手挖走，面对一波接一波的风浪，柏王强决定另辟蹊径，寻找互联网带来的新兴市场，并且专注于产品的研发及创新，掌握核心技术，当初濒临倒闭的企业最终成长为中国集成吊顶十大品牌之一。

在创业的路上，柏王强始终明白不是所有的努力都能得到回报，但每一次努力的尝试都能为你以后的工作积攒经验。雏鹰折断过无数次翅膀才能够学会飞翔，创业初期的他碰壁无数，每天都像个陀螺似的不停地转，也正是因为挺过了这段又苦又累的生活，才有了后来的欧柏特。

柏王强期待着欧柏特美好的未来，同时亦寄希望于当代少年。他真诚地表示，大学生毕业之后一定要摆正自己的位置，有创业的想法是好的，但一定要慢慢来，不然一定会摔跤的。课本无法授予你全部的知识，想要干哪一行就必须深入地了解该行业的知识，积累相关经验，切勿年少轻狂，总以为天下事无不可为。

指导老师：工商管理学院　陆可晶

赵佳

创业者

若想漂洋过海，怎能止步于观海听涛。在奋斗的途中，要沉得下心，谋定而后动……

校友简介

赵佳，男，汉族，1985年生，浙江金华人。宁波财经学院环境艺术设计专业2007届校友。2004年进入宁波财经学院艺术设计学院环境艺术设计专业学习，2007年毕业后于宁波进入了专业对口的装修行业工作。凭借其敏锐的行业洞察力和把握机会能力，四年内积累了大量的行业经验与人脉，于2011年创立宁波惠泽装饰工程有限公司。现任宁波惠泽装饰工程有限公司总经理。

从无到有，拓创业之路

——记环境艺术设计专业2007届校友赵佳

如若每天的生活都异常平静，如平静的湖面，如死水激不起一点波澜，那么生活会是怎样的黯然。人生的壮美就在波澜起伏中展现。就同那蹦极，高高升起，既而又重重摔下；正是平淡之中孕育着躁动，寂然之中交织着奋起，平凡之中藏匿着神奇。赵佳——用他的创业经历向我们展现这跌宕的创业路……

万事开头难

从小就有着创业梦的赵佳在收到宁波财经学院录取通知书后，显得没那么意外，按他的说法是按部就班顺利考入大学。他不想未来的人生平平无奇，沿海地区飞速发展，日新月异，年轻气盛的他就是怀着这样一个创业梦，走进了宁波财经学院。

“我会觉得读大学是通往社会的一个过渡期，轻松地交朋友，轻松地完成学业，再找个与自己专业对口的工作，顺顺利利地踏入社会，积累经验与资本，然后开始自己跌宕起伏的创业之路，年纪轻轻就不应选择安逸，年纪轻轻地‘轻松’度日，是否缺失了刺激呢？”

2007年毕业后，由于对社会环境与相关行业内一些组织关系的不了解，他没有立马选择创业，而是选择了一份专业对口的工作，积累行业经验同时也为将来的创业积攒资金。

在宁波一家装修公司，工作了将近四年多的时间。工作期间，负责全国连锁性的装修管理、统一装修，也因工作原因去全国各地走了走，开阔了自身视野，积累了一定的社会经验与相关行业经验。

赵佳认为通过这些年的工作经验、走南闯北的阅历及自己积累的资金，已经差不多可以创业了。于是，赵佳开始寻求创业合作伙伴，谋划自己的创业方向，为接下来即将踏上的创业征程做准备。据赵佳说这次的创业，他是破釜沉舟式的，看准了时机才下手的，他没有那么多的试错机会，别人可能失败了还有机会，但是他认为，稳定对于他而言才是最大的保障。赵佳毅然决然地要在这个行业里面生根发芽，做大做强，他相信自己的选择，相信装修行业的未来。

峰回路转机会现，磕磕绊绊遇良机

人生又有多少个“第一次”？况且，我们每个人来到这世界上就只有这么一次，要是不趁年轻的时候去创业，不去尝尝这“第一次”的滋味，“少壮不努力，老大徒伤悲”，不要给自己的青春留太多的遗憾。

2011年开始创业，与自己的大学同学合资创建公司，在东方商务中心租了360平方米左右的场地，员工加合伙人共有六七人，这样的规模在同行业中算是起步点比较高的了。同时对于新公司而言，刚刚起步并没有太多、太大的业务量，财务账面上的资金会有所紧张。赵佳的公司在起步半年就遇见了这样的问题，只能与合伙人按股份继续投入启动资金，缓解公司资金压力。

赵佳在创业初期，就对企业的商业模式有着清晰的概念。商业模式是一个企业创造价值的核心逻辑，价值的内涵不仅仅是创造的利润，还包括为客户、员工、合作伙伴、股东提供的价值，在此基础上形成的企业竞争力与持续发展力。

就是怎样建立企业并从中赢利的一整套方法。将战略、策略、战术，即战力打包成怎样赢利的一整套方法，因此商业模式就是战略的应用工具。品牌是企业有形的手，商业模式是企业无形的手。商业模式的核心就是资源的有效整合，其要点为：销售一运营一资本。赵佳对他这一专业对口的创业项目未来有着非常多的期待。

又过了半年，由于公司经营问题等因素，合伙人提出想撤资，这时公司整体情况也还不是很好，处于入不敷出状态，最终赵佳同意了合伙人的撤资请求，并没有让他承担公司上的债务问题。

就在赵佳为资金问题而苦恼时，突然接到了以前同事的电话，了解了他的问题，也因与他共事过，相信他的为人、信任他的能力，最终资助他渡过了难关。事后赵佳不禁感慨虽然公司起步遭遇了很多问题，但每次问题都能够较为及时地处理解决，最终没有将公司拖垮。虽然他公司的业务没有做得很大，但是业务的时间点很对；每次资金链上的问题，都解决得较为及时。

2012年下半年面临要结婚买房难题，父母是国企下岗工人，依靠家里给予帮助较困难。由于个人不喜欢借钱，这次买房也是第一次去向朋友亲戚借钱；当你向朋友借钱时，你会发现相对锦上添花而言，雪中送炭是更难得的。那些没有借你钱的朋友，若干年后的现在，也不会向你借钱，这个就是一种财务上的避风。很多事业小有成就的人，最后是死在这个面子上面，碍于面子借给他了，这个钱又难以收回；或许有许多的人在他人看来是个富有的人，但是私底下有多少存款，负了多少债欠了多少钱，你都是不知道的，更多的人都是有他的难言之隐，身不由己。

相对这些年的磕磕绊绊而言，这个买房问题成了赵佳的人生转折点。赵佳购房的这个小区附近，装修公司并不多，因缘际会下这个小区的业务也让赵佳赚到了第一桶金，积累了最初的忠实客户，形成了熟人带熟人，顾客带顾客的良性循环。公司从红海竞争局面转换为蓝海，有了目标客户。原来的客户来源靠的是宁波当地的东方热线、装修平台、土拨鼠等，但是现在赵佳摒弃了网络客户，网络中部分客户的消费能力、消费观念可能不是很高、很准确，他紧盯着的是更高品质客户、高品质楼盘这类目标客户。

惠泽装饰公司标志

2012年底，宁波惠泽装饰有限公司渡过难关，步上正轨。而此时的赵佳，也才不到30岁。

企业再定位，市场有侧重

在装修行业分为家装与公装，公装装修公司招投标花费较大、尾款难拿、资金流大但是收益较高；家装相对稳定，但是收益较小，谨慎型的赵佳选择了前者。赵佳白手起家，一个人押上了所有，可以慢慢地赢，但不能输，一输就一无所有。

与兄弟抑或是关系很好的朋友一起做生意，会因为客户资源不均，合伙人有时候并没有做什么而心态发生改变，所以与关系好的人一起做生意一定要慎重。现公司股权分出部分，以激发员工积极性。2011年至今，公司经营已有九年时间，公司在原材料上与供应商关系融洽，口碑不错，并没有任何拖欠供应商货款问题，彼此建立了很强的信任关系。

2011年股东要退出公司；2012年经历一场官司、买房子；2013年有了孩子；2016年换了两辆车；2017年开了第二家分公司；2018年买了第二套房子；2020年添了二胎。

人生总要经历失败的，有些注定失败的经历，早经历风险会更小些，对将来也有更大的启发。在他人看来，并没有人能体会你的付出，每一年都要认真地对待每件事情。

现阶段赵佳分出了部分股权后，整合资源，为公司下一步扩张做准备。相对以往而言，现在做生意难的并不是钱，而是关键的人，一个合适的负责人。前两年互联网装修兴起，淘宝、搜房网等都是以雄厚的资金投入市场的，但是投入后并没有在市场中激荡起太大的水花。在赵佳看来，失败的原因有两方面：一方面，装修行业地域性强，在一个区域吃得开，并不意味着就能在另外的地方风生水起。你可能开始会由于家庭的一些关系，赚到第一桶金，但是后续的工人、服务质量等都大受影响，手伸得太远，并不一定能顾及全面；另一方面，这种以大资金大规模所招募的员工，其员工忠诚度并没有其他已存在的员工那样高，他们较多想的是怎么分蛋糕，而不是怎么把蛋糕做大。

因此装修行业也被称为最后一个没有被互联网行业吞并的行业，装修行业最后还是要落实到工人身上，工人文化程度参差不齐，难以统一管理。赵佳的企业相对其他同行业企业来说，对于工人联系比较紧密；一方面，公司的工人都有意外团体保险，有着一定程度上的人身保障；另一方面，将近十年从无拖欠工人工资，工资信任度高，忠诚度不一般。

赵佳的公司与项目经理之间是一个责任分包的关系，在项目结束后获得的收益都有着明文规定；工人的调度以及实际收到的工资都是由公司确定的，项目经理在这时只有开工资单的权利，项目经理最终能够拿到的奖金是由项目实际所耗用成本加上工人工资，以及客户最终的评分考核所决定的，这就是公司成本管理的一方面。这种成本控制的方式既保障了工人工资的发放，又协调了公司与客户端的关系。

目标明确，资源整合再创新

一路走来所遇见的各行各业、各种类型的人，也带来了不少的诱惑，赵佳始终坚守初心。面对不同的客户坚守着对事不对人的原则，给予客户满意的成果，在与人、与朋友交往时，不因其身份高贵而刻意去讨好他，也不因其身份卑微而瞧不起他，平等待人。

通过客户资源的再利用，赵佳近些年也有着新的业务拓展，比如近期的海鲜生意等。供应商是他的一位客户，主要销售的对象是他现有的客户，这个供应商是舟山人，在舟山做海鲜生意已经有三十多年，赵佳能够以更加实惠的价格去获得更加新鲜、质量更佳的海鲜。在这些年的公司发展中，积累了很大一部分客户资源，这些客户都是海鲜销售生意的潜在客户。这就是对现有客户资源整合再利用的具体体现之一。服务行业想要做成大体量是非常困难的，需要很大的精力，但是服务行业很稳定，可以成为家庭收入中的重要组成部分，成为自己的一条后路。赵佳觉得这并不是他的终点。在现有的基础上，根据自己的对自身的认知选择了将来想要实践的

工作现场照片

方向——做贸易；在生活中也会有意识地去认识、去了解相关行业的知识。

一个好的创意仅仅是一个好的创业工具，而将创意转化为良好的市场机会却是一个非常艰巨的工作。人们常常过高地估计创意的价值，而忽略了市场需求是否真实可靠。

装修行业是为他人做服务，也可笼统归为服务业，你的设计既要让你的委托客户满意，也要被市场接受。各种各样的室内装修创意设计很多，你不可能什么都想做，要发挥自己的长处，在某一项上做专，打出自己的品牌。只有在业务进入良性循环以后，才能让自己的工作室“可持续发展”。

赵佳对自身的认知很明确——性格开朗喜欢交朋友，组饭局，做事沉稳且有点佛。不过求稳的过程中总会错失很多机会，求稳并不代表他没有野心，更多的是在等机会，等一个真正适合自己下手的时机。

他清楚自身的目标是什么，懂得根据自身的特性制定出适合自己的战略，在工作生活中带着目标前行。对自己更是有着阶段性的规划的，每年一个小计划，每五年一个目标，一路过来的买房、换车、添丁、公司股权转让等。

昨日艰辛，今日浅谈

在提到家庭与事业之间的关系问题时，赵佳所持观点是：“事业与家庭共存，秉持中庸思想，在家庭与事业之间寻找平衡点。”有的人在没有钱的时候想要钱；有了钱又想要健康的身体。都有了之后又羡慕年轻，人的欲望是无限的，我们在生活中还是要找到自己的幸福点，找到真正自己喜欢并坚持的事。很多人想要拥有的，你可能已经有了，但你并没有发现，幸福是比较出来的。人得往前走，不能安逸，要幸福地往前走，背着太大的包袱前行，迟早会将自己拖垮。

在社会上有所成就时，总容易迷失其中抑或是忘了自己的初心，忘了自己想要什么。赵佳有了一定资本后，也在寻找着自己认为有意义的事——做公益，将柴米油盐送至受灾人家中，对一些因病返贫、看不起病的人提供资助等。

赵佳牢记“达则兼济天下”的优良作风。一次，他在朋友圈看朋友拍摄的照片，一幢幢老旧的房子，屋内昏暗狭窄，有些房屋甚至已被暴雨冲倒，很多独居老人，条件十分艰苦地生活在桃花坞里。赵佳作为一名土生土长的兰溪人，眼眶渐渐泛红……

之后，这画面时常浮现在他的眼前，“想为家乡人民做点什么”这件事也同一件“心事”一般一直萦绕在他的心头。每当赵佳想起这些质朴的老人，就十分疼惜。他通过朋友，联系上了桃花坞区棚户区改造工作征迁二组，将自己献爱心的想法表达后，立马得到了各方支持。大家积极行动，很快就促成了向困难老人献爱心的好事。

有想法就行动，他右手抱着一袋10公斤重的大米，左手拎着一桶4公斤重的色拉油，骄阳炙烤下，才爬了十几步石梯，身形健壮的赵佳就有点儿吃不消了。“来到桃花坞，才真正体会到这里环境的艰苦。”

每到一户，赵佳和帮忙搬运物品的志愿者刚放下东西，居民都是频频道谢，连忙切开西瓜，非得让大家吃了才肯罢休。“爱心是相互的，感谢这些好心人。我们能表示的很少很少，吃一块西瓜走，我心里都会好受一些。”

两袋大米、一桶油、五袋盐、一桶酱油、一瓶醋、一瓶豆瓣酱，再加300元现金。赵佳说，这是他和朋友一份很小很小的爱心，只能解决桃花坞困难居民两三个月的生活难题，几乎微不足道。但居民如此感激，他也被感动了。“作为一个在外打拼的兰溪人，我时刻关注着家乡的发展变化。棚户区改造是好事，能让这些生活艰苦的老人得到改善居住环境的机会。我也会继续努力，今后为家乡多做贡献，多多帮助这些需要社会关爱的人。”

在创业途中，最难的往往不是中途遇见的问题，而是解决问题、面对问题所带来的压力。解决问题并不难，主要是抗压性的问题，在背负很多的同时，还能睡得安稳，第二天起来专心地去解决问题。

赵佳最终的成功并不偶然，第一他对自身的个性、目标都十分清晰，勇于选择，哪怕一个人在人生地不熟的地方白手起家；第二是对市场商机的敏感性，能够在市场众多商机中，不被诱导，选择出真正适合自己的；第三是他不忘初心、锲而不舍的精神，在公司经营困难、原始合伙人选择离开时，仍然坚守，在事业有所小成时，牢记自身初衷。

人生远航，尚在路上

在这些年的工作中，我们也见到了相当多的大学生由于找不到工作而走上了单干或者联手同学自主创业的道路，相当多的职场精英因为怀有“宁做鸡头，不为凤尾”的老板梦而干起了创业的活。经历过一段艰辛的摸爬滚打以后，大部分创业者还是选择了退出，有的是管理能力差而又没有合适的人才辅助，有的是合伙人离去公司陷入分崩离析的状态等问题。这些年也接触了太多太多的创业者，成功的少之又少。但是大家要有那种面对打击，还能够站起来的决心与韧性，更要有从头再来的信心与魄力，重要的是创业这一过程中带来的心理满足感，创业项目最终成功与否也已不是那么重要了。

怀着创业梦的那个青年，在社会中摸爬打滚，早早地经历了那些成功企业家所面临的难题，他没有放弃、没有被生活压垮，终于实现了儿时的梦想，朝着更加广阔的未来阔步走去。梦想对于每个人都是美好的，但最终能够实现梦想的人，不过寥寥数人，圆梦的路上总是布满艰难险阻。

顽强的毅力可以征服世界上任何一座高峰；一时的挫折往往可以通过

不屈的搏击，变成学问及见识。赵佳就是拥有顽强的毅力，坚定的目标，沿着自己梦的方向，通过自己积累的多年经验，不断扎实的基础，相信自己能创造出一个更美好的未来，放手一搏，成就了现在的惠泽装饰与现在的赵佳。成功是一步一步积累而成的，像赵佳一般的创业者在创业之路上不断披荆斩棘，从而收获成功的果实。

对于创业者来说，目标是努力的依据。每年一个小计划，每五年一个目标，赵佳每获得一个成果，便对下一步的人生规划有了更加明确的方向，就这样一步一步实现自我。无论这个目标看起来是多么的遥远，但是赵佳相信总会遇到一个契机。

执笔人：工商管理学院2018级工商4班　程启义

案例点评

“目标明确，持之以恒地奋斗，准确出击才能真正抓住机会。”宁波惠泽装饰工程有限公司的创始人赵佳的创业奋斗经历深刻地诠释了这句话的含义。从一个普通的专科学生逐步成长为两家公司的创始人，赵佳成长了许多。若是没有精准的辨别，把握住机会，想必是很难达到现在的成就的。在人生的十字路口，赵佳选择了一条较为艰难的路，同时他又把这条路走出了风采和光辉，把本应平凡的人生变得波澜起伏。

谋定目标，为之奋斗。如今的专科生相对于本科生而言，其社会竞争能力同发展前景皆处在较弱的态势，未来发展空间有限。赵佳深谙其中道理，在攻读三年大学课程中就树立了短期目标，毕业后找到了专业对口的工作，一边工作一边为自己的创业准备，添砖加瓦。这样走南闯北的工作生活为初入社会的他积累了很多的工作经验，为之后的创业方向提供了指向。

把握机遇，适时出击。在这四年工作期间，赵佳逐渐了解装修行业的相关工作，积累了一定的人脉，敏感地发现了家装行业未来的发展空间。随着房地产等行业的快速兴起，装修行业的远大前景是无法估量的，相信大多数人不会拱手放弃自己相对较为安逸的现状，不愿意去冒过大的风险。但赵佳做到了，他放弃了原本已经较为熟悉的工作环境，选择了创业，把前途命运牢牢地握在了自己的手里。借助着工作期间积累的经验以及人脉关系，赵佳同大学校友开始自己的创业。

磕磕绊绊，渡过难关。惠泽装饰与其他刚刚起步的普通公司不同，在最开始他就选择了较大体量的资金投入，在日常的经营运营工作中，虽然业务量较为平稳，但是还是会出现资金的问题。合伙人因一些原因，在公司资金链出现问题还未得到改善时，选择了撤资离开，这时公司的重担就落在了赵佳一人身上。事后，赵佳原同事出于对他的信任，帮助他渡过难关。在这之后惠泽装饰也调整了模式，确认目标客户，采取的“和客户成为朋友”的方式，极大地拉近了甲方与乙方的关系，令原本严肃的商业活动变得更加令人感到舒适。同时这一模式，也形成客户带客户，客户更优质的良性循环。

人生远航，尚在路上。即使已经身为惠泽装饰工程公司创始人，即使已经得到了足够多的成就，赵佳仍然在路上。从无到有，从摸爬滚打到两家公司的创始人，这一路并不容易，从赵佳的话语中却并没有令人感到艰难，更多的是对既定目标坚定前行的一种态度。创业后每年的成果，令赵佳对未来有了更加明确的规划。有时候会没理由相信一件事情最后一定会这样。虽然现在看来困难重重，但往往一个契机可以扭转一切。不要担心未来不确定的一切，努力勇往直前就好。成功把创新思维在工作中成功实现。在惠泽装饰平稳运行以后，赵佳的梦想之旅也仍未结束，正如他对自己创业历程的概括——行在路上，相互牵挂，相互成就。

指导老师：工商管理学院　罗茜

余德和

创业者

生活源于热爱，脚踏实地，方能行稳致远。

校友简介

余德和，男，汉族，浙江温州人。宁波财经学院艺术设计系2008届校友。2005年进入宁波财经学院艺术传媒学院环境艺术设计专业学习，2008年毕业后进入装修行业工作，凭借扎实的专业基础与丰富的工作经验，准确地把握客户的需求，完善客户的装修概念，并将现代成熟的设计施工理念传达给客户，是宁波十大品牌设计师之一。于2011年创立宁波鄞州区天雅装饰有限公司，现任宁波鄞州区天雅装饰有限公司总经理、ICAD国际商务美术设计师、CIID中国建筑学会室内设计分会会员。

脚踏实地的实干家

——记环境艺术设计专业2008届校友余德和

“没故事的，我的创业过程中没什么故事。”伴随着余总爽朗的笑声，我们开始了今天的采访。本次采访的对象是宁波财经学院2008届优秀校友——余德和。余德和先生是宁波一流品牌家装设计师，于2011年创办了宁波鄞州区天雅装饰有限公司，现任总经理一职。

夯实基础，筑牢创业根基

高考结束后的暑假，余德和多次婉拒了同学们毕业旅游的邀请，选择待在画室继续绘画练习，因为高考的缘故已经一两个月没有碰过画笔了，他想要通过这个长达近三个月的假期扎实自己的艺术功底，同时锻炼和提升自己的审美。

2005年7月，余德和收到了宁波财经学院的录取通知书，通知书上显示录取的专业是环境艺术设计，这是一个新兴的、边缘化、综合的艺术系统课程，是一个跨学科的综合性专业，涉及美术、雕塑、装饰文化、建筑基础知识、园林艺术等多个领域，在专业技能的多样化上具有一定的代表性，宁波财经学院的艺术设计类专业更是省级重点学科、市级重点学科和校级重点专业，为区域行业的发展作出了突出贡献。被自己心仪专业录取的余德和手里捧着鲜红的录取通知书，兴高采烈地跑了快两公里的路程，依次向画室和高中的老师们分享了这个好消息，老师们特别欣慰，也替他感到高兴。

画室的老师看到他的录取通知书后这样和他说："我教过很多很多对画画感兴趣的学生，但是像你这样痴迷的还是头一个，进入大学也要像刚刚开始学画画的时候一样，依旧满怀激情，始终保持热爱。进入大学，接触到的专业知识跟高中不太一样，大学会学到更多的专业知识，到时候你不能仅仅把知识记在脑袋里，还要学会实践和运用。牢记先把基本功练扎实，只有基本功扎实，往后的学习才会相对轻松一些。"时隔这么多年，余总还清晰地记得老师当年的教诲，现在的他会利用碎片的时间练习素描和临摹，出差的时候还会特地抽出时间参观当地的展览和建筑物，活跃设计思维。

2005年9月，余德和踏入了大学校园，正式开始了自己的大学生活。为了保持良好的精神状态，他每天早晨6：30起床跑圈运动，还会每节课提早15分钟到达教室学习。在校期间，他通过积极报名参加学校组织的各项活动培养了自身的交际能力、办事能力和提前适应社会及处理问题的能力。室友们都在寝室睡觉、玩游戏的时候他泡在图书馆学习充实自己或者去办公室和老师探讨问题。环艺设计专业大致分为室内设计、园林设计、建筑设计几个大类，在大一的时候他就确定了自己的学习方向和目标，其中他最感兴趣的就是室内设计，所以他想从室内设计开始接触，可是一般专业课的学习都要从大二才开始，他只能借了学姐学长的专业书自学，偶尔没课的时候偷偷混进去旁听，他也了解到自己的专业时常要用到设计软件例如Photoshop、CAD、3Dmax等，这类的软件都是熟能生巧的，他自己一点点慢慢学习，一点点摸索功能，大一上学期结束之前他就能很熟练地运用这些软件了。他始终相信学无止境，就这样日复一日，年复一年，也正因为如此，在大学期间他的成绩一直在专业中名列前茅，深得老师同学们的喜爱。

脚踏实地，行稳致远

余德和并不是一毕业就直接选择了创业，装修行业不同于其他行业，整个装修过程包含建筑结构改造、水电布线、防水工程、瓷砖铺装、木工制作、墙面涂饰、地板铺装、水电设备安装等六十多道工序，每一道工序又包含着很多细节，只有一点一点从工地做起，一步一步循序渐进，才能保证项目可以收到预期的效果，而其中很多的小细节小经验都不是轻易就能从课本上、课程中获得的，必须通过不断的实践才能更好运用。

余德和毕业于2008年，因为专业的特殊性，他提前大半年就开始了实习，先后总共实习了四家公司。实习的最后一公司是他印象最深刻也是收获最多的，在前面三家公司实习结束后，他渐渐地积累了一些作品，这些作品得到了第四家公司的认可。他们多次向他抛出橄榄枝，公司的热情和真诚打动了他，也让他觉得这是一个不错的机会，于是加入了公司。果然，在那里，他们给了他更多的机会，充分挖掘了他的才能，在那里他可以以设计师的身份直接接触客户。当时的设计师不同于现在，整个装修过程中只需要提供设计方案与设计图纸，需要负责的方面更广，也更加的全面，并且直接的与客户和业主对接。那时候的交通还很不便利，从学校到公司或者与客户做业务对接有时要五六点钟起来坐公交车，甚至要从第一站坐到最后一站，而且很多时候他都是在工地上风餐露宿。这一段艰苦的时光，让余德和觉得自己离装修这个行业更近了一步，并且自始至终，他都保持着极大的热情和虚心的态度，参加施工，遵守安全规章，运用所学的理论知识向工人师傅、工地技术员们请教问题，学习公司其他设计师的设计特长，尽力完成公司分配的任务，及时地做到总结和复盘，逐渐可以快速地对施工现场出现的问题提出解决方案，也慢慢萌生了自己创业的念头。

整个短暂的采访过程中，余德和的电话不断，即使公司已经有一定的规模，很多水电布线、木工瓷砖等工作对接还需要他亲力亲为，他对待工作脚踏实地、认真负责的态度让我们深深地感受到了他的严谨。

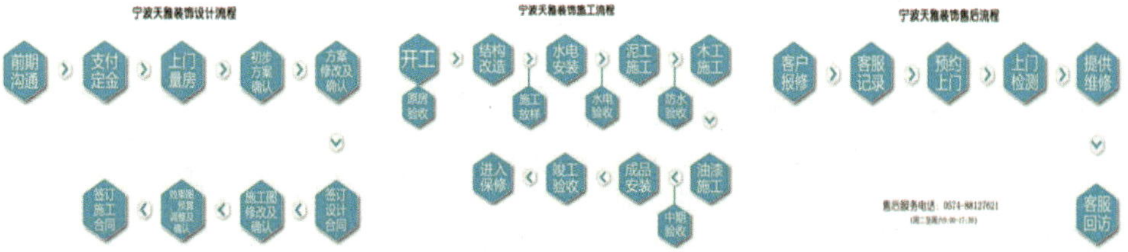

设计、施工、售后全过程规范管理

抓住风口，顺势而为

宁波鄞州区天雅装饰有限公司从家装开始起步，2011年下半年至2012年在装修市场上占据很大的份额，平均一个小区可以接到六七十套房子的业务量。但是逐渐地竞争越来越激烈，碰巧这时互联网的新浪潮翻涌而来，他们抓住了机遇，通过做平台积累了很多新的客户，同时积极拉拢老客户，提前转型做起了精装修；直至2016年宁波装修公司开始全面推行精装修的时候，他们又选择升级，做工装，升资质；而到了2018年，中国的房地产行业进入了寒冬，蛋糕只有这么大，但是这么多的企业都排着队分其中一块。当危机出现的时候，很多这个行业的人才开始思考怎样转型，怎样做大，但市场等不了他们，所以迎接他们的只有无尽的教训。幸运的是天雅装饰有限公司提前考虑到了这些问题，当一些公司还在走低端老路的时候，它们已经开始走高端路线，通过培养高素质人才努力地升资质，创新变革，现在的天雅装饰有限公司已经开始走土建、工程类、连锁店装修的方向，并且与政府单位合作。

总结发展以来的经历，宁波天雅装饰有限公司一直在积极地做大做强，战略格局上形成品牌化、规模化、专业化的发展走势，努力成为浙江住宅装饰业的领军品牌，并且一直将设计水平、工程质量及售后服务视为体现公司实力和塑造企业口碑的大事来抓，积极引导国内外装饰潮流，主导行业时尚。通过不断地创新和发展为消费者带来更加健康美好的家居生活和工作顾问，他们也被评为了“宁波市消费者信得过单位”“宁波市装饰施工企业”“宁波市诚信企业”等荣誉称号，有“中国小木工之家”的美誉。

公司这一切的发展看起来是一帆风顺，但是面对风口，如何准确地作出判断，抓住机遇实属不易。余德和跟我们分享了以下几个经验：第一，看好行业，选择自己喜欢并且适合的行业，只有选择自己感兴趣的行业，才更有动力坚持下去。余总回忆起当时选择装修行业的初衷，一方面是自己对于设计的热爱，对于他来说设计不只是一种谋生手段，更像是记录生活、展现生活的方式，就像他的设计理念中所说的“空间源于设计，设计源于生活，生活源于爱”；而另一方面，人们的生活离不开衣、食、住、行，乔迁新居历来都是一件大喜事，再加上现在人们的生活富裕了，对生活的追求更高了，自然而然，新居的装修也就成为人们创造自己心目中的居住环境的第一步。近年来，装修行业也被誉为“金色灰领职业”，已经形成了新的消费热点和新的经济增长点，城市化建设加快，住宅业新旺，国内外市场进一步开放，发展前景广阔，这个行业永远是走在风口上的。第二，审时度势，顺势而为。把握好当前市场形势，积极谋求并深化转型升级，提高产品服务质量，公司秉持“诚实守信，客户为先”原则，坚持做到把每套房子都当作自己的家来设计，把每套房子都当作自己的家来施工，把每套房子都当作自己的家来管理，重质量、重设计、重服务，优化企业竞争优势，积极为消费者打造舒适装修全新体验，同时抓住机遇，顺势发展，他们会在规划企业发展战略过程中，把眼光放得更远一些，始终走在市场的前列，并且适时转型升级。第三，学会坚持，努力把握命运。努力才会有更多的主导权，但是不要盲目前行，漫无目的，要在正确的轨道上奔跑，更有效率地前行和打拼。始终相信没有人能决定你的命运，我们每个人的命运，都握在自己的手里，自己的命运，只有自己才能牢牢地掌握。

余德和的经验朴实却有着很大的借鉴和参考意义，就像我们常说的那样，种一棵树的最好时机，要么是十年前，要么就是现在，我们不可能什么时候都能感知到风口的到来，而且趋势，很多时候并不是单纯地等出来的，而是做着做着，然后赶上风口。所以我们现在要做的，就是紧紧抓住已经呈现出的势，用实力抓住风口，等风来，成就最好的自己。

始于荒野，不仅止步于高楼

2011年3月，余德和选择了创业。

“装修公司创业的门槛不高，人人都可以创业，但是创业简单，守业难，很庆幸现在已经上轨道了。”他一边沏茶一边和我们感叹自己的创业经历。回忆起创业初期，正值严寒，那段和团队伙伴们一起在小区楼下蹲点、跑业务、做展位的日子。那时候的他们年轻、充满干劲，梦想着凭借自己的一腔热血可以闯出一片天地，即使四处碰壁，也不气馁，用自己的真诚和热情对待每一位客户。“我始终记得并且感激我们公司第一个客户，这是一个特别温暖的家庭，还记得那时的我们在面对客户时很紧张，年轻嘛，有点害羞但是又特好面子，担心专业知识不足容易露出短处的同时又要假装自己经验丰富，经历过不少大风大浪的样子，想让客户放心。整个装修过程中，他们一家人都很相信我们，详细耐心地听我们讲解装修方案，因为是我们的第一家客户，一开始我们准备的设计方案都比较保守，没想到他们让我们大胆创新，我拿出了在以前公司实习时构思却没有自信拿出去的装修方案给他们看，这个方案和他们的户型刚好匹配，实在没想到竟然得到了他们的认可，虽然确实在后续的实施过程中发现这个设计方案不是特别的完善，但是他们始终相信我们可以处理好。后来还把我们推荐给别的客户，真的特别感激和感谢他们。”这些艰苦而又宝贵的经历让这一群初出茅庐的男孩子快速成长，同时也增强了团队的凝聚力。

“最开始来到这里的时候，这附近都是荒野，我们的公司也只有九十多平方米，其实我们2013年下半年也想过放弃，团队内部出现分歧，一直以来的材料供货商也因为某些原因终止了合作，公司一度艰难到不能及时支付员工工资，但是毕竟是自己热爱的事业，我们咬牙坚持了下来，和团队伙伴一起到各个新的楼盘寻找合作，对老客户做电话回访，逐渐老客户也开始回拢了，新客户也越来越多，2017年下半年为了更好地发展，我们公司进行了重装，现在公司已经三百多平方米了，外面也建立了高楼大厦。”余总指了指窗外，从荒野到高楼大厦，余总像是这座城市发展的见证人，见证着自己的发展，也见证着公司的成长。

时代在不断进步，自己也不能落后，他始终相信公司会不断地进步的。

为了更好地建设团队，培养人才，组织管理类、装修材料类的相关培训，余德和一年就要花费几万块钱。“曾在杭州参加过一个针对装修公司老板的企业管理类培训，三天时间花了6000多元，不过回来以后针对自己企业的问题改善了绩效考核方案，员工积极性确实提高了不少，这些钱花得很值。我们也一直将设计水平、工程质量及售后服务视为体现公司实力和塑造企业口碑的大事来抓，广泛吸纳行业内资深设计师，并通过多方位的培训来提升设计师、监理及施工人员的服务水平。同时，公司注重强化内部管理，通过激励政策和建立良好的沟通平台，使得公司员工可以为客户提供更好的服务。”余德和在采访过程中多次强调了团队建设、人才培养的重要性。在他们公司，制度是第一位的，领导是第二位的，为了更好地服务客户，管理人员在任何时候都会以身作则，并且经常在员工面前进行自我批评，他们善于尽人员的最大价值合理安排人工，不断研究和创新，使得公司在实行任务时达到高速且有效。针对团队精神的培养，余德和认为团队之间建立信任、尊重以及体谅是十分重要的事情，尽管把“体谅”这个词放到了最后，但是这三方面是缺一不可的，多给同事一些理解，因为人无完人，如果同事在某次活动中有一些事情没有做好，要及时地指出也要给他建议和鼓励，要相信他能够改正自己的不足并不断成长起来。他们的员工素质培养也很有趣，围绕尊重、合作、诚信、勤奋、负责等十二条员工素养培养条例展开，“削一个苹果，注意不要削断皮”“每天睡醒就起床”……从这些方针中也感受到了他们公司的良好氛围。

依靠完善公司管理体系和发展理念，坚持不懈地提供高水平的人性化服务，相信在不久的将来，宁波天雅装饰有限公司可以有更大的发展，成为浙江住宅装饰业的领军品牌。

天雅装饰装修案例

寄语后辈，砥砺前行

“没有故事，我的创业过程中没什么故事。”回想起采访伊始余总说的这句话，或许是因为他从创业开始走的每一步都是脚踏实地，所以才会觉得自己的创业历程平凡。

“吃过亏，碰过壁，这是创业的常态。但是一路走过来，陪伴着公司由小变大，越来越多的伙伴加入我们的团队，同时获得了越来越多客户的认可，肩膀上的责任也越来越大，社会在不断进步，时代在不断发展，我们现在也在与‘90后’‘00后’竞争，跟着他们一起学习，年龄在长，但我觉得自己好像变得越来越年轻。现在是最好的时代，你们这一代创业比我们多了很多的优势，国家支持、社会扶持，创业的机会也更多，可以做更多的选择。但是作为过来人啊，希望后辈们在选择创业之前可以先进入社会历练几年，积累经验，所谓‘磨刀不误砍柴工’，同时也要戒骄戒躁，不要取得一点成绩就过于骄傲，还要学会忍耐，天外有天，人外有人，冲动解决不了问题，能力和经验是需要慢慢积累的，退一步海阔天空。要相信自己，是金子总会发光的，金子在被发现之前，首先要耐得住寂寞，这样才能守得住繁华。同时也要提前对自己的未来做好规划，比如说，如果你觉得这个城市适合自己，并且已经在这里打拼了五六年，遇到困难不要想着退缩，坚持下去，如果实在不合适，要学会及时止损。内部资源搭建、人脉的积累，都是需要时间的，并不是所有人都有从头再来的勇气的，有时候咬咬牙坚持下去也就过去了，人生也是如此。”余德和的话让我们受益匪浅。虽然现在的他有时也会想如果自己当年选择稳定，生活是不是会更加轻松。但是我相信，即使从头再来，他还是会选择创业，今年已经是他创业的第十个年头，但是谈起设计，聊起装修，他的眼中依然闪着光，因为热爱，所以一切苦与累都值得。

回忆起母校的经历，余德和也表示非常感谢学校老师与同学的帮助与支持，留在宁波创业期间，遇到困难，老师会帮忙提供参考意见，学校也会推荐优秀的毕业人才到公司，公司发展至今离不开他们的帮助。

执笔人：工商管理学院2018级工创1班　俞灵丽

案例点评

如今是一个大众创业、万众创新的时代，但是创业有人成功就必然有人失败，创业要想成功，除了拥有优秀的点子外，同时创业者也要有敏锐的眼光和创新意识，牢牢抓住风口，顺势而为，但同时也要讲究脚踏实地，方能行稳致远。

宁波鄞州区天雅装饰有限公司的总经理余德和先生的创业经历看似一帆风顺，但是一路走过来也面临着重重的坎坷和曲折，正如他所说的“创业容易而守业难”，在当前国家支持和鼓励创业的大背景下，许多人都跃跃欲试，但是为数不多的年轻人或许是受到社会上急功近利的浮躁风气的影响，也或许是商战的电视剧看得多了，一提起创业来，首当其冲就是想要上规模上水平，好像如果没有成立大的企业、大的集团就不叫创业似的。但是试问哪一个企业不是由小变大，一步一步成长起来的呢？

对于个人来说，创业是一个寻找自己长项的过程，不是越大越好，也不是越名利越好，每个人相信的东西和格局都不同，选的赛道也不同，有的时候顺势而为，小而强，简而精的模式可能会更适合。

要相信，金子是迟早会发光的，但在被发现之前，首先要耐得住寂寞，这样才能守得住繁华。“磨刀不误砍柴工”，余德和先生的创业经历对当代的年轻人来说有很大的借鉴和参考作用，如果一个人在自己的人生阅历、办事能力、工作经验、资金人脉都还不足的情况下，就一味地想要挑战自我，在如此激烈的市场竞争中有一席之地，这样成功的案例是少之又少的。但是如果你脚踏实地，一步一个脚印，从和别人学习开始积累经验，那么在你一个人独立面对风暴来临的时候，就可以更加从容了。

俗话说“不经历风雨，怎么见彩虹”。正是如此。

指导老师：工商管理学院　马丽娜

创业者

徐洁

以艺术梦想起航，不断坚持品质设计。

校友简介

徐洁，女，汉族，1985年10月生，浙江舟山人。宁波财经学院环境艺术设计专业2007届校友。2004年进入宁波财经学院艺术传媒学院环境艺术设计专业学习，2007年毕业后，进入房屋装修设计行业工作。凭借敏锐的行业洞察力和把握机会能力，自主创业，创立宁波海曙宇果创意文化有限公司，在徐洁不断的努力下，规模不断壮大，并更名宁波鼎加装饰工程有限公司。2017年拓展业务创立宁波三拾七计文化艺术有限公司。现任宁波鼎加装饰工程有限公司监事、宁波三拾七计文化艺术有限公司执行董事。

始于艺术，忠于坚守

——记环境艺术设计专业2007届校友徐洁

登求学路，奠创业基

2004年，一个来自舟山的女孩独自来到了宁波这个陌生的城市，在宁波财经学院开始了自己追逐梦想的道路。这个女孩，就是本故事的主人公——徐洁。

就读环境艺术设计专业的徐洁，从入校起，便积极参加学校组织的各类活动，凭借着对艺术设计的热爱，及积极认真的态度，深得老师的器重，老师会把设计项目中的一些任务交给徐洁来做。徐洁从最开始老师的“小跟班”，慢慢积累设计经验与项目处理能力，从产品设计、家居装修，到会展设计等。大三的时候，徐洁参与过的项目已有数十个，不仅使自己的专业设计能力得到了加强，也了解了项目整个流程，这对于一名大学生来说，是难得的成长经历。

宁波财经学院的那段学习之旅，不仅让她专业设计能力得到加强，也让她感受到了艺术输出和商业回报的喜悦。这也成了她人生中从校园过渡到社会的重要阶段。

怀揣着对艺术的追求，对设计工作的热爱，徐洁萌生了自己开公司创业的想法。不管结果怎么样，至少不负年华，不负梦想！

正是在校期间的锻炼，使徐洁对今后的人生选择有了更加明确的目标。

设计之梦，扬帆起航

怀揣着对艺术设计的热爱，个人梦想的追求，2007年，大学毕业的徐洁，义无反顾选择了创业这条路，成立了宁波市海曙宇果创意文化有限公司，主营业务就是装修设计。从公司成立之初，徐洁便一直对设计保持着高要求，坚持收费设计。这在当时的装修大环境下还是很冒风险的，当时的消费者对于装修设计的认识水平有限，市场上多数的装修公司是靠赚取装修材料费、人工费为主，为设计付费接受度还不是很高，一家初创公司敢这么做无疑是有风险的。那时，整个团队成员都对这一行为都表示不可思议，认为这个想法是非常冒险的。俗话说得好，“一分钱一分货”，徐洁从从业之初就坚定了对顾客收取的设计费负责的原则，从做出第一幅设计图开始，徐洁心里就定下了一个信念：要做，就做最好的！她坚持使用最专业的软件——3Dmax，只有用最好的软件设计出的效果图，才能够给顾客最真实的体验。这既是自身能力的体现，也是对顾客的负责。坚持用最高的品质回馈自己的每一位客户。这也体现了徐洁对自身能力的自信，她坚信好的设计，一定会为她带来客户。也正是凭借她对艺术的这份坚守，对公司和顾客的负责，对每一单顾客的认真接待、制定设计方案、数不尽次数的修改方案，最终为顾客交上了一份满意的“答卷”。这也帮助宇果创意文化公司做了良好的口碑传播，减少了大量的广告营销成本。这样一来，钱都花在了“刀刃”上，大部分的成本支出在了产品制作方面。

今天回过头看，也正是当年的这份对艺术的坚持，为她进行了市场差异化定位，主攻中高端客户市场，摆脱了在低端市场的竞争，也渐渐地赢得了客户的信任。公司从创立以来，一直稳步发展，在宁波市场站稳了脚跟。

转战舟山，初尝失败

公司的发展虽然逐步进入正轨，但宁波装修市场竞争激烈，面对激烈竞争，徐洁又有了新的想法，为什么不去开拓新市场，凭借在宁波市场获得的经验与资源优势，找一个相对轻松的市场去赢得更多的机会？徐洁第一个想到的地方就是舟山！那是她生长的地方，她相信作为一个土生土长的舟山人，凭借她对家乡的了解，以及这几年创业的经验，回到舟山，也一定能有所作为。经过一番市场调研，徐洁发现舟山的装修市场竞争相对不是很激烈，装修公司的数量也较少。这给她带来了信心，说干就干，徐洁立即开启了舟山的创业旅程。

经过一段时间的精心筹备，徐洁的舟山公司正式开业。但真正进入到舟山装修市场后，徐洁发现自己还是为年轻付出了“学费”，舟山虽与宁波邻近，但人们对装修的认识还是不同，观念相对落后，对于装修的要求更多的是以简单实用为主，并不是很在意设计风格，市场还需要培育。想要装修的客户一听徐洁的装修公司设计还是收费的，更是望而却步，这一年对徐洁来说很是煎熬，公司的订单数量少得可怜。

不仅徐洁的公司经营惨淡，其他同时进入舟山市场的装修公司大多也无奈折戟。市场的现实情况，让本是信心满满的徐洁备受打击，看来舟山的装修设计市场还需一定时间的培育。痛定思痛，经过再三考虑，虽有不甘，但徐洁还是痛下决定，结束这段舟山创业之旅，重回宁波市场。舟山的这段创业经历，大概是徐洁在创业路上走过最艰难的日子了。创业之路从来就不是一帆风顺的，但每一次挫折、每一分焦虑都能把她变成更加勇敢和坚定的人。随着发展，徐洁对行业和商业的理解也在不断加深，她思考互联网和传统产业结合的本质，寻找机会，整装出发。

积极求变，重新出发

回到宁波，没有时间感伤，徐洁迅速调整状态，成立了宁波鼎加装饰工程有限公司，重新出发。走进如果不是事先知道这是一家装饰公司，你会误认为走进了谁的家中，里面是一间含有主题风格的房间。徐洁认为，时代在进步，公司要紧跟时尚的脚步，绝不能落后。定期要对公司环境进行改造，这样才能不断输出设计，赢得消费者。

装修市场也是一个变化迅速的市场，新的装修潮流趋势，新的装修技术应用，以及人们审美水平及生活品质的提升都在影响着装修公司的发展。如果说最初的宇果文化创意公司注重的是设计，凭借好的设计就可以赢得中高端客户的信任，但在今天，光有好的设计是无法在激烈的市场竞争中生存的，徐洁在保持原有设计优势的同时，进一步优化资源，硬装软装结合，不仅为客户提供基础的装修改造，同时还为客户挑选家装配饰、灯光、家具等，随着互联网应用的普及，更是细心为客户开展智能家居服务，通过家居、声控、音控、灯光的各个智能模块进行智能家居升级等服务，给

宁波鼎加装饰工程有限公司内部装饰

客户带来更好的用户体验。徐洁开始进军全屋定制行业，历经多年沉淀，她知道需要更加与时俱进，优胜劣汰已成必然，在家装领域深耕十多年，要做到持续突破，最重要的是有坚强的设计后盾以及实践经验丰富。

徐洁认为他们所做的不是单纯地装修设计施工，而是为了满足客户生活及精神追求。全屋定制的方式使徐洁能够更好地给客户提供咨询、设计、销售、安装、售后的一站式服务，大大简化了整个装修流程，真正做到全方位让客户省心、省力、省时。从家具、沙发的挑选到窗帘、墙纸、灯具等的搭配，合理利用空间，又可根据家里的装修风格，选择合适的板材、款式以及颜色，从而让家具与装修协调，风格更贴切，还能根据用户的个性以及生活习惯量身定制，体现其独特品位。现在行业中，尽管硬装部分能够按设计实现，但由于软装部分很多家居用品与实际不符，设计效果无法实现，使客户满意度降低。对于徐洁的宁波鼎加装饰工程有限公司而言，拥有相关的产品支持，而且由于一直以来的坚持，所用的产品一定是够好的。因为徐洁更愿意用更好的产品服务顾客，为后期的售后做保障。选择使用好产品、好设计为客户服务，从精选优质原材料到一对一专属定制服务，再到两年的售后质量保证。因为她对自己的装饰公司的要求在于根据每位客户的特点、生活习惯提供设计方案，对产品严格把关，并做好后期的售后服务。

在如今互联网环境下，与其他装修公司大力宣传推广相反，徐洁希望坚持自己的创业初衷，因此当下的重点并不在找到一个可以立竿见影的手段，而在谋求改变与布局。徐洁把营销推广费用节省下来，练好内功，专注于提升对客户的服务。通过好的设计、好的质量、好的产品、好的服务来留住客户，利用客户的口碑进行宣传推广。虽说知名度不及几家大型装修公司，但通过装修后客户的认可及口碑推荐，获得的往往是高质量的新客户，获客成本反而是最低的。把注意力集中在公司业务能力的提升上，通过客户口碑来促进公司的发展，徐洁与她的客户间不单单是雇主关系，更成了朋友。即使徐洁的装修公司已有如此优势，但依然存在一些难以解决的问题，公司目前在招人方面遇到瓶颈，即使有不少专业对口的人才，但却难以将大量新鲜的优秀工作者吸收其中。这使徐洁为了摆脱市场竞争带来的压力，走上了一条新的发展之路。徐洁的公司也因此获得了很多荣誉，如装饰协会颁布的“优秀设计师奖”“金堂奖”等众多设计奖项。

徐洁的装修公司蒸蒸日上，她又想起了当初自己热爱的文创事业，因此在确保公司稳定的前提下，她又一次踏上了文创的新征程。

文创企业，展望新程

2017年，随着各种新媒体应用的普及，自媒体、短视频、网络影视等成为人们休闲娱乐的主要方式。本就对艺术充满向往的徐洁，又冒出了一个大胆的想法——创办文化公司。她相信自己在举办会展、活动策划及场景设计方面的工作经验及资源，会有助于她在文化创意领域的发展。

在她看来，这只不过是自己职业生涯中的再一次探险罢了。即使困难重重，她也愿意欣然接受。于是同年，宁波三拾七计文化艺术有限公司正式成立。公司主营业务定位在活动策划、企业宣传、新媒体开发、短视频拍摄、影视作品制作等。

2018年开始，短视频、自媒体行业井喷式增长，也证明了她的眼光。企业、政府部门对新媒体推广的需求也越来越多，徐洁与几十家政府机关和企业单位达成合作。宁波市高新区政府的各种宣传推广活动都交由他们公司承办，还有如象山新农村开发试点——墙头村的宣传推广、宁波市区各大道路景点的线上线下运营展示、宁波老外滩夜景的设计等。更值得一提的是，其中还不乏接轨国际的项目，如“一带一路”国际口岸合作大会、中东欧家居博览会等，都能见到她忙碌的身影。

优秀的文化能够塑造人生，丰富人的精神世界，增强人的精神力量，促进人的全面发展，这是徐洁创立文化公司的初心。公司创立没多久，在一次与朋友交谈时，徐洁得知澳门国际电影节有个短片竞赛单元，说者无心，听者有意。徐洁觉得这对他们这样的小公司来说是一次很好的机会，不管能否取得成绩，至少公司所有人都会通过这次参展收获一次很好的经验。抱着练兵的心态，说干就干，从编写剧本，挑选演员，影片拍摄到后期制作，整个流程徐洁都参与其中，使她对视频拍摄制作有了更深的了解，团队成员也都获得了成长。在团队共同的努力下，他们拍摄的作品《管道》获得澳门国际电影节最佳短片奖，第一次参加正规的电影节评审，就获得了这样的荣誉。徐洁凭借个人的独到眼光和卓越才能，将“三拾七计”这个品牌打响，为自己的创业历程又画下了浓墨重彩的一笔。

宁波三拾七计文化艺术有限公司电影开机仪式

徐洁在宁波文化圈逐渐有了一定的名气，也给她带来了更多的机会。中央电视台纪录片《远方的家》剧组联系到她，希望她协助舟山特辑的录制。作为一个舟山人，徐洁始终也没有忘记对家乡的热爱，毫不犹豫立刻答应下来，并全程亲力亲为，亲自参与节目录制。希望能通过自己的努力，更好地展现家乡的人文风光，使家乡得到更好的发展。

徐洁（右）颁奖现场合影

不仅如此，2019年，徐洁又尝试为舟山的海产品做品牌包装，创立海产品牌“锦鲤海鲜”。通过包装设计、品牌打造来更好地提升海产品的附加价值，并利用之前积累的客户资源进行销售，这也为她带来了不错的收益。尤其新冠肺炎疫情防控期间，客户不便出门，徐洁便利用网络下单、当日配送的方式，将舟山最新鲜，最优质的海鲜及时送到客户家中。“锦鲤海

《远方的家》拍摄现场

鲜”一经推出，便受到了客户的欢迎。为徐洁的文创事业发展又增添了一个方向。

虚怀若谷，未来可期

回顾多年的创业经历，徐洁感叹道：“像我们这种小微企业想存活得长，要靠两种东西。其一是企业要明确自己坚守的是什么，其二也是最为关键的那就是创新。”在我们国家的发展中，一个企业如果只是守旧，那他一定会被市场淘汰；一个企业如果迷失自己的方向，那他也一定活不长久。尽管企业生存发展面临前所未有的困难，但是倘若脱离了大环境，那就如嗷嗷待哺的婴儿失去母亲的喂养，再无生存的可能。反之，想要得到市场的认可和帮助，使企业能适应市场的发展，那就必须有一技之长，表现出色，否则在同行业竞争的情况下，又怎么能在市场竞争中脱颖而出？所以，企业发展至今，她付出的努力是巨大的。

徐洁在工作现场

除此之外，徐洁还强调，对企业来说，坚守的不单是自身追求的使命和责任，自觉履行社会责任也是刻不容缓的事情。在多年的发展历程中，从第一次创业到再度创业，“鼎加”与“三拾七计”始终将社会价值的弘扬与实现经济效益有机统一。2020年“三拾七计”响应政府号召，加入象山新农村——墙头村的开发与宣传推广，道路景点的展示。

徐洁带领着集团员工积极投身到新农村的开发，希望通过旧面貌新改造的方式，能让当地实现青山绿水向金山银山的转变，在推广美丽浙江的同时，带动经济的发展。追求品质不追求业务量，持续提升打磨作品，是“三拾七计”不变的发展理念。

关于创业的经历，徐洁认为做任何事情都要有始有终，一个人想获得成功，首先就要足够地了解所处行业中的朝阳产业，要在一个行业占据一定地位，就要做到懂得取舍。毕竟人生的经历是有限的，任何成就都是需要沉淀的。就以徐洁自己的案例，坚定的选择，让她投身到文化设计领域。尽管刚开始都有许多的无可奈何，但是随着时间的流逝，命运的促使，这仿佛慢慢变成生活中的平常。不论何时，都坚定自己的选择，自我肯定。而这种感觉也带给徐洁极大的鼓舞——既然选择了，那就坚持下去。

当坚持初有成效之时，徐洁不再满足于现状，将目光投向新市场。从原先的“宇果创意文化有限公司”升级到“鼎加装饰设计公司”，再到新孵化出的“三拾七计文化有限公司”。从精装修，做设计、效果图到全屋定制和软装的相互结合，再到负责“一带一路”会展的设计，中东欧博览会的参与，中外宣传。而这种不满足难道不就是一种动力吗？“创业初期我就在想，我能不能在这个市场站住脚跟呢？第一步我做到了。在企业逐渐稳定的同时，我在想，我能不能在今后的企业发展中一直保持这个水平的基础上，更上一层楼呢？这一步无疑也是做到了。接着我在想，在宁波我可以在这个市场占住一席之地，在其他地方我是不是也可以如此？所以接下来我的目标就是向浙江的其他地区发展，比如义乌、嘉兴，再看未来能否走向更高的平台。”徐洁说自己是幸运，由于自己的坚持，这些小目标、大目标都实现了。“所以我觉得，一个人既然认准了自己想干的事，它是值得付出的，那就义无反顾、执着地进行下去。”这句话虽不是金科玉律，但却是徐洁一直坚守的。

“人这一辈子，想要一直一帆风顺下去，是不可能的。任何磨难挫折，都是人生的必经之路。普通人可能只会遇到普通的问题，但是要想成就一番事业，就很可能会遇到重大的问题和挫折。在这个过程当中，若是没有执着，没有自己一直想要去坚持的事业，又怎么可能去解决？所以人生就是一个追求的过程，就是超越自我的过程。”这是徐洁对学弟学妹的期待，亦是对未来一代的憧憬。

执笔人：工商管理学院2018级市场营销专业　戴明敏　陈莉玲
工商管理学院 2018级工商管理专业　张贝

案例点评

从零到一、从小到大、从小心尝试到成功问世——这是每家初创企业必经历程。但在梦想的牵引下，优秀的企业断然不会止步于此。坚守优良的服务理念、不忘来时的初心、打造能被依赖的企业品牌，是企业能够不断强盛的秘诀，更是努力成为优秀的企业的关键因素。

一个企业生存发展得好坏，与一位优秀的领导人有着密切的联系。徐洁在企业管理建设上，毋庸置疑是一个优秀的创业人，更是一位杰出的追梦人。她怀揣着对艺术的追求、对设计工作的热爱创立了属于自己的“宁波市海曙宇果创意文化有限公司”。

徐洁曾感叹道：“像我们这种小微企业想存活得长，要靠两种东西。其一是企业要明确自己坚守的是什么，二是创新。”在如今的时代，创新已成为社会不可或缺的因素。小到人们的思想观念，大到整个国家社会的发展，都无比重视创新的发展。然而，创新也不单单是一句口号，不能信手拈来。从原有的“宇果创意文化有限公司”升级到“鼎加装饰设计公司”，再到新孵化出的“三拾七计文化有限公司”。每一步的升级和创新都是徐洁多年打拼经验的促使和对行业洞察力敏锐的判断，在坚持初有成效之时，不再满足于现状，以新姿态去拥抱时代的变化。一路走来，徐洁用行动向我们诠释了“变”与“不变”的真正含义。“变”的是企业与时俱进的发展轨迹，“不变”的是她创建公司的愿景与初心。

身具艺术情怀，心系社会家园，在家装设计行业磨炼了三年的徐洁，在创业的过程中，不忘故土，回馈家乡开拓行业，将自己所学的东西带回家乡。尽管由于种种原因，未能实现徐洁的想法，但徐洁也从未放弃这个念想。她说“现在不能成功，不代表将来也不行，待我学富五车，再闯故土”。在创业的历程中，徐洁既是一位优秀的企业家，亦是一位合格的中国公民，她深知自己作为企业家，身上的社会使命更是重要的。在乡村振兴中，积极响应政府号召，参加象山新农村开发试点墙头村的宣传推广工作，献出自己的一份力量。在参加央视纪录片《远方的家》舟山部分的录制编排时，她亲自上阵，为的是希望能将家乡的自然之美更好地呈现在世人眼前。

一如既往地坚守，不忘初心地追求，这是徐洁从未动摇的信念，她相信未来定是一片光明。

指导老师：工商管理学院　潘一龙

宋泽

创业者

犯错的成本并不高，错失机会的成本非常高，不要怕失败，要勇于尝试！

校友简介

宋泽，男，汉族，1985年7月生，浙江杭州人，宁波财经学院现代物流专业2007届校友。2004年进入宁波财经学院国际经济贸易学院现代物流管理专业学习。大学实习期间进入太平洋保险公司学习，2007年毕业后一直在该企业从事车辆保险相关工作。工作积极努力、任劳任怨，赢得了广大客户的信任，一跃从一名普通的业务员成长为销售冠军。2014年，借互联网发展的东风，毅然创业成立了第一家公司——合众值得网络科技有限公司。2018年，因资金问题，不得不注销企业。2019年，不改初心又与合伙人联合创办了第二家企业——吾众汽车科技有限公司，现任吾众保险事业部合伙人。

心怀梦想，何惧山海

——记现代物流专业2007届校友宋泽

“每个人心中都有自己的梦想，在还没踏出校门的时候我们觉得自己的前途是光明的，总想着如何去做自己喜欢的工作，但是现实并不是像我们所想的那样。因为创业是一件很复杂艰辛的事，再创业更是要有坚持的勇气和加倍的付出。但是只要你心怀梦想，坚持不懈，相信梦想终究会变成现实！”

青春之火，超越自我

2004年，高考结束后的宋泽来到了宁波财经学院，就读于现代物流专业。性格外向开朗、善于交际的宋泽从入校起就积极地参加学校里的各种社团活动。在参与社团活动的过程中，他不仅拓展了视野，结交了很多朋友，同时锻炼了社交组织能力，一步步地让自己更加优秀。在大学期间，让他倍感自豪的是，作为学生会干部的他成功组织了大型公益活动，例如为宁波市一所中学募捐、与西北边远的地区一所小学的结帮对等。每一项公益活动不仅体现了宋泽的能力，更体现了他的社会责任感。凭借着积极认真的做事态度、出色的组织能力及较好的口才，一次偶然的机会，学校老师推荐他成为学校第一名宁波市大学生记者。

大学丰富多彩的学生生活，为宋泽赢得了很多头衔，也为他今后的职业生涯奠定了坚实的基础。

十年积累，羽翼渐丰

2006年秋天，大三的宋泽经由老师介绍来到了太平洋保险公司实习，从事车辆保险销售工作。车辆保险销售工作不仅需要熟悉车辆保险相关的各种专业知识，还要掌握一定专业的汽车维修保养知识，这样才能更好地服务客户，帮助客户解决服务过程中车辆出现的各种问题，合理匹配车辆的维修保养项目。当然，如何与客户沟通，取得客户信任也是一门必不可少的功课。宋泽从一个对保险、汽车一无所知的小白开始，刻苦学习，虚心请教，不断地充实自己。而大学里参加组织活动的经验在这时也帮助他更好地适应了最初的职场生活，因为他知道没有哪件事情是轻松的，只有付出，才有回报！

宋泽现在还清晰地记得他的第一单业务。第一单业务的客户是宋泽的大学英语老师，老师对他的信任与支持，给他增添了信心，这第一单业务也成为他突破自我的开始。从此之后，宋泽不断地观察和记录客户的需求和服务体验，积累经验。凭借着他的坚持与努力，赢得了更多客户的信任，客户的车辆出现问题，第一时间不是想着找4S店、修理厂，而是想着来找他帮忙，他也二话不说尽力帮忙解决。慢慢的，客户与他的关系不再像是服务与被服务的关系，反而更像是朋友，在这样的关系中，老客户自然又愿意为他介绍新客户，宋泽的销售量就不断地增加。就这样，宋泽从一名销售实习生、职场小白一路做到月销售冠军，季度销售冠军，年度销售冠军，并常年稳居此位。直到2014年，宋泽在公司已做到了经理级岗位，年薪百万。车险行业近九年时间的打拼，不仅让他收获了事业，组建了强大的人际交往圈和资源，还让他沉淀下来，做事一步一个脚印。

机缘巧合，筑梦起航

在宁波车险行业里拼搏的近十年，宋泽做到了前列，基本达到了职场天花板，继续做下去生活可以变得安稳舒适，但他总觉得自己可以再做些什么，想要寻求突破，却又不是很清楚应该再做些什么，朝哪个方向去发展。

这个想法一直萦绕在他的脑海中，直到2014年，一次去杭州的路上，宋泽无意间听到广播电台里的节目播送，宁波被称为创业者的“天使之城”，这一下触动了他，既然在车险行业里，已经没有什么目标可追求，为什么不选择重新开始，换个赛道重新出发！凭借自己多年在车险行业积累的经验及各种资源，整合好一定能有所作为，如果能再加上天使投资人的帮助，或许真能做出一番事业来。

2014年，国内互联网行业发展势头迅猛，已涌现出一批如阿里巴巴、腾讯这样的互联网巨头企业，互联网应用在人们的日常生活中越来越普遍。汽车也从高端产品走进了一般人家，私家车数量越来越多。此时，宋泽就萌发了将互联网与车险相结合的想法。围绕汽车后服务市场，宋泽想通过互联网，把车主所需的服务都联结在一起，车主只要购买了车辆保险，那车辆所需的相关服务，如洗车、修车、保养等都可以通过他们来解决，提供全方位一条龙式服务为车主解决所有的用车烦恼。一次机缘巧合，他遇到了被称为宁波天使投资第一人的伯乐遇马天使投资公司创始人翁哲锋，有了一场谈判的机会，当翁哲锋听了宋泽的想法后，对他的创业计划立马产生了很大的兴趣，当即决定投资，支持宋泽把梦想变为现实！就这样宋泽拿到了人生中的第一笔创业基金200万元，开启了自己的创业之旅。

时不我待，乘势出发

2014年10月，经过前期紧张的筹备，在积累了基本的资金、人力和技术后，宋泽与自己的创业伙伴创立了合众值得网络科技有限公司(以下称为合众值得)。在资金上，合众值得公司得到了宁波伯乐遇马天使投资有限公司、市政府天使投资引导基金等诸多事业伙伴的支持。在业务上，公司围绕汽车后服务的市场开展业务，为客户提供的项目包括了购车比价、保险投保设计咨询、养车金融方案、维修保养推介、出险引导、理赔支持、法律救援以及二手车估价置换等一站式用车服务。

将“客户省钱，创造价值，用心服务”作为核心，一切以客户需求为导向，通过专业服务赢得客户信任，使客户的用车生活变得更加方便，舒心。

这种概念在当时是十分超前的，宋泽希望能够做到这一新业务的行业前沿，希望合众能将汽车后市场的相关服务做到最佳。因此，创新出了“利用互联网将购买车险的客户、维修厂、洗车行、配件商等相关方紧密联系在一起，互利互惠”这一超前的理念，合众值得可以说是初出茅庐，却一鸣惊人。借助在车险行业里积累的客户资源与人脉资源，企业创立之初，就获得了一批忠诚客户。

但想服务好客户，合众值得就需要与线下汽车维护的厂家店铺密切合作。由于资金以及精力的限制，原有的汽车一站式服务让企业在业务开拓上达到了饱和。因此，合众值得并没有自己的汽车维护站点，但线下汽车维护站点是为客户汽车服务的中心，为了解决这一问题，宋泽想到可以组织汽车维修联盟。宋泽在宁波市各大区域寻找有合作意向，且有一定实力的汽修厂，为合众的客户提供服务。使客户不管在宁波市哪个区域出现车辆问题，都能够得到合众最快速、最贴心的服务。简单来说，当客户的车辆出现问题，或发生事故时，只需拨打合众的客服电话，合众的服务人员便会在第一时间赶到事故现场，并为客户提供一辆临时代步车辆，如果客户有其他的事情要解决，只需在合众准备的三份协议上签名就可驾驶代步车离开，其他的问题会由合众的服务人员进行妥善处理，并且将车辆配送到家。合众为客户带来的不仅是专业的车辆保险，还有贴心周到的车辆服务。

时运不济，首次折戟

作为一家初创型公司，企业要发展扩张，就需要更多的汽车检修、维护、美容、事故救援、保险咨询销售、运维等方面的人才加入。这不仅需要大量资金的投入，还需要不断寻求汽修等方面公司的认可与加入。另一方面，虽然互联网应用已得到了全面的普及，但对于“互联网＋车险”这样创新的模式，人们的接受程度并没有宋泽他们认为的那么高。人们对于保险的认知，更多的是基于线下销售人员面对面的推广介绍。合众值得市场客户的培育需要有大量销售业务人员的配合，及不断的推广宣传，而这些对于初创企业来说都是缺乏的。各方面的业务压得宋泽和他的伙伴喘不过气来。

一个市场的培育过程是需要大量资金与时间投入的，对于宋泽他们这样的初创型小企业来说是无法承担培育整个市场所需的时间、精力、财力的。虽然对这个市场依然抱有信心，但能够把服务、思想传递给每一个车主，能够把企业运营下去，前提是能生存。2017年底，合众值得迎来了资金上的巨大压力，面对困难，宋泽毅然决定，精简之前广泛的经营业务，只保留核心业务，断臂求生。无奈时运不济，互联网保险在当时算是一个新鲜事物，在整个宁波和保险市场上都是无人尝试的，人们的接受认可程度不足以支撑他们这家企业继续走下去，在几经挣扎后，宋泽还是选择了关闭企业。

卧薪尝胆，等待时机

经过一段时间的调整，宋泽又回到自己熟悉的车险行业，他先后进入了三家企业，用两年多的时间历练自己。开始，宋泽加入到最惠保险平台。在这家公司里，宋泽偶然遇到了自己大学时期的导师刘彦涛老师，面对这样一位富有思想和能力的学生，刘老师给了他最大的肯定与支持，使他重新振作起来，卧薪尝胆，先沉淀充实自己。2018年，宋泽又转战来到了盛大众联保险公司，学习了解不同企业的企业文化、工作模式，继续磨炼提升自己。2019年初，宋泽经由猎头推荐来到了小米公司，担任小米公司宁波分公司的总经理一职，负责拓展小米公司在宁波的业务。在不同企业的工作历练，也为他的再次创业奠定了坚实基础。

矢志不渝，再次出发

互联网企业的发展总是风云莫测，小米公司调整了在宁波市场的战略，选择战略性紧缩，使得宋泽无法继续实现自己的抱负。宋泽回顾了这段时间三家企业的工作经历，自己对互联网、对保险行业有了更深刻的理解，对企业的运营管理也有了新的认识。不如借着这个机会，再次出发！

总结吸取上次创业的经验，宋泽明白创业是一件极其复杂艰辛的事情，需要整合各方面资源，以及笼络各方面的专业人士，光靠一个人的努力是不行的。通过这两年的逐级攀登，宋泽在宁波乃至整个江浙的商业圈都有了不小名气，与此同时积累了更多的资源和伙伴，这也是他能开始第二次创业的一个基础。也是在这个时候，依然是那片他熟悉的领域，他觉得现在互联网保险这个市场已经趋于成熟，人们已经认可了这种保险形式。现在他需要的是一个合适的机会，有一个优秀的团队。

经过考察，宋泽遇到了现在公司的创始人陈光众。他打算打造一个服务标准化、团队专业化、业务线上化、系统数字化的汽车后市场终端门店的服务平台。这个想法与宋泽最初的构想不谋而合，陈光众也看好宋泽在车险方面的业务能力以及工作经历，就这样，宋泽作为车险事业部的合伙人加入到这个创业团队当中，线下运营品牌吾道养车。于2019年12月签订了TS投资协议，同年年末，吾众科技汽车有限公司（以下称为吾众）正式成立，宋泽开始了自己的二次创业征程！

宋泽（后排右二）和其他合伙人

下沉市场，布局连锁

汽车后市场早已进入产能过剩时代，尤其是一二线城市竞争白热化，各类品牌连锁凭借资本、供应链等优势开疆扩土，留给新进入者的生存空间极其有限。

在中国汽车后市场行业急需重塑格局下，吾众作为一个初创品牌面临着市场激烈的竞争，但是对它来说这既是风险又是机遇。经过一番市场调研后，吾众决定将“下沉市场”作为进击的主战场。在下沉市场，特别是一些城镇，人口相对集中，圈子较小，当地的一些龙头企业掌握着绝对的市场。

而且，下沉市场的车主用户目前对汽车维保品牌的认知度不高，只要区域内的门店能够解决他们的基本用车诉求，更容易对区域内形成一定规模的连锁门店产生认同。另一方面，“小镇青年”正成为未来推动我国消费市场与国民经济增长的新动力，他们背后还有很大的潜力可以挖掘。

吾道养车正是看中下沉市场的这些因素，选择了避开一二线城市品牌连锁的锋芒，在三四线城市和城镇开拓市场。以“社区店+钣喷中心”的形式，根据区域的体量，对社区店和钣喷中心的数量进行合理布局。

车险赋能，科技助力

吾道养车终端门店的引流除了洗车、保养之外，车险无疑成为门店最重要的引流途径。吾道养车最主要的客户来源就是通过车险客户导入。在保险行业从业多年的宋泽清楚，随着理赔成本增加和新车增速放缓，保险公司获取客户的渠道已开始逐渐调向理赔成本更低的独立售后市场，保险公司会越来越重视对客户的运营。

保险公司运营客户，主要有两点担忧：一是线下门店能否给客户提供好的服务体验；二是客户的黏性，会不会流失。而这正给吾众这样的企业带来了机会。取得了保险客户的信任就等于赢得了未来的市场。

这些年宋泽接触到不少美国的企业，对他来说印象最深刻的便是他们专业的标准化体系。为此，吾道养车将重心放在服务标准化的打造上，确保所有的门店在洗车、保养的服务流程上能够做到同频。对于钣喷和维修难以实现标准化的项目，吾道养车先从基础的视觉标准化做起，让客户能够直观感受到服务的专业性，比如油漆修复32步。

同时，总部成立了标准化委员会，在每个城市设置城市督导，定期巡访线下门店的服务流程。另外，为了增强客户黏性，除了在距离上提供便捷，在服务项目上也争取覆盖车主的全部用车需求，涵盖洗车美容、维修保养、钣金喷漆、车辆改装、车险代办、事故车维修等。

在2020年4月，吾众便实现了5D运营体系全面落地，吾众旗下的所有门店都导入了5D体系。有了5D体系的助力，所有门店一样体系化，让修车也变得精致高端起来了。吾众旗下的软件服务公司，还正在研发自己的SAAS系统，为门店的业务在线化、数字化管理提供支持，人员效率的问题也能够迎刃而解了。另外，旗下的VR汽车技术赋能教育公司，通过研发可视化的智能穿戴设备，使今后的汽修可实现总部远程维修指导，提升技师的能力。

车险赋能，科技助力，融合线上平台和线下门店，打造经营闭环，吾道养车整合的目的是实现“1+1 > 2”的效果。可以预见，保险公司在成本管控上趋严，以及车市下沉，保险渠道会随之下沉，三四线城市独立售后服务市场迎来机遇，优质的连锁门店必然会受到青睐。

吾道养车维修店现场

创业征程，长路漫漫

2019年12月，吾众科技成立之初，就获得了杭州泰方投资600万元天使轮投资。所获资金全部投入到网点开拓。目前，吾众旗下的直营品牌吾道养车已拥有三十家社区店和四家钣喷专修工厂，布局南京、宁波、金华、建德四个城市，员工总数逾三百人，服务车主会员超过五千人，车险保费规模超两亿元。此外，吾众科技还拥有两家保险代理公司、一家软件SAAS服务公司和一家VR汽车技术赋能教育公司。

2020年，由于众所周知的新冠肺炎疫情原因，整个汽车后市场不景气，吾众科技依然坚强地活了下来，并在2020年底，获得马来西亚石油（以下简称“马石油”）和大蜂控股旗下大蜂保险销售有限公司（以下称大蜂保险）的千万元战略投资。

吾众将与马石油在机油销售、市场拓展、品牌升级等战略层面开展全方位合作。同时，与大蜂保险将在车险风险控制、汽车售后服务、政策指导等方面开展更深度、更广泛的合作，实现双方的合作共赢、共同发展。

吾众创办到现在已经过去了一年多，宋泽对吾众的期望依旧没有减少。接下来的两年时间，吾众的目标是深耕浙江市场，争取把浙江的下沉市场吃透：2021年12月底吾众计划实现浙江样本城市开拓，全年实现双百计划，能够在浙江地区发展100家加盟店和开设100家自营店。再去开拓江苏及安徽市场，最终实现覆盖华东区域。如果吾众可以按照他们的节奏扩张，在将来需要解决的是门店盈利和客户留存难题。避免盲目扩张，粗放式管理，人才培养跟不上。同时吾众欢迎更多的战略投资人为企业的供应链和信息系统带来帮助，使得吾众在各方面都能实现标准化。

从初次创业的意气风发，到再次创业过程中经历的这一切，宋泽始终坚信犯错的成本并不高，但错失机会的成本会非常高，不要因为害怕犯错，而畏葸不前，到以后为错失机会而后悔！有梦想就要去追逐，心怀梦想，何惧山海！

案例点评

创业的道路是漫长且艰难的，但同时也充满了惊喜和成就。在十四年的职场沉浮中，他经历过不同的角色——保险销售、销售冠军、客户经理、区域老总……宁波财经学院在读期间，宋泽就勇于尝试，开始了人生的第一份正式工作，也正是这次实习的经历，使他意识到不怕犯错、勇于尝试的重要。在保险行业要敢于面对客户的打击，坚信真心对待客户，付出总有回报。凭借这种精神让他一步一步走到销售经理的位置。不仅赢得了更多客户的信任，也为他带来了各种资源。在他的职业生涯达到顶峰时，他又毅然放弃已有的一切，重新出发，选择了一条艰辛的创业之路，创建了以车险为基础的车辆服务公司。

说到创业，宋泽是颇有感触的，这一路走来亲友的支持，伙伴的帮助，不仅使他得到了天使投资人的百万投资，还收获了客户的认可，获得了大量的人脉资源。他经历过成功也经历过失败，创办的合众值得公司在车险和汽车服务上赢得了一大批客户的认可，但也因为时机过早、经验不足等原因而创业失败。但他始终没有放弃自己的梦想，一直在为“互联网+车险”的实现而奋斗，对他来说“坚持，勇敢”是刻在心里的词。在第一次创业失败后，他选择沉淀自己，继续磨炼。先后任职于最惠保公司，盛大众联保险，小米公司，通过在不同公司的历练，来使自己的能力得到进一步提升。

2018年，宋泽与志同道合的合作伙伴加入到吾众科技有限公司，担任保险事业部的合伙人，开启了第二段创业之路。吸取前次创业失败经验，吾众稳扎稳打，避开一二线城市品牌连锁的锋芒，将目标市场锁定在三四线城市和城镇开拓。以车险为引流，连锁布局，目前已拥有30家社区店和

4家钣喷专修工厂，布局南京、宁波、金华、建德4个城市，员工总数逾300人，服务车主会员超过5万人，车险保费规模超两亿元。在经历2020年新冠肺炎疫情后，吾众科技也在慢慢恢复，逐渐步入正轨。

在获得阶段性的成功之后，宋泽仍保持空杯心态，持续学习。他总是不断提醒自己，要与时俱进加快学习的步伐，同时也用行动证实。企业一次次遇险，一次次化险，都证明了宋泽在积累之后迸发的实力，但是宋泽从未沉浸在已取得的成绩中，而是在谨慎规划中进行大胆突破，不断超越。壮大自己事业的同时，企业家的社会责任感也慢慢地融入宋泽的事业中，不断为社会提供新岗位，为汽车行业打开了新的市场大门。

在自己起起伏伏的创业故事中，宋泽认为很多的事情还需要自己去体验，去尝试，生活还在往前发展，时代每天都在发生变迁，未来还会有许多的挑战。但是只有去尝试，自己和吾众才会成长发展得更快。想要创业就不要怕犯错，只有去做才能发现机会，并得到发展。投入创业潮的我们更要沉得下心，不要因怕付出没有收获而畏缩。

宋泽用自己经历告诉我们，创业就是在不断试错的辩证之路，要学会不断地“没事找事”，然后迎难而上。

指导老师：工商管理学院　潘一龙

创业者

林海

未来，像我一样的年轻人都会回来的，他们也会像我这般，在老土地上耕耘出新的创业故事。

校友简介

林海，男，汉族，1989年出生，中共党员，浙江丽水庆元人。宁波财经学院2010届市场营销系校友，高级农商师，丽水市电商促进会副会长，庆元县民宿协会副会长，一菇一世界品牌创始人，懒猪窝民宿和廊桥故里精品民宿创始人。

2007年入学那年，第一次走出大山，就读于宁波财经学院，在校期间担任班长，在马莉芳老师的细心指导关心下一点点成长起来。

2008年加入大学创业园区，在学校开设模拟公司，逐步接触社会，在齐书琳老师的指导下开始校内勤工俭学和尝试创业。

2009年，随着校内和校外创业实践基地的创建，开始成立巨风传媒，主营业务为创意“剪纸”，开展营销实践。

2010年，成立折客商务布局宁波城市消费领域的解决方案。

2010—2013年，成立宁波众赢电商平台，帮助众多中小企业提供电商服务。

2014年至今，返乡创业，开办丽水第一家精品民宿懒猪窝民宿，被评为“浙江最美民宿”第三名；成立农场帮助家乡销售农产品，并获得丽水市农村电商创业大赛第一名。创建菌菇系一菇一世界品牌，解决农产品电商销售和品牌打造，打造全世界首家廊桥主题民宿——廊桥故里民宿，是丽水市庆元县第一家被浙江省旅游局认定的“金宿”品牌，助推丽水农旅融合和电商品牌创建的同时，让浙江最偏远的山区县，逐步成为热门旅游目的地。

用自己的双手耕耘出别样“丰”景

——记市场营销专业2010届校友林海

林海茫茫，山泉清冽。他——林海，是一菇一世界品牌创始人，懒猪窝民宿和廊桥故里精品民宿创始人。阡陌交通，水流潺潺，清风拂面带来清新凉意；鸡犬相闻，生活慢慢，煮茶泼墨铺展惬意笑颜。在“最慢小镇”的号召下，他开启了别样的创业之旅……

年纪虽小，创意无限

林海，是一位生于1989年的阳光男孩。大学毕业后，在外创业数年的林海毅然回乡，成了一名名副其实的“农二代”，在滋养着祖祖辈辈的那片土地上，耕耘出别样的“丰”景。

“林海茫茫，山泉清冽”，林海说，这是他的家乡贤良的真实写照，而他的名字也正出自此。“大二开始创业赚得了第一桶金；毕业后毅然回乡，线上线下卖起了家乡的农产品；在老家打造‘最慢贤良’号召下，又回村办起了富有特色的‘懒猪窝’民宿……”洋溢着微笑的林海，分享起了他创业的快乐。

“我第一次走出大山，对外面的世界充满着好奇，在校期间一直担任班长，得到了马莉芳老师的细心指导，正是在她的关心下，我一点点成长起来。”林海回想起十几年前的时光，“2008年我就加入了大学创业园区，当时只是在学校开设了模拟公司。随后逐步接触社会，在齐书琳老师的悉心指导下，我开始接触校内勤工俭学，并且尝试创业。”

看到学校里女生们喜欢布置寝室，林海就开始了倒腾起装饰材料，发现了“彩泥画”DIY的市场潜力。林海还加了朗朗上口的宣传语，靠着推销“彩泥画”，他淘到了第一桶金。倒腾装饰材料起步后，林海又开始代办公交IC卡、拍摄证件照、推广磁性剪纸……林海的大学生活显然比其他人忙碌了许多，当然也充实了很多。

“我从大二就开始创业了。”林海说。2008年，他注册了第一家公司——“磁性剪纸”。同时他在学校的创业园里，还拥有两家模拟公司。一头扎进了创业的浪潮中，他找到了自己喜欢的方向，根本停不下前进的脚步。

不忍农户的艰辛白费，他选择回归故乡

两年后，林海顺利毕业，留在了宁波的一家电商公司从事农产品和涉农专业的营销推广设计。虽然一路艰辛，但是也颇有建树。通过一次偶然的机会，他把庆元甜橘柚放到网上卖。“居然卖出了一万多箱，意外惊喜之余也让我有了一些反思。”

从小在农村长大，看到农民辛苦劳作，可是因为信息不对称、缺乏销售渠道等众多因素，农民往往得不到好的收入。而与之相对的是，城市人总是担忧食品安全问题，吃不到好的农产品，因此他们愿意花大价钱去采购绿色有机蔬果。

那么如何让农民增收，又能把好的农产品送到城里，让城市人也可以收获到美味和健康？家乡有这么优质的农产品，为什么不回家乡卖优质的农特产品呢？为什么把宁波、上海、杭州市场作为“消费”的推广地试试看呢？

林海越想越觉得，他可以做这件事，也有能力做好这件事！“走出去就是为了更好地回来，走过千山万水还是自己的家乡最美，所以内心没有遗憾和不舍。”

做名“新农人”，实现华丽逆袭

在振兴乡村的强烈心愿和与家乡那割舍不掉的感情的驱使下，林海“任性”地回到庆元当起了“新农人”。

说自己的家乡最美，是发自林海内心的真实声音。“曾经我家就住在半透风的土楼里，因为类似阁楼，有时晚上还会漏风斜雨。但是哪怕是这样，每一个有潺潺水声相伴、清风徐来入梦的夜晚都是我儿时最珍贵的记忆。”

为了寻找原生态的农业特色产品，林海花了大半年时间，在菇棚和父母一起种植香菇，有时直到深夜还在剪香菇脚。同时林海还会到大山中选黄坛脆梨、寻雪鹫、挑西瓜，到全县各村庄农场考察产品的品质和口感。在集齐了50多种农特产品后，林海借助微信朋友圈，把农产品直接送到消费者的手中。

线上直播带货的林海

借助前期奠定的顾客基础，林海发觉这是一次难得的商机，于是他一手打造了“好嗲胚”淘宝店和线下实体店。在林海带动下，当地村民们实施了林海策划的线上销售农特产品的方案，在短短一年的时间内销售额就达到500余万元。“我想让‘好嗲胚’成为‘庆元旅游的最后一站’”，这是林海给实体店的定位。

除了销售他的农特产品外，在夜深人静时，林海总会在微信朋友圈里发表一些有关“励志”的创作。

他曾写过一首诗：“城市，理解。今天，有多少人为你痴狂，人类创造了城市又把自己限制在城市中。为目睹你霓虹灯般变幻的容颜。可是某个角落，总会有人如我一般，心灵的流浪者，一直寻找失落的家园。对我们‘80后’‘90后’的年轻人来说，回家和远行，回家更像是大部分人的旅行……”

贤良是生他养他的真正的家乡，2014年，林海许下承诺，“我想做些与之前网上推销农产品相比具有更多创造力的成就，”他说：“我还是要回到贤良，去打造一个乡村驿站、原生态的风景旅游村。”并且他还给自己定了一个十年规划。

“我的十年规划，不外乎多看书、多写读书笔记、多一些生活的感悟，但也明确了要赚多少钱。”林海笑着，“我并不想去颠覆一个行业或是改变一件事情，而是想通过十年的时间来再造故乡，再造贤良。”

“懒”“慢”民宿——一个让都市人着迷的“奢侈品”

2014年，贤良镇开始大力发展乡村特色旅游，“最慢小镇”也应运而生。因为正好与自己的初心不谋而合，林海顺势而为，打造一家又“懒”又“慢”的特色民宿——“懒猪窝”。

“我来做，能把电商体验融入其中，也能为村民带个头。”于是林海迅速在贤良镇租下一栋闲置多年的小洋房，那年3月份，就开始着手打造起“懒猪窝”。

“懒猪窝”外立面和房间内饰由知名“XCV文创工作室”成员创作，“树屋”则由廊桥非物质文化遗产传承人吴复勇设计建造。

没有新造楼房，便就地取材用村庄的老房屋进行彻底改造；没有多余空地，就把原始的猪圈一举改成了休闲区；没有装饰，就上屋外找些木头削削剪剪，将房间点缀得格外别致；没有特色，房子外墙上就用最鲜艳的颜色画出喜庆的图案，就连7个房间也各有千秋，到处都充斥着浓墨重彩的装饰，“一米阳光”“城堡”“负氧”等房间的名字，更是让人过目不忘。

懒猪窝的建筑外景

原本并不起眼的乡村小杂院，摇身一变竟然成了当今最流行的民宿风格。“原生态与自由奔放”，便是第一次看到“懒猪窝”民宿时脑海中浮现的形容词。走进“懒猪窝”，很多游客表示尽管只是待了片刻，便不由自主地慵懒起来了。

“懒猪窝”四面环山，南阳溪川流而过，在溪边的是“猪栏竹餐厅”，餐厅旁的菜园里种植着一垄垄绿色的蔬菜，游客可以自由采摘蔬菜烹饪。

“在民宿吃饭，游客食用的菜除了来自自家菜园，还发展了周边100亩农耕园，采取底薪加分红的‘聘用方式’让低收入农民参与农场农作物日常管理，最后让游客可以真正吃到贤良原生态的优质高山食材。”这不仅让游客吃到了真正的有机绿色农产品，而且也推动了当地农作物的经济发展，更为低收入的村民了带来良好的收益。不仅如此，他还利用各大电商平台，帮助庆元农民和各大合作社销售农副产品，累计直接销售达到500余万元，间接带动农民销售产品近千万元。

“贤良是庆元最为偏远的乡镇之一，如果在这里把民宿做成功了，那么什么事情都有可能做好。”凭借着这一股蛮劲，林海将“不可能”变为“可能”。

路途的遥远、昂贵的住宿费并没有阻挡旅客那颗好奇的心，一批又一批的人，带着那向往淳朴乡村的心来了。

正是这样的又“懒”又“慢”的享受，让都市人格外着迷，原生态已不再是宣传口号，山野清风也可以通过真实的触感来知晓，“慵懒”变成一种只有在庆元才能感受的“奢侈品”。

“懒猪窝”虽没有经营多久，但被许多公司白领、背包旅客所追捧，甚至还有外国的朋友通过林海的微信预订专属的“庆元乡村生活”。说起它的火爆程度，林海声音里洋溢着止不住的喜悦，“如果遇到旅游旺季，房间基本上都需要提前两个月预订！”

“我不仅希望客人‘睡’好，更想让客人纵情山水，在田里玩耍、体验农事，真正感受一把自然之趣。”而对于林海打造的“懒猪窝”来说，最大的特色便是原生态，原生态的森林、山水，朴素的村民，非常符合现在人们最喜欢的旅游方式。

股东众筹，客源不断

短短半年时间，“懒猪窝”已经有了一群忠实的粉丝和稳定的客源。来这里的客人有一些是他的电商客户，有一些则是他打破了传统固定投资模式，以微信“众筹”方式吸引的股东。

众筹开民宿，是林海从线上销售食用菌延伸出的产物。2014年初，从宁波回乡创业的林海，在销售食用菌过程中，随手拍摄实景真实展示贤良环境。一年下来，图中美景陆续吸引300多位顾客前来。灵光一闪，林海便想到了通过微信“众筹”的方式吸引股东。

“每股1万元，可享受收益现金分红或每年5间房等实物分红。”当林海在微信中提出众筹的投资模式时，得到了许多亲朋好友的支持，短短一周的时间，他就筹到了35万元资金。

林海说，众筹时他比较看重的是“筹智”“筹人脉”“筹乡愁”。来自上海、杭州、宁波的26位股东，提供资金的同时，也为“懒猪窝”的客源提供了保障，自发成为民宿的传播者。股东们来，还会带来一大批新流量。

通过微信“众筹”这种全新的营销手段，不仅让藏在深山中的小民宿走进了当下最为火热直接的朋友圈推广，更源源不断地为“懒猪窝”输送了稳定的客源。也正是这种创新模式，让林海成了“甩手掌柜”，但民宿经营却变得越来越好。

几个月过后，“懒猪窝”声名鹊起。更让林海感到意外的是，连丽水的市委书记也来考察懒猪窝民宿，并为“懒猪窝”书吧赠送了100本图书、庆元县各单位筹集的500本图书和一套咖啡机和“云上五天”民宿筹集的木制玩具，这让他更加坚定了对未来的信心。

将天马行空与脚踏实地相结合

认识林海的人都觉得他是一个充满了奇思妙想的人。在“懒猪窝”开业后的几个月间，林海的许多想法和创意，例如露天啤酒音乐节、泼水节都在不断地被一一实现。精彩纷呈的节目、热闹非凡的活动将来自五湖四海的客人们聚集在一起疯闹玩耍，集聚人气的同时更积累了口碑。

林海在面对“懒猪窝”的火爆，并没有表现出自满，他说，“做民宿是一个学习的过程，而不是成就自己的过程。”是的，他成功了！但不是因为“懒猪窝”出名了，而是他每天向往无忧的生活，不被烦心事干扰。

林海浑身上下都透着一股纯朴。在“懒猪窝”，他会扛着锄头在菜地里瞎忙，会与当地村民一起交流、与他们一起下地种植。也正是有这种朴实、不以利益为目的的创造才成就了今天的林海，“回归乡村创业，做的是熟人文化，没有欺骗和利益，只有淳朴才能形成口碑。”

众筹成功创办的“懒猪窝”名声大噪，按照股东们的意见，林海开始着手二期民宿，准备再建五个小木屋。而这次，仅仅用了1个小时，就筹集到15万元，30多位股东。

而在林海的十年规划里，他还有两个最重要的理念：最小无限大和未来的项目都能落实到一个镇，甚至是一个村；追逐梦想的道路是不易的，而对于一个能把天马行空和脚踏实地结合在一起的人来说，前方似乎并没有什么不可能。

为了实现那两个重要的理念，林海已经拿下了隔壁五大堡乡濛淤村的23亩地，决定谋划一个动漫、山水景致相结合的亲子游玩项目，连名字都取好了，就叫“大话东游”。这是一个娱乐胜地，可以为小孩子带来一整天游玩的地方。“我想着周边还可以再设个琴棋书画馆和茶艺室，能够吸引更多志同道合的人走到一起。”

最近几年里，民宿在内地逐渐风靡，已经成为旅游住宿的重要业态。再结合丽水全市大力发展民宿旅游的乡村旅游政策，从古堰画乡到云和，民宿都已成为当地旅游的重要环节。

而在相对偏远的庆元贤良镇，乡村旅游也如火如荼，随着“懒猪窝”的大热，贤良村的发展更是打破了原有的格局。通过打造“懒”“慢”名宿，以原生态的风光和有机绿色的农作物来吸引客源；以独特的微信“众筹”营销方式，实现了更多的流量变现，带来了源源不断的客源，充分带动当地其他民宿、农家乐的进一步发展。

站在“懒猪窝”二楼，山中清风徐来，林海眺望着那一缕清泉，“‘懒猪窝’是我迈出的第一步，就如同别人叫我‘林花花’一样，相信不久的将来，我的事业定能带民致富。”

雨中二楼的懒猪窝

一菇一世界，一梦一桃源

“没有破坏原有农家乐的基本构造，只是做了些简单但独特的设计。”林海说，这个地方是他第一眼看到就喜欢上了的。濛淤村是庆元至景宁、寿宁的必经之地，这是一个具有革命纪念意义的村庄。由此林海找到了二次契机，2016年，他在五大堡乡濛淤桥附近开出在庆元的第二家客栈——“廊桥故里”，这是全世界范围内首家廊桥主题民宿。

“廊桥是历史变迁的缩影，闪耀着庆元文化的光芒，这些身边触手可及的常常会被忽略，但却往往是珍宝。有着这份特殊的感情，再到后来相中濛淤村作为民宿选址。”林海笑道，“一切就成了机缘巧合。”

廊桥故里，有故事的民宿。“一个能够引发共鸣的人物故事，一段轻悠而又暖心的乡旅历程，一套众筹思维创造的轻奢美宿，一桌当地土生土长的时令菜肴，一个温暖而又活跃的心灵社群。”这短短的几句话写在入口的展板上，把“廊桥故里”的特点都淋漓尽致地展现了出来。

与“懒猪窝”不同的是，“廊桥故里”更加注重房间整体设计的古朴，以廊桥文化做底蕴，透露着简约简单、以旧补旧、以旧换新的新式风格。但两个民宿也有相似点：都是由设计师改造和创作的，都具有抛却凡尘般的清幽通透和慵懒情绪，都将返璞归真的韵味淋漓尽致地传递给游客。

廊桥故里

“我想为丽水打造一个‘享菇’‘享宿’‘轻旅游’的金名片”。“在‘廊桥故里’可以静静享受，看书赏景品咖啡，也可以畅聊故事饮酒言欢，还可以走古道亲历一次穿越，感受时间深处沉淀的古意及其中传递的信息。”他说，“这是我真正想做的事，真正给忙碌而又疲惫的人们带来的放松之地。”

除了放松愉悦之外，林海还根据不同的需求，增添了许多特色项目，例如，户外越野、企业团建、汉服走桥、农耕体验、廊桥婚礼等。“不能让来游玩的旅客欣赏一下风景、感受自然的鬼斧神工就走，我当时想着要让他们感受到乡村旅游的魅力所在。”

“更多人知道了‘廊桥故里’，就会来濛淤村，听了庆元的廊桥故事，便会爱上庆元。”林海坚定地说，“‘懒猪窝’开在贤良，带动了贤良的乡村旅游，那么‘廊桥故里’一定可以带动五大堡片区的旅游发展。”

民宿业的发展也让传统农业有了生存和发展的空间。“民宿是生态农业的窗口，生态农业是民宿的支撑。”林海认为，“发展全域旅游，生态农业是根本。”没有了农村产业的支撑，民宿终将是无根之树，无源之水。

一菇一世界团队合照

因此，林海以“生态农业+生态旅游”作为发展模式，在政府发展“最慢小镇”的过程中，在“廊桥故里”继续“好嗲胚”的品牌塑造，逐渐带动乡亲们亲手参与制作以及增加旅游附加产品的收入，共同塑造乡村旅游文化的建设。以此来推动庆元的乡村发展真正实现从“建设村庄”到“经营村庄”的转型升级。

慢身心、做趣事、了梦想

在贤良镇，放慢的是脚步，但更是身心。林海爱种菜、爱疯玩，浑身上下都透露着一股纯朴。在贤良，他会扛着锄头在菜地里瞎忙，向周围农户了解需求，更好地建设乡村发展；走出贤良，他会和三五好友相约着走遍中国，做自己喜欢做的事，看自己热衷的壮丽山河。

从在校创业到步入社会创业，林海在相对偏远的庆元贤良村和濛淤村大力开发乡村旅游产业，随着“懒猪窝”和“廊桥故里”的大热，不仅仅打破了以往两村住宿条件相对落后的格局，塑造了特色民宿典范，还带来了源源不断的客源，充分带动当地其他民宿、农家乐的进一步发展，让这里的乡村生活、山水资源能真正成为留得住人的资源。

“未来，像我一样的年轻人都会回来的，他们也会像我这般，在老土地上耕耘出新的创业故事！”林海喊出的心声，在大山间久久回荡。

执笔人：工商管理学院2018级工商2班　徐宁　叶薇

案例点评

创业是他的理想，从在校创业到步入社会创业，一路顺风顺水的林海在学校的理论学习与社会实践的过程中，逐渐培养了创业者的精神：果断、坚韧、创新和前瞻性以及风险意识。但其中最重要的却是他回馈家乡的愿望，也正是凭借这股力量，林海在偏远的庆元县贤良村和濛淤村大力开发乡村旅游产业，让这里的乡村生活、山水资源真正成为留得住人的资源。

抛下都市的繁华，林海选择回到家乡做一名普通的“新农人”。回到贤良后，为了帮助乡村的发展、农户真正有脱离贫困的收入，林海在寻找原生态农业特色产业的道路上，发现了商机——庆元香菇，并成立了“好哆胚”，采取“线上+线下”的商业模式。同时还把“好哆胚”作为庆元旅行路线的最后一站，成功实现了乡村和自己的华丽的逆袭。林海开启了十年规划，决心打造原生态的风景旅游村，而这一切正好奠定了“懒”“慢”民宿发展的契机。

创业者的字典中没有不可能。林海抓住贤良镇政府大力发展乡村特色旅游的政策机遇，顺势而为，打造了一家又“懒”又“慢”的特色民宿。在他果断迅速的决策下，一个原本不起眼的小乡村，聘请了专业设计师着力创作，同时还把电商体验融合其中，形成了当今最流行的民宿风格，“懒猪窝”成为都市人体验农村慢生活的“奢侈品”。

林海的创业秉持着一个最重要的理念：最小无限大和未来的项目都能落实到一个镇，甚至是一个村。林海知道追逐梦想的道路不是一帆风顺的，但对于一个具有丰富梦想和情怀的创业者来说，前方似乎并没有什么不可能。林海当机立断，拿下了23亩地，创造了一个可以吸引不同年龄段的娱乐胜地，为他的下一个创作打稳了根基。

创新是创业者必不可少的素质。林海在小有成就之后想为丽水打造一个“享菇”“享宿”“轻旅游”的金名片，于是就在濛淤村新建了另一家客栈“廊桥故里”。林海认为，只有这种简约的新式风格才是给忙碌的人们带来的放松的地方。结束了第二家客栈的打造，林海以“生态农业+生态旅游”作为发展模式，在政府的支持下，继续“好嗲胚”的品牌塑造，逐渐带动乡亲们亲手参与制作，共同塑造乡村旅游文化的建设。

慢身心、做趣事、了梦想。作为创业者，林海也懂得享受生活带来的美好。在贤良，他会扛着锄头在菜地里忙活，了解农户的需求，更好地建设乡村发展；走出贤良，他会做自己喜欢做的事，看自己热衷的壮丽山河，也许这正是林海的灵感来源。“回报家乡”是林海创业生涯的最真实写照，也是他耕耘出自己创业故事的源泉。

指导老师：工商管理学院　吴丽果　伍婵提

创业者

仇挺挺

传递生活的理念，回归本真，享受户外……让更多的人感受到纯真的快乐。

校友简介

仇挺挺，男，汉族，宁波财经学院2016届汽车检测与维修技术专业毕业生，浙江省宁波市海曙区鄞江镇人，宁波龙挺户外拓展策划有限公司创始人、宁波耒井农业科技有限公司创始人。

2011年，入读宁波财经学院，同年冬季招兵中选择入伍，2013年退伍回校。

2016年毕业之后，仇挺挺和发小孙成龙注册成立了宁波龙挺户外拓展策划有限公司，并同时进驻趣湾庄园，开启“户外公司+基地”的经营模式。

2018年下半年，为了发展需要，布局业态，公司扩展新的营地——金泉营地。

2019年，全国范围大棚房整改，2020年新冠肺炎疫情暴发，仇挺挺连续两次遭到重创，损失严重。好在提前布局了新营地，能够断臂生存，营地发展重心也随之转移到金泉营地。

2020年，为了打造闭环产业链，整合上下游资源，创立农业公司——宁波耒井农业科技发展有限公司。

谈到未来，仇挺挺希望能够深耕宁波市场，借着营地流量，让更多人走进乡村田野，在户外体验到纯真的快乐。并且通过农副产品的二次转化变现，帮助营地周边农户增收的同时，与客户保持更加紧密的联系。

用军旅情怀谱写一曲壮美人生

——记汽车检测与维修技术专业2016届校友仇挺挺

骄阳似火，他挺拔地站在培训营地的大片草坪上，光影交错下，显得是那么的坚定。他——仇挺挺，是宁波龙挺户外拓展策划有限公司和宁波耒井农业科技有限公司创始人。岁月悄然将他带到了人生的转折路口，他该如何继续履行使命，不负韶华……

不忘初心，即使历经磨难也要追求自身理想

2011年，本来一门心思想考警校的仇挺挺因为高考失利，机缘巧合来到了宁波财经学院。

人生之美在于能够不忘初心，即使历经磨难也要坚持追求自我价值。一时的挫折并没有让仇挺挺放弃自己的目标，在学校学习两三个月后，便主动申请入伍参军。苦中有甜，甜中有苦，两年部队军旅生活，正是因为每日经历传统军事活动的千锤百炼，才造就了他如今无悔的青春乐章。

2013年退伍回校后，仇挺挺因为学校专业的改革调整，权衡之下选择了与原专业课程相近的专业。在之后的求学生涯中，仇挺挺依旧保持着在部队中的良好习惯。上课时表现积极主动，深受老师的喜爱；课后与同学打成一片，受到大家的关注。特别是因为部队中养成的良好生活习惯，所在寝

室因为整齐的“豆腐块”和干净的地面卫生而直接免检。

正值20岁的仇挺挺精力充沛，向往外面的世界，也期待着自己能够有更多的作为。暑假期间，仇挺挺前往象山“宁波袍泽文化传播有限公司”兼职担任夏令营教官。虽然当时主要面向的是一群懵懵懂懂的孩子，但是仇挺挺认为能在退伍之后继续做有关部队和军人的事情，培养孩子拥有一颗建设祖国、保卫国家的心是一件极有荣誉感的事。也正是在这里，仇挺挺继续发扬着“退伍不褪色”的精神，开启了他与军旅情怀的不解之缘。

连续两次考公失利，他内心重新燃起对军旅生活的向往

美好的大学时光转瞬即逝，临近毕业的仇挺挺怀着一腔热血，想要闯出属于自己的一片天地，但是父母的期望却与他自身的想法大相径庭。毕业之际，受到自身专业的影响，仇挺挺先后去了七八家汽车4S店面试，只想看看能不能靠着自己的专业在社会上找到立足之地。最终由于想象与现实的巨大差距，迫于压力的他听从了父母的意见，走上了前路漫漫的“考公”之路。当时的他并没有想着要去创业，只想一心投入公务员的考试。两次笔试入围让仇挺挺信心大增，眼看离上岸就差一步之遥，却因为接下来的体质测试以及面试都没有做好充足的准备，最终公务员还是没考上。

连续两次考公失利让他开始真正思考，什么才是自己内心真正想要去追求的。虽然说公务员的生活很安稳，但是日复一日的重复工作和一眼望到尽头的生活，让仇挺挺更加确信毫无挑战的生活并不是自己想要的。这时骨子里那蠢蠢欲动的冒险因子不停激发起他想要脱离父母，摆脱束缚，独自闯荡的念想。彻夜深谈之后，父母选择放手，让仇挺挺去追逐自己想要的生活。就这样，仇挺挺开始重新找回自己最初的身影。

一开始，仇挺挺单纯想找个地方好好放松自己考公这两年的疲惫，再次去寻找当年在部队中那种单纯的快乐和未来的道路。深思之后，仇挺挺

主动联系了从小到大的玩伴孙成龙，开始了自己的创业之路。2016年底，仇挺挺偶然发现了宁波市鄞江镇金陆村的“趣湾庄园”，一个以银杏林为特色的自然生态营地。于是仇挺挺和孙成龙在宁波鄞江古树林一起创办了“退伍不褪色，真人CS俱乐部”。

刚开始创业的时候，根本就没有人来，仇挺挺和创业伙伴只能从身边的亲戚朋友们发动，请他们免费来体验来玩，从零流量一步一步做起。最终，随着朋友的口碑推广宣传，俱乐部的人流量在不断增加，仇挺挺隐隐察觉到这是一次难得的机会，也许人生的转折就在此刻！于是，他下定了决心：我要去创业！

创业之路充满荆棘，但军人的精神就是永不放弃

经人引荐，仇挺挺和趣湾庄园庄主聊了关于创办真人CS项目的想法，引起了对方很大的兴趣。想到这是一次难得的机会，并考虑到未来的长期发展，仇挺挺最终以公司的形式和趣湾庄园成功联手，开展了长达五年的友好合作，并且以真人CS项目为切入点，一步步发展。

问到名字的由来，仇挺挺不禁笑道：“公司的名字是从我和孙成龙两个人的名字里取了‘龙’和‘挺’，就成了龙挺户外，公司的LOGO也没有专门来设计，而是让一个朋友帮忙设计，其实很简单，就是龙和挺的拼音首字母，中间是一个瞄准器。其实也是告诉我们自己，以后不管遇到什么困难，都要咬牙坚持，

龙挺户外LOGO

不忘初心。”

公司发展前期，正是严寒的冬季，由于缺少资金的投入，仇挺挺和孙成龙两人如同“难兄难弟”，他们倾其所有，用仅剩的存款买了200个轮胎、60个油桶以及伪装网，所有都是两人亲力亲为，甚至包括去采购游戏用的迷彩服和场地的装备设施。仇挺挺坦言，“那时候就两人，没钱请工人，自己刷了全部的轮胎和油桶。用了两个星期的时间，费了我俩超多的衣服和鞋子。那时还买了个集装箱，花了5000元把那集装箱改成迷彩仓库，一直到12月中下旬才开始正式对外营业”。

与伙伴进行真人CS比赛的仇挺挺

磨难本身就是一剂良药，是磨炼人格的最高学府；磨难可以试验一个人的品格，只有大智大勇之人，才能泰然处之。仇挺挺坚强的心态，不屈的信念也为之后度过两次重大危机奠定了根基。

一开始积累的人气很快就达到了顶峰，并且受到了多路朋友的关注。随后，仇挺挺开始尝试各种方式宣传，最终选择了微信自媒体，利用私域流量拓展客户。同时他带领公司加入到宁波各种资源群如宁波人物群、宁波市场群、异业联盟等。群里会发起各种线下活动，仇挺挺就通过这些方式让更多的人知道，从而积累潜在客户。

2017年，仇挺挺开始逐渐拓展更多业务，其中包括了党建活动、工会活动、团建活动、素质拓展培训活动、青少年夏令营、冬令营、亲子活动、一日游活动等各种相关的户外活动以及军事培训活动。那时，户外拓展行业正是中国新兴行业的一股浪潮，而仇挺挺却正处于萌芽期，没有人知道未来会发生什么。在他的回忆中，“有挑战的生活才是我想要的”，传递生活的理念，回归本真，享受户外，并且让更多的人感受到纯真的快乐也是他的梦想。在父母的支持，朋友的帮助下，仇挺挺似乎不怕任何艰难险阻，不断联络客户，开拓发展渠道。

鄞江镇中学是龙挺户外有限公司第一个开展军训业务的客户。那时，仇挺挺特别注重口碑营销，他表示口碑是最重要的，只有口碑好了，才能让更多人知道、了解和愿意主动去推荐分享，因此教官人员的培养非常重要。在招收人员的时候，仇挺挺坦言自己是很有讲究的，一是自己培训的人员，二是学校教导队退出的学生，三是退伍回来却没进学校教导队的学生。每个来兼职的教官，也要经过龙挺户外自己的一套专业化系统培训。优质的人才选拔，严格的军事训练，龙挺户外有限公司里的每一位军事教官得到了孩子们的喜爱和老师们的一致好评。

鄞江中学暨华光学校新生军事夏令营教官合照

“专业人做专业事，况且这是我们的本职工作。”仇挺挺自豪地回忆起当时的场景。

随着军事方面的业务逐渐完善，在之后一年的时间里并没有新业务的增加，仇挺挺意识到自己陷入了公司的定位困境。无行业经验，也没有领头羊，四周处处充满着竞争和随时会被淘汰的危机，想要在浪潮行业里生根发芽，茁壮成长，意味着要付出比别人更多的努力。他没有为之后悔，反而是激发起了他的冲劲，他说，“坦途在前，人又何必为了一点小障碍而不走路呢。”随后仇挺挺开始不断接手各种业务，期望能在繁杂的项目中找到最适合自己的准确定位。

遭受双重打击，他一次又一次转危为机

万万没想到的是，他在尝试摸索中寻求成长机遇的过程中，2019年却收到了一个坏消息：全国范围进行大棚房整改，公司第一所培训营地“趣湾庄园”直接被推倒，在短短半天时间里，仇挺挺只能眼睁睁看着花费三年心血建设的场地，在一瞬间灰飞烟灭，龙挺户外损失了巨大的场地费和预期营业利润。

战略转移后的金泉营地风景照

虽然遭到了重创，但是龙挺户外并没有倒下。因为在大棚房改建的前一年，仇挺挺早已开始整合周边的自然资源。短暂休整之后，仇挺挺就把核心基地转移到了金泉营地，经过整个团队的不懈努力和日日夜夜的艰苦重造，龙挺户外从重创中缓了过来。这同时也印证了仇挺挺不屈的精神与独到的眼光。但是好景不长，短短几月，仇挺挺呕心沥血创建的金泉营地因为又一个突如其来的危机再次遭到了重创。

“这仿佛是在捉弄我，”仇挺挺严肃的脸庞透着一丝苦涩，“不过好在有了新的根据地，人不可能总是一帆风顺的，我看得比较开。创业就是这样，艰辛苦难是必走的一条路，除了迎头搏击也没有别的办法，与其畏首畏尾，还不如一直向前。”

2020年初的新冠肺炎疫情不仅是全国人民记忆深刻的一次大危机，也是仇挺挺面临的最大挑战。在所有人都不能出家门的情况下，不少学校取消了军训与团建，公司没有任何的运营收入，再加上“金陆村”庞大的运营成本，比如人工修剪杨梅枝条、喷农药等费用，总共损失了百万元的利润，这对龙挺户外又是一次沉重的打击。过了大年初二，仇挺挺就开始苦恼，一连好几天都睡不着觉，一直在找寻机会应对这次危机。尽管租用金泉农场庞大的运营成本和巨大的利润损失，压得他都快要喘不过气，但是危机中也隐藏着机会。经过了很多个不眠之夜的思考后，龙挺户外又一次转危为机。

闲着没事，为了排解心中的忧愁，仇挺挺开始每天上山遛狗，期盼能得到些许启发。“坐在办公室是不可能想到好点子的，而且很多事情是不能控制的，出来走走想法自然就会出现”，他依旧保持着良好的心态，即使自己身处危机，但每每看着周边农民辛勤劳动却没有很好的收入，仇挺挺便想着是否能帮助他们。随后他猛然意识到：为什么我不可以帮他们卖呢？因此他有了一个新的想法——做农副产品，依靠农副产品重新与客户产生联系，开辟另一类流量分支。

“你有个好想法时，就应该立刻去做。不要听别人怎么说，只有你自己去尝试、去摸索，才会知道这个想法究竟有多好，即使失败了，也没有关系，因为你从中会学到很多东西。结果固然重要，更重要的是你去做了，在做的过程中学到了很多东西，这就是资本，就是财富。”

直到4月份中旬，宁波整体疫情趋于稳定，人们可以出家门稍微走动。长达四五个月的宅家生活，大家一个个都憋坏了，都想着要找个地方出来透个气放松放松。在这时，仇挺挺马上联系了宁波的“联联周边游”，合作推出了“桑葚采摘+挖土豆+自助烧烤”的活动套餐。在其他户外公司还没有人流量的时候，龙挺户外金泉营地就已经达到了每日500人次，五一节假日前后短短十三天，金泉营地就有4000人次。很多时候一台烧烤架，一日要循环使用三次以上。龙挺户外开始重新运转起来，慢慢步入正轨。

疫情间受到孩子热爱的营地设施

“人们对很多事情总是浅尝辄止，但我不一样，我喜欢深究。”仇挺挺意识到随着新冠肺炎疫情的暴发，“周边游”“自驾游”成了一种趋势。他认为商机就在于一些不出名但自然资源好的地方，在以后会有越来越多的人知晓，只要龙挺户外坚持初心不断运营，随着认识的人越多，发展的空间也会越来越大。

那么如何才能让公司从根本上走出困境呢？仇挺挺苦思冥想，决定从疫情防控期间推出的最新活动套餐入手，提出了“有机、绿色农业”的理念，主打农副产品的输出，期望来龙挺户外金泉营地游玩的顾客不仅能体验到户外活动的乐趣，还能感受大自然的本真。

2020年底，仇挺挺决定在龙挺户外的基础上开创一家新公司，按要求规范注册成立了宁波耒井农业科技有限公司，开始从产业链的角度整合上下游资源。仇挺挺创立“耒井农业”，除了自身破局外，里面还有着他回归乡村、回馈家乡的初心，“耒井农业”以高于市场的价格收购周边农户的农产品，使得周围农户纷纷前来询问，龙挺户外获得了良好的口碑，农户们也有了较高的收入。正如仇挺挺所说，“如果这些农副产品开发顺利，受到广泛关注，便可以带动以金陆村为中心的周边农户的发展，这非常符合当下‘乡村振兴’的政策。”

做创新型企业，与同行错位竞争

虽然龙挺户外暂时摆脱了危机，但是宁波类似的户外拓展公司有250多家，大多都是做同样的户外培训和拓展课程。除了户外公司之外，龙挺户外的竞争者还有户外俱乐部、企业咨询公司、旅行社和景区。在谈到竞争者时，仇挺挺很自信地说，“我们与宁波其他户外公司相比最大的亮点是有属于自己的营地，而在宁波95%以上的户外公司是没有自己的场地的，缺少核心竞争力。只有我们能为顾客带来VIP服务。”

当别的企业都忙着扩大业务规模做加法时，“龙挺户外”却反其道而行之，做减法，放弃非核心业务、小业务，在原有体制建设下改变了业务模式，不做对公司未来发展没有作用的业务。

2020年下半年，龙挺户外开始慢慢剥离一些非核心业务。与此同时，拓展新的业务，做核心产品，做他人无法超越的优质户外拓展活动：如儿童版的丛林穿越、与宁波中科院合作的有关青少年的课程、与宁波定向运动总教练兼宁波财经学院体育老师合作的定向课程、野外求生课程、与宁波风筝协会合作的风筝课程。仇挺挺坚持初心，一直思考如何才能做到与市场有区分，与他人错位竞争。在之后的几个月时间里，他逐步争取到了大量大客户群体，尝试慢慢推动公司改革，从“规模型繁杂型向价值型”公司转变，从而打破原来的格局，拓展了新兴顾客群体，完善了顾客需求。“这本质上就是错位竞争，与其正面竞争、不如另辟蹊径”。虽然业务群体相同，但是保证业务内容不相干，实现“我能做的你们未必能做，你们能做的，我们都能做，只是我们不想做”。这也就倒逼龙挺户外不断保持创新，一年期间分不同时间段去创新输出，让客户感受到不同，时刻保持一颗好奇心。

客户是跟着人走，而不是跟着地方走

熟悉仇挺挺的客户都比较喜欢叫他“仇教官”。考虑到这些，“仇教官”三个字也注册了商标。“对待顾客要主动出击，通过不断尝试抓住顾客的心理，让顾客觉得我们的服务是很周到的。与客户保持一定的联系、维护，时刻想着创造点新东西，让他们每次来都能眼前一亮，感受意外之喜，发现这个地方是不断在做着改变的。”思维决定行动，仇挺挺虽然每天很忙，但还是不忘学习，“我现在在‘混沌大学商学院’钻研思维模型。打通底部的思维逻辑，每天尝试打破传统规格，将思维变现，做与别人不一样的，别让人赶超我。通过与他人思维的结合，找到新的方向给顾客带来新的体验是我目前最想做的。”

“我们要懂客户，了解客户的需求、性格以及想法，充分协调资源去帮助客户。换句话说，要么自己解决客户的问题，要么理解客户问题并能找人来解决。如果我特别懂客户的需求，甚至看看穿客户的想法，那么客户便离不开我，不论我走到哪儿，客户寻求帮助想到的第一个人就会是我。”

仇挺挺回忆起近五年的时光，认为做这一行最重要的是：熬得住，多思考、多分享，保持一颗学习的心，不贬低任何一个同行。创业者要关注大趋势，有大趋势做公司发展的战略基础是非常重要的。仇挺挺的成功恰恰印证了不注重眼前的蝇头小利，把目光放长远的重要性。

在谈到公司未来发展的时候，仇挺挺希望能够深耕宁波市场，借着户外活动这个纽带让更多人体验到纯真的快乐。通过农副产品，保持与客户之间的紧密联系。同时仇挺挺着重提到了员工的培养，“一个成功的公司是能够让员工逐渐脱离公司，让员工自己放心大胆地去干，逐渐把员工培养成一个能够独立带团队的人，以后成立自己的公司”。

从一名普通的学生到海军防化兵，从两次的考公失利到如今两家公司的创始人，仇挺挺血液中隐藏的冒险因子带领他数次华丽蜕变，在“得”与“失”之间砥砺前行。

执笔人：工商管理学院2020级营销2班　叶薇　徐宁

案例点评

“传递生活的理念，回归本真”，宁波龙挺户外拓展策划有限公司和宁波耒井农业科技有限公司创始人仇挺挺从一名普通的学生到海军防化兵，从两次考公失利到如今两家公司的创始人，历经了人生的起起落落。可即便如此，他仍不忘初心，不断创新，从一次次危机中发现机会，带领“龙挺户外”实现了数次华丽蜕变，在“得”与“失”之间砥砺前行。

军旅情怀奠定了他成为创业者的基础。一身军人正气的仇挺挺怀着一腔热血，想要闯出属于自己的一片天下，但父母的期望却与他自身的想法大相径庭，迫于压力的他最终听从了父母的意见，走上了前路漫漫的“考公”之路。在连续两次考公失利后，他开始真正追逐自己想要的生活。

永不言弃的精神、高瞻远瞩的思维是逆转危机的关键。宁波市大棚房改造、2020年初的新冠肺炎疫情让“龙挺户外”的扩张发展面临着资金干涸的危险，门可罗雀的冷清，一连两次陷入看不见的黑洞中。在企业面临前方两堵巨大的墙时，仇挺挺带领团队上下顺利实现了核心业务的转移，同时还利用线上农副产品开辟了另一类流量分支。两年的重造整合、创新业务走得十分艰难，但同时也让企业慢慢步入正轨，“龙挺户外”依旧挺拔地站立在那一抹绿色当中。

学会捕捉创新性的商机比埋头苦干更重要。随着新冠肺炎疫情暴发，仇挺挺逐渐认识到“周边游”“自驾游”成了一种趋势。而商机就在一些不出名但自然资源好的地方，只要“龙挺户外”坚持初心不断运营，发展的空间只会越来越大。也正是从这时开始，仇挺挺带领团队逐渐剥离了一些非核心业务，着手准备他人无法超越的优质户外拓展活动，做到与市场有区分，形成自己的核心竞争力。

“利我先利他，利他才能利己”，诚信品质是他创立第二家企业的立足之本。与农户建立良好关系的基础上，仇挺挺敏锐地察觉到农副产品未来的发展优势，抢占市场先机，铿锵有力地提出了“有机、绿色农业”的理念，并以高于市场的价格收购周边农户的农产品，以此获得了农户的信任。顺应发展，仇挺挺创办了“耒井农业”，更好地去回馈养育他的一方热土。

“熬得住，多思考、多分享，保持一颗学习的心，不贬低任何一个同行。”“龙挺户外”成立的短短五年时间里经历了无数跌宕和风雨，但前期的不如意并没有让仇挺挺放弃使命，一直为“龙挺户外”“耒井农业”指引方向，化危机为契机，成为企业的拯救者。“回归本真”是他创业生涯中一直秉持的信念，也是他带给企业最宝贵的精神财富。

指导老师：工商管理学院　吴丽果

梅大鹏

创业者

每一个成功者都有一个开始，
勇于开始，才能找到成功的路。

校友简介

梅大鹏，宁波财经学院2010届国际经济贸易学院物流管理专业毕业，浙江省湖州市长兴县人，宁波港泰国际物流有限公司创始人、美泰（泰国）物流集团有限公司创始人、浙江美泰四季供应链管理有限公司创始人。

梅大鹏大学毕业后顺应自己的专业从事国际物流的推广业务，凭借着脚踏实地的努力和改变现状的勇气，将业务方向由原来的地推销售转变为国际贸易。在物流行业摸爬滚打两年后，于2012年8月创立宁波港泰国际物流有限公司，目前在上海、深圳、湖州、泰国等国内外重要口岸设有分公司。开疆拓土，行而不辍，为了开拓泰国和美国市场，他组建了美泰（泰国）物流集团有限公司、浙江美泰四季供应链管理有限公司。一步一个脚印，梅大鹏用十足的信心和坚定的信念描绘着更大的蓝图。

用点滴汗水 逐梦“港通天下”

——记物流管理专业2010届校友梅大鹏

迈出舒适圈，你才能成长。

你要懂得不断突破自己的舒适圈。

改变现状需要勇气，脚踏实地需要努力。

梅大鹏，实现了从销售员到创业者的角色转变，

在浙江宁波这一方天地书写了属于他的华丽篇章。

磨砺以须，倍道而进

全球年货物吞吐量第一，全球集装箱吞吐量第四，辐射世界200多个国家和地区、600多个港口，“南则闽广，东则倭人，北则高句丽，商舶往来，物货丰衍”，宁波这个向海而生、因港而兴的城市，承载了无数“敢为人先、勇立潮头”的青年创业故事。

2007年9月，梅大鹏正式入读宁波财经学院国际经济贸易学院物流管理系，在修读专业知识的同时积极参与学院创业项目，与同学共同成立了创业工作室，通过小小的创业尝试迈出人生的第一步。

2009年他顺应自己的专业，以实习生的身份在一家MSC公司从事国际物流的推广业务。与大多数人一样，梅大鹏对于自己的就业与工作是否对口是未知的，但努力总没有错，他以一颗真诚而又热烈的心去对待每一位客户。刚开始做销售，难免遭到许多客户的冷眼和拒绝，彼时，曾经的班主任老师给予了梅大鹏悉心的指导与鼓励，令他没有气馁。他从细节入手，凭借着对物流环节的细节处理，渐渐取得了客户的信任，成功接下大量订单，成为当时公司里最年轻的销售明星。也是在实习的这段日子里，梅大鹏第一次真正开始理解国际物流。

行而不辍，未来可期

“半山腰人太挤了，去山顶看看吧。”在工作的同时梅大鹏也发现了自己所在这家公司的经营问题：航线单一以及“最后一公里”的配送问题。梅大鹏渐渐觉得目前所从事的这份工作过于安逸，犹如一台报价机器，在前期有一定客户资源后只需坐等业务，这对于勤于思考及生活独立的他来说是不利的。梅大鹏回忆道：“当时实习工资只有600块，工作无起色，工资也低，也不好意思向家里要钱，男孩子总归是要独立的。在学校住到2010年才搬出去住，条件相对来说比较艰苦。在校期间在大学园区创业时赚的一些钱只能够改善几个月的生活。”即便工资是如此，但梅大鹏有自己的想法：如果业务做出来了，那么可能未来一年的收入会远超很多同行业人员的收入，吃得苦中苦，方为人上人。

在通盘考虑下，为了打稳根基提高自身能力，改善生活品质，2009年底，梅大鹏辞去原先的工作，来到了一家刚刚起步的小公司，这时的业务方向也从原来的地推销售转变为国际贸易。“你来，业务方面我们会慢慢教你，我们一起做”，这是梅大鹏面试这家公司时人事经理对他说的话。这对于想丰富自身能力的梅大鹏来说无疑是照进人生的一缕曙光，在这儿，他有无数个创新学习、艰苦磨炼的机会。由于机制不健全，所有的业务都需要为数不多的几个人来做，从最基本的打电话找客户，从几个人的规模慢慢做大到四五十号人的规模，梅大鹏也在这个过程中成长学习，积累了一定的管理经验。这些工作经历都为梅大鹏之后的创业打下坚实基础。

滨海之城——宁波

港口，犹如一条绵长的生命线，注脚了宁波这座滨海之城的发展腾飞，频繁的海上贸易和交流，给宁波带来了更为开阔的眼界和经济社会的繁荣。来自湖州长兴的梅大鹏，选准了具有天然地理业务的这座“港口名城”作为创业落脚地，从最初的销售到成立一家国际物流公司，用优秀的业绩、点滴的汗水将自己的奋斗事迹绣进这蔚蓝东方大港，同望“港通天下”的壮怀。

创业人生，扬帆起航

苏格拉底曾经说过一句话：“世界上最快乐的事情，莫过于为理想而奋斗。”理想，不是那些遥不可及的目标，也不是那些天马行空的想象，而是一种能让你热血沸腾不断前行的动力，是你每一次想要放弃的时候都会为之咬牙坚持的信念。在物流行业摸爬滚打了两年，积累了一定的人力、物力、财力，基于原先工作中发现的问题，梅大鹏开始有了新的想法，想用新的模式为物流行业带来一些转型升级，想在宁波的物流行业中做出属于自己的一份成绩。

于是，2011年9月，梅大鹏的公司在宁波挂靠成立，带领年轻的物流团队，满载着理想和追求，从青春的港口扬帆起航。梅大鹏回忆道：“当时只有一位操作员、两名销售、一名财务。工作状态远超“996”，周末也会在公司办公。”花费比常人更多的精力去做更多的事，才有可能胜于常人。思考的力量可以到达任何一个地方，没有围墙，没有界限，没有阻碍，没有壁垒，可以一往无前。在处理好眼前问题的同时梅大鹏也常常思考“未来要做成一家什么样的公司”。梅大鹏在当时就已经和同事一起设计好了未来发展的底层框架，港泰的目标最终是往国际化公司去发展，这也是港泰人一直在前行的动力。

港泰国际物流

2012年8月，宁波港泰国际物流有限公司正式成立。五人团队发展到了十五人，其间也换了办公室。创业伊始，梅大鹏非常努力地开发工厂、贸易公司，包括很多的客户群体。在当时就制定了一个目标计划，逐步开发一些比较大的客户。虽然经历了辛苦奋斗的一年，也没有开发出什么业务，但在第二年的时候，港泰的业务暴增，整个业务体量每个月以翻倍的速度增长，实实在在地印证了“吃得苦中苦，方为人上人”这句话。努力耕耘的人，最信得过的就是自己的汗水，因为每一滴都孕育着一颗希望的种子，每一滴都是通往成功的阶梯。

以人为本，业精于勤

在现阶段，国内经济发展较快，对于人才的需求也成倍增长。在各个行业中，人才是慢慢培养出来的，总体来说人才是匮乏的。创业初期，公司管理和业务拓展是横亘在梅大鹏眼前的两道难题。人才挑选与公司吻合度，资金、人脉、市场需求，如何区分工种，招募留住人才，所有的事梅大鹏都亲力亲为。通过向行业前辈讨教，多走动，梅大鹏逐渐从前辈那里学习总结了经营理念与管理的方式方法——“以人为本，业精于勤”。其间投入大量时间在人才培养上，通过与母校包括行业内优秀人才建立了联系，传达了公司理念与未来发展蓝图。在公司创立之初，梅大鹏提及一些同事和员工对他的帮助很大，一直支持着梅大鹏。公司的发展通过老员工带新员工，不断地带出一些优秀的人才，使得公司的人才也变得越来越多。港泰原来是由梅大鹏个人独资的企业，后来梅大鹏逐步采用股权激励的方法，让更多的员工能够参与到公司的管理、发展过程中来，让原来的一些玩家变成了真正的开发者。在股权架构的刺激下，有更多优秀的人才涌现出来。对于港泰来讲，在国际发展包括在海外开设分公司，都有人才可以输送。这也是港泰的一个理念：员工好，公司才会更好，只有跟员工共同发展，公司的发展才会变得更好。如果能在企业发展的各个环节安排合适的人才，那么企业的工作效率就会增强许多，也能在行业中处于高速发展的状态，逐渐成为行业的领航者。

宁波港泰国际物流有限公司成立以来始终把员工视为核心资本，注重人才的吸引和培养，遵循把客户利益放在首位，打造行业品牌的理念。港泰以“勤奋、敬业、诚信、务实”作为自己的企业精神，它时刻警示着港泰人必须人人勤奋努力，个个敬业爱岗，处处诚信至上，事事务实真干。

港泰工作环境

梅大鹏工作照片

在竞争激烈的物流行业想要立足，也离不开一些兄弟公司的帮助，通过公司间互帮互助，在一些航线资源，包括运价方面，不断地降低运输成本，为企业创造更高的利润。通过不断地整合资源，设立公司的配套设施，包括仓储公司、集装箱物流有限公司等，在整个供应链体系中产生了高额利润。以至于后期产生了更多的业务模块，例如目的港仓储、集装箱物流、代理贸易等。

心有多宽广，人生的舞台就有多宽广。如果不能打破心中的壁垒，走出人生的舒适圈，即使给你整个世界，你也找不到自由的感觉。走出人生的舒适区，为达到目标制定一个计划，并且想出监测你的进步的方法。万丈高楼平地起，年轻人的职责是平整土地，而非焦虑时光。

资源整合，业务拓展

对于业务拓展，梅大鹏靠着人脉和团队的力量，不断开发大客户，扩展业务量，整合公司内部资源，让业务渐渐有了起色。涉及船东资源这一块，梅大鹏谈道："国际物流公司在宁波港其实是很多的，我们需要通过跟船公司进行接触，获取他们的一些优势航线，整合成为公司的资源。这个工作其实还是比较复杂的，对于我们来讲还是经历了很多坎坷。"港泰最早就面向一些传统工厂、贸易公司，后来逐步转变为船东代理，也是从二级的货运代理公司转为一级的货运代理公司，包括中国物流协会、中国航运协会、宁波物贸协会等协会的加入，拓展了港泰的业务。

2014年度，公司的营业额已突破5000万元，团队人数超过四十人，提前并超额完成原定营业额目标，开始形成宁波国际物流行业中型企业规模，并在这时真正确立了港泰未来的发展方向。同年完成在美国联邦海事委员会（FMC）的备案。梅大鹏谈道："之前跟随贸易公司做配套，缺乏核心产品，只能靠人力创收。直客销售，只会使业务结构单一化。做企业并不是一味地模仿，而是根据内部需要、特色形成供应链。”

提及货运代理的业务模块时，梅大鹏谈到货运代理目前存在着劳动密集、资源利用不精练的问题，在减少人力成本的同时如何增大业务体量是一个值得深思的问题。随着业务体量的发展，随着一年1000万到5000万元营业额，然后到一年一个亿营业额，再到一年五个亿的营业额，资金在其中都有很大的变化。港泰当时也出现了发展速度过快、销售体量变大资金不足等问题。从原先一个月单箱可能就100多个箱子，到现在单月5000多个箱子的增长过程，对此港泰业务处理、客户体系、配套优势资源更加精准化、精细化，才使得业务体量不断扩大。在这个过程中，资金问题后来通过各方面渠道，包括银行的信用贷款等，包括家里人的支持，逐步地去解决了资金问题。信用贷款也是公司发展路上必不可少的一个金融工具，是公司在不断的发展过程当中所需要配套资源。

双向业务，发展蓝图

2015年，梅大鹏开始了开疆拓土的战略。为了开拓泰国和美国市场，他组建了美泰（泰国）物流集团有限公司、浙江美泰四季供应链管理有限公司。他不断调整思路，摸索出一条从DOOR TO DOOR（送货上门）传统物流到物流和商贸相结合的新型模式，采取国际标准化管理体系，努力和国际顶尖物流企业接轨和靠拢。

2016年，公司开始服务于中国与东南亚之间的基建和整体搬迁项目的国际物流业务，整合出一套符合国际惯例的搬迁体系，开创了新的业务增长点。针对公司长远的发展，他规划了一条走标准集装箱和特种箱结合、普通货与特殊货互补的道路。同年港泰成为全球最大货运代理联盟（WCA）重要成员之一，也是中国国际货运代理协会（CIFA）的成员。

2016至2018年，在全球经济不景气的情况下，港泰仍创下了销售佳绩。

在2020年，更是突破了3亿元人民币的营业额。短短六年间，从无到有，梅大鹏实现了自我跨越。

从梅大鹏口中了解到公司的发展思路：将物流发展到更全面，不仅限于宁波港，而是涉及全球的业务范围。在2019年、2021年，梅大鹏先后开设了上海、深圳分公司，通过公司内部人才竞争，公司资金筹备，公司资源整理，到其他口岸开设分公司。包括泰国也是如此，去物流不成熟的区域，把港泰的物流理念和物流的操作方式带到国外，双向业务发展，从中国到泰国，泰国到中国，港泰未来还要开拓从泰国到其他国家的一些业务，包括在越南、柬埔寨、马来西亚、印尼这些国家开设一些自己的分公司，这也是港泰未来的发展蓝图，传统物流真正走向世界的一个物流集团公司模式。

“简单”，是梅大鹏始终如一的信念。人生最精彩的不是实现梦想的瞬间，而是坚持梦想的过程。“个人刚开始创业的时候，其实我的想法就是，我想把自己的事业给做好，然后呢，我想就是把这个物流当作一个事业来做，而且包括这么多年下来，我对物流的激情一直也没有减少，反而思路越来越清晰。”港泰发展的最终目的是希望世界物流变得更加简单，这也是港泰发展一直以来的宗旨。梅大鹏说：“希望公司在未来发展过程当中能够帮我们的客户去解决更多的问题，我们实际上是从一个二级代理到一个一级代理，那么也是从我们的优势上面，包括我们的资源整合上面，包括我们目的港后端的一些服务上面，帮我们的客人去做好所有的关于这个目的物流运输的安全性、时效性、专业性问题。”

精于航线，精于品牌

电子商务活动中，通过网络支付就能买到现实的物品，当然离不开物流，而电子商务的发展也大大地加快了物流产业的发展步伐。近年来欧美市场亚马逊、eBay（亿贝）等电商平台的火速发展，带动了港泰业务量的增长。这也印证了港泰早年将欧美市场作为主要开发市场决策的正确性。无论是效益还是出货量，都使得港泰在市场上快速打响了名声。梅大鹏谈到在业务模块时说，港泰要经营一条航线，或者是港泰能去做好的一个品牌。目前港泰是美国加拿大航线的一级货运代理有限公司，也是跨境物流电商的一级指定供应商，属于一个比较正确的思路。包括近期欧美的货量一直属于非常稳定、高速增长的状态。受疫情影响，许多国外客户通过亚马逊、eBay（亿贝）等电商平台购买产品，随着电商平台的发展，为港泰的发展创造了机会。在美国设置目的港仓库、一些海外仓，一件代发的海外仓业务，帮助国内的供应商解决在国外发货的困难。电子商务将是场商务大革命，它打破了区域和国界，开辟了巨大的网上商业市场，作为保证电子商务运作的物流将有大发展。在国家政策大力推动的大背景下，中国跨境电子商务势必迎来快速发展新高潮。

港泰员工团建

经过八年多的快速发展，公司目前已经成为供应链国际物流经营一体化的综合性国际物流服务企业。年实际操作货量超过10万标准集装箱，年营业收入超过六亿元人民币。经过八余年的发展与沉淀，港泰物流造就了一支严谨高能，经验丰富，服务较好的专业物流团队。目前公司国内外员工数超过一百名，全员均为大专及以上学历，半数以上为专业对口本科以上学历。绝大部分员工拥有五到十年航运业工作经验。公司还每年组织员工素质拓展锻炼，加强公司管理层培训，致力于培养符合行业要求的管理型人才。

电子商务贸易无国界，互联网可以在瞬间使处于全球任何范围内的双方达成交易，但买卖依赖于物流的发展。未来几年，电子商务交易额将以数十倍的速度增加，物流量也将以这个速度增加。

饮水思源，不忘桑梓

饮水思源，梅大鹏在创业有所收获之时，也不忘感恩回馈母校、社会。港泰物流联合行业精英企业，制订了高校人才培养计划，在2017年度与母校深度合作，系统化、社会化培养专业型人才，采取学习、实习、就业相结合，探索出一条校企合作新模式，并计划将此模式推广到其余高校，为宁波市大学生就业作出新的贡献。

去掉光环，拿走传说，重新审视创业的真相——它是困苦，是无休止的狂躁，也是一个瞬间就能弥补全部的一点点痛快。在体会所有这些以后，你就明白，坚持不一定能成功，但坚持本身，就是意义。创业之路，道阻且长。在创业这条路上，梅大鹏凭借坚持不懈的探索精神和积极乐观的心态，一步一个脚印刻画着坚定的信念，用十足的信心描绘着更大的蓝图。他的目标是做一家顶尖的东南亚华人企业服务商乃至全球化的物流公司，把网点布得更广，并且往供应链方向发展，物流结合贸易，增强公司实力，以便带来更多的盈利点。

“每一个成功者都有一个开始，勇于开始，才能找到成功的路。”

只要你有动身的勇气，吃苦的骨气，远方不远，未来可见。请拿出鼓动风云的勇敢，少年的热血和青春的诗，刚刚才开始。

案例点评

创业是一门“手艺”。它可以像学走钢丝一样，通过大量的刻意练习，成为专业人士。宁波港泰国际物流有限公司总经理梅大鹏生动诠释了这句话的意义。从勤勤恳恳的销售员到开拓创新的创业者，梅大鹏磨砺以须、倍道而进。在学校的理论学习和工作初期的实践学习中，他逐渐培养了创业者必需的能力：把握陡峭的学习曲线和艰苦磨炼机会，洞察企业常规模式和异常现象，把握未来，创新发展。

把握陡峭的学习曲线和艰苦磨炼机会。不少院校大学生毕业后仍沉浸于象牙塔里的美梦中，频繁更换工作。接受为自己提供陡峭的学习曲线和艰苦磨炼机会的工作必不可少。梅大鹏的第一份工作是在一家MSC公司从事最基础的国际物流推广业务，他从细入手，在实践中摸索巩固每一道物流环节，真正开始理解国际物流。当梅大鹏意识到眼前这家公司的业务对于自己来说等于“坐享其成”的时候，他毅然决然地辞去工作，来到一家刚起步的小公司，业务方向也从原来的地推销售转变为国际贸易，重新规划学习路线。世界上没有全知全能的人，“生而知之”的故事永远只是传说。梅大鹏勇于迈出自己的舒适圈，改变现状，把握陡峭的学习曲线，为自己创造艰苦磨炼的机会，实现自我成长。

洞察企业常规模式和异常现象。优秀的管理者既洞悉每个部分如何独立运行，也熟知各部分之间如何相互协作。在工作期间，梅大鹏不仅熟知了物流的各个常规模式，而且还敏锐地洞察到所在企业航线单一以及“最后一公里”的配送问题，有效分析出行业痛点并提出解决方法实现于后续创业中。没有什么是一成不变的，无论是企业还是个人，迈出舒适圈，不断寻求自我重塑和自我改进的方法才是真谛。

把握未来，创新发展。梅大鹏拥有志在必得的气魄和一往无前的精神。当身边人谨小慎微时，他选择了接受风险。当同一起跑线上的人瞻前顾后时，他选择了采取行动。满载着理想和追求，宁波港泰国际物流成立，他统筹合适的人力和其他资源，然后全力以赴。面对不同的发展困境问题，他突破思想阻力，整合资源，果断决策实现资源优势互补。前瞻性引领新增长，梅大鹏敏锐洞察到未来市场的变化方向，打破传统，采取从DOOR TO DOOR（送货上门）传统物流到物流和商贸相结合的新型模式，采用国际标准化管理体系，不仅如此，为开拓新的业务增长点，梅大鹏带领公司成员整理出一套符合国际惯例的搬迁体系，助力公司长远发展。

在宁波港泰的八年奋斗岁月里，梅大鹏一直扮演着引路人、探索者的角色，他一手缔造了宁波港泰，为宁波港泰探索道路，指引方向。最优秀的创业者不是天生的，而是后天磨砺的结果。好学不倦、永无止境，始终对进入企业的新鲜事物保持开放的态度，目标的制定、理论的转化、用人的把控、企业的革新、吃苦耐劳、敢想敢做，在这些方面梅大鹏都做到了始终如一，这也是他带给宁波港泰最宝贵的财富。

指导老师：工商管理学院　伍婵提

吕虹霏

创业者

不忘初心，回乡创业，以互联网做翅膀……诠释当代青年的责任与担当。

校友简介

吕虹霏，女，汉族，1993年9月生，浙江武义人。宁波财经学院动画专业2015届校友。为了振兴乡村经济发展，带动村民致富，大学毕业之后，不顾家人反对，毅然回到家乡柘坑村。2016年受到“红领新青年培训”，动起了创业的念头，注册“虹禾谷”商标，开办了武义县虹禾谷食品厂，从事辣椒种植与深加工，带动村民增收致富。同时把本村种养的各种土特产品销往全国，誓言“让柘坑的辣味，点燃村民红火的生活”。现任武义新宅镇团委副书记（兼职）、新宅镇柘坑村团支部书记、武义虹禾谷食品厂总经理。以创新思维、互联网为工具，让柘坑辣椒重现了过去的辉煌，也激励着更多年轻人投身于乡村振兴，为推动美丽乡村建设贡献了青春力量。

点火辣之灯，扬创业之路

——记动画专业2015届校友吕虹霏

20世纪六七十年代，这里出产的辣椒远近闻名，靠着火红的辣椒和辣椒酱，村民虽谈不上富裕，但小日子过得有滋有味。到如今，市场被批量生产、价格便宜的辣椒酱占领了。随着柘坑辣椒酱渐渐消失的，是村里越来越多的空房子，年轻一辈大多出去打工，年老的村民也不再坚持种辣椒。

吕虹霏见证了村里辣椒产业衰落的过程，选择了归乡创业，创立“虹禾谷”品牌，带动村民增收致富，在辣椒产业拼出了一片天地。

回忆大学，怀想家乡本味

2011年，吕虹霏从武义新宅大山柘坑村走了出来。19岁的她，第一次离开了这座安逸平淡的城市武义。

这是她第一次出远门。一路北上的车船外，天空是那么那么蓝，云朵是那么白。怀揣着比天大的梦想，她开启了在宁波的四年大学生涯。想象着，通过不懈的努力，恣意遨游大学知识海洋，以期在这商业味道浓郁的城市，打拼出自己的一片天。

刚入大学，什么都是新奇的，五湖四海的人汇聚在这个不小也不大的学堂，互相碰撞出思想的火花，这一切对她来说都是新鲜的。和绝大多数大学生一样，斗志满满，却也对未来存在迷茫。迷茫是暂时的，她很快又重整旗鼓，投入到专业的学习当中。大学四年，她犹如一块海绵，孜孜不倦吸收着能学到的知识，学习着为人处世的能力，不断历练自我、充实自我。

2015年大学毕业后，吕虹霏没有像其他同学一样，忙着找工作。她想四处走走看看，她觉得在这个迷茫的年岁，草率地找一份工作，是对自己十多年学业以及父母培育的一种不负责。

于是她出国，游览异国风光，“世界那么大，我想去看看”或许就是她当时真实的写照。但一次到日本考察自己是不是适合出国深造，但这次旅行改变了她原有的一些想法。到日本之初，吕虹霏流连于各式日本料理餐厅。但是时日一长，吕虹霏开始怀念起家乡的味道来。从小吃惯了辣的她，一时间竟然买不到称心解馋的辣椒酱。或许是肚子里的吃虫作祟，吕虹霏打消了出国深造的念头——这听起来多少有点荒谬，但这是最现实的生活选择。回到熟悉的武义，吕虹霏感觉眼前山水一切皆美景，饭菜一切皆美味。

就这样，吕虹霏决意不出国深造，也不打算再待在节奏快速的大城市，而是选择了武义这座江南小城。

见证衰落，立志产业振兴

回到家乡的吕虹霏，有一次与父母一同回老家探望奶奶，80多岁的奶奶仍旧身体力行，在自家几分地里种了辣椒。奶奶已经种了一辈子辣椒，每次回乡，吕虹霏都会帮着采摘辣椒。

新宅镇柘坑村，自20世纪50年代起，便盛产辣椒。当时由于地少人多，一个户口仅能分到五六分田地，但由于自然环境好，一些有头脑的村民想到了种辣椒，制作辣椒酱，拿到村外换米。那时一斤辣酱可换一斤大米，在

20世纪80年代，一亩地只能产500斤稻谷，而辣椒的亩产已经达到1000斤。因此村民几乎家家种辣椒，户户做辣酱，在全盛时期，村里的辣椒年产量可达30000多斤。柘坑村的辣椒品质好，个头大、皮薄汁厚、辣味十足，所以辣椒酱非常受欢迎。但是在吕虹霏父母这一代，随着改革开放，村里的年轻劳动力纷纷外出务工经商，而辣椒酱并未形成品牌，所以逐渐没什么人种辣椒了。

吕虹霏见证了村里辣椒产业衰落的过程，也许是对故乡的感情触动了她的想法，这次的回乡她做了一个决定：她要回老家做农业，让柘坑辣椒酱重新回到人们的餐桌上。

“我认为我经得起孤独，耐得住寂寞，不怕吃苦不怕晒黑，我本来就是个穿草鞋的，从小就在这辣椒村奔跑跌摔中长大，哪怕众人都不看好我，哪怕我真的失败了，我好像没有什么可失去的。”破釜沉舟，唯有尝试，方知成败，这是吕虹霏最初的动力来源。

抓住机遇，勇立创业潮头

自2015年3月起，武义县以“千名乡村红领新青年培训工程”为载体，鼓励优秀青年创业，从中挑选出有经验、思想素质高、热爱农村工作、有较强示范带动能力的“乡村红领新青年”加以脱产培养，并在选拔任用、创业扶持、银行贷款等方面给予一定的优惠政策。在2017年末，全县共培训9期1000余名学员，其中有795人成为农村发展后备力量，114人在2017年的换届选举中当选为村两委干部，228人在武义农商行获得“红领新青年”创业贷款，为乡村振

红领新青年logo

兴源源不断地注入青春血液。

2016年，吕虹霏就抓住了这次机遇，在红领新青年培训班中系统学习了很多创业知识和技术方面的技能。作为第6期学员的她，借助武义统筹各种资源和力量为“红领新青年”提供的政策及资金扶持，以及开展技术帮扶和创业指导等指导服务，通过政府搭建的与企业的合作平台，从中吸收借鉴成功的创业者的创业经验并交流合作，最终在政府信贷资金支持下创办“虹禾谷”品牌，不到一年时间便小有成效，村里辣椒种植面积从几亩扩展到40多亩，带动了50多名农户增收。

吕虹霏用她实际的行动表明，青春永不停歇，青年需要奋斗。曾经静默的山乡，有了这些青春身影的活跃，才能渐次热闹起来。或许正是有这样肯吃苦、肯下功夫学习的态度和行动，才是“虹禾谷”一路至今的真正原因之一。

潜心钻研，突破现有困境

在获得“千名乡村红领新青年培训工程”的资源、技术以及资金的帮扶后，吕虹霏决定先从周边开始，她亲自干农活，亲自做传统辣酱，亲自体会这些酸甜苦辣。就在大家都以为事情会就这样一帆风顺下去时，随着夏季的来临，周边地区陆陆续续听到顾客的投诉与建议——辣酱在运输途中发生了变质或瓶子破损，这种情况一棒子敲醒了吕虹霏，让她从短暂的成功中清醒。

面对这种情况，有两条路摆在她的面前，一是像市面上其他产品一样添加防腐剂，以此延长产品的保质期与使用周期，二是坚持传统的制作方法，在保证天然、美味的基础之上再寻求改进之道。

吕虹霏对这个问题反复考虑了很多天，一直犹豫不决，添加防腐剂无疑是解决这个问题的捷径，还能在短时间进行新的营销与售卖。但是防腐剂的加入对辣酱的美味度必然会造成一定的影响，她觉得自己是为了记忆中的家乡本味，才放弃出国，选择回乡创业，既然如此自己更应该坚持初心。这两种思考像脑海里的天使与恶魔，在她的脑海里不断争斗、对辩，是选择利益还是坚持本心？她觉得自己无法作出一个果断的选择。

于是她仔细看了顾客对这个问题的投诉与相关建议，还将这个问题与村民、与在红领新青年培训班指导她的老师进行了讨论，他们认为添加防腐剂才是当前最好的解决办法，他们向吕虹霏提出添加防腐剂的同时也谈了尽力保证辣酱美味的建议与想法。面对这个情况，吕虹霏认真思考了许久，还是觉得不能添加防腐剂，唯有坚持本心，给顾客天然、纯手工的优质产品，才能将柘坑辣椒酱做大做好。因此她力排众议，做好村民的协调工作，选择了常人看起来更为艰辛的第二条路。

吕虹霏专门请教村里的老人如何才能调制出味道最好的辣椒酱，并在传统的基础上进行工艺创新。纯手工、不添加任何防腐剂，是她制作辣椒酱遵循的原则。吕虹霏说，“很多人会问，辣椒酱不添加防腐剂保质期岂不是很短？”

为了解决运输途中保质问题，夏天时吕虹霏都用冰袋包装辣椒酱，以降低它的储存温度。“这个问题还有待改进，但我坚决不放防腐剂。现在，人们都提倡绿色、健康，如果放防腐剂，我做这个辣椒酱就没有意义了。”关于破损问题，吕虹霏将包装不断改进，尝试了十几二十几个包装，从20%的完好率逐步提高到现在95%的完好率，这么大的转变可见吕虹霏在其中付出了大量时间、心血与努力。

柘坑辣椒酱主要用人手剁椒，以蒜姜盐调味，天然腌制，在品尝村民制作的辣椒酱后，吕虹霏发现味道偏咸。主要原因是农村人体力消耗大，口味偏重，且多放盐容易存放。吕虹霏认为当代人追求健康，不喜欢吃过咸的东西，所以辣椒酱应该改良，咸淡适中，辣味正宗，才更符合当代人的口味。在多次尝试后，她制定了标准化的制作方法，辣椒、蒜、姜、盐的分量也有了统一比例。

为了提高村民们的积极性，吕虹霏投入一大笔钱用于收购辣椒，帮助村民增收致富。“小吕来收辣椒，出价都比较高，这让我们的收入有了大幅度增长。我们当然要支持她。”柘坑村一位爷爷说，吕虹霏和村里的长辈们相处很融洽，非常关心他们的日常生活，村里没有便利店，她就抽空帮老人网上购物，大大方便了他们的生活。“厂子刚开起来第一年，我们就通过线上线下销售了三四万瓶辣椒酱。因为是纯手工、不加任何添加剂，在城里的超市特别好卖。”据介绍，现在村民种植热情很高，种植了近200亩各种辣椒，其中有四五十亩是有机辣椒，惠及农户20多家，每亩增收3000多元。

在使用电商销售前，吕虹霏主要通过微信、淘宝等渠道销售自己的产品，通常接到订单之后，她都是自己一个人在做，忙的时候家里人也会一起帮忙。“辣椒酱刚上市，由于定价较高很多人都不能接受，但是只要买过我家辣椒酱的，几乎都成了回头客。过年期间，有很多顾客买辣椒酱回去送人，说如果不是我家的辣椒酱就不下饭。”吕虹霏说，得到客户的肯定让她更有动力去制作好辣椒酱。

对于吕虹霏来说，最初做辣椒酱是希望提高村里老人的经济收入，传承爷爷的手艺，而现在，做辣椒酱已经不仅仅是她自己的事业，更是传承家乡味道的一种方式。“大山里有很多好东西，绿色健康，我希望更多的人能够知道我们柘坑村的辣椒酱。”吕虹霏笑着说。

创立品牌，柘坑辣椒酱“回归”

“这间老房子是我们村子做辣椒酱的手工作坊，每年的8到12月是辣椒采摘季，春节期间快递也放假了，并不是销售旺季。”吕虹霏介绍，“以前我爷爷还在的时候，我们全家都要回老家过年，我爸爸还有两个哥哥三个姐姐，三代济济一堂，三桌人一起吃团圆饭，其乐融融。爷爷去世后，我们就在武义县城过年了，但除夕、初一还要回老家看看，现在村子里都是留守老人，年轻人都很少，辣椒地也荒掉了。我是爷爷奶奶带大的，童年就在这里度过，我很想恢复以前那种热闹的年景，所以，我大学毕业后就决心回老家创业，创立品牌。”

“有人的地方就有市场，市场只有大小之分，而没有高低之分。只要自己有心做事业，在哪儿都行。我回到武义创业，多半还是因为家乡情怀吧。”吕虹霏说道。

村民晾晒辣椒

虹禾谷产品图

创立一个好的品牌可不是一件简单的事，吕虹霏之前所做的事看似顺理成章，水到渠成，其间饱尝了各种创业艰辛。刚开始，她把产品的目标群体定位在武义县的当地人，她想让大家回忆起当年的味道，也想柘坑辣椒酱回归当年的名气。辣椒酱上市时，得到了众多消费者的青睐，购买过虹禾谷辣椒酱的人几乎都再回购。

再接着，她钻研技术，将辣椒酱的制作工艺规范化、标准化，不仅保证商品的一致性，还稳定了一批顾客群体，为“虹禾谷”品牌的创立奠定了坚实的基础。除此之外，吕虹霏还要做乡下农活、研究市场、改良产品、检测产品、包装设计、写宣传文案、开设网店……就这样，这个出身于武义辣椒村的年轻人，艰难地开启了自己的创业之路，“虹禾谷”也一步步做大做强，一步步走向扬名之路。

正所谓世上无难事，只怕有心人。现在，吕虹霏和她的“虹禾谷”逐渐被人所知。在2016年，柘坑村被评为精品村，结合辣椒元素打造了浙江地区第一个具有辣椒特色的村庄，辣椒民宿（辣椒居）、辣椒景观等。吕虹霏归乡创业较好地把第一、二、三产业相融合，为推动美丽经济建设贡献了巾帼力量。

模式创新，电商创造奇迹

武义县新宅镇柘坑村有近百年的辣椒种植历史，得天独厚的自然环境和当地村民熟练的种植技术，使得柘坑出品的辣椒一度成为优质的象征，但因缺乏品牌意识和系统发展观念，该村辣椒产业一度陷入低谷。吕虹霏在一步步的摸索中，选择了对传统售卖模式进行突破，在武义城区开了实体店，并做起了电商。创业第一年，4万瓶辣椒酱销往全国各地，电商让土特产卖得更远。

一根网线，连接城乡，对接产销——近年来快速发展的农村电商，为广阔乡村架设了便捷的交易渠道，也为越来越多的农民开启了新的致富门路。吕虹霏在这之前就转变了传统思维，她认为互联网快速发展，国家科技逐渐进步，电商对农产品销售及乡村振兴有着极其重要的作用。我们的农特产品经营分散、品种多规模小，产业链短，发展电商能将劣势转化为优势。

电商加快递解决了农特产品的“出口”难题，农民自发种植特色农产品的热情越来越高。农村电商为农产品的上行开辟了新的渠道，对于远在深山的优质产品而言能够直接地面对市场，提高了市场风险的抵御能力，当面临瞬息万变的市场时，可以尽早地知道相关信息，减少损失。

如今，辣椒成了柘坑村“一村一品”的有力支撑，辣椒村博物馆展现辣椒种植、再加工工艺，村标、村居门前花坛、墙画以及垃圾桶都是辣椒的形状，小小辣椒成了美丽乡村的新景观，这个偏远的小山村竟成为一个网红打卡地。“村子里人气越旺，我们的好辣椒也就能卖得更好。”吕虹霏说。

不忘初心，点亮乡村振兴梦

2018年6月21日，吕虹霏荣获第三届“武义县十大杰出青年”称号；26日，吕虹霏作为团代表参加了在北京召开的中国共产主义青年团第十八次全国代表大会。她说，作为一位农村女青年，能够当选为共青团第十八次全国代表大会代表，她觉得特别幸运，同时感受最多的是责任，这更加坚定了她脚踏实地干农业的决心，不忘初心，继续前行，要用小小辣椒点亮乡村振兴梦。

“我提交了议案，希望政府加大乡村振兴扶持力度，带动更多有志青年回乡创业。2018年，我想在老家办第一届柘坑辣椒节，试验一些国内外新品种，种植推广观赏辣椒，举办采摘游，开发观光农业，住辣椒房民宿，欢迎你们到时候再来做客。”作为武义县最年轻的人大代表之一，吕虹霏踌躇满志，决心把童年的美食记忆变成村民致富的创业项目。

听完习近平总书记的讲话，吕虹霏感触良多。五四运动倡导的爱国、进步、民主、科学精神，至今仍是激励我们的宝贵精神财富。

吕虹霏参加中国共产主义青年团第十八次全国代表大会

“作为返乡创业的大学生，我很关心乡村振兴的话题。在创业实践中，我发现大多数农户的生产方式仍较为原始，很多优质农产品没有销售渠道，导致乡村逐渐变成了空心村。因此，我觉得乡村振兴关键在于人才，重点在于产业。”

吕虹霏建议，政府应统筹资源，引进有实力的工商资本，助推南部山区农旅产业融合发展，推进全域旅游发展；加大项目资金倾斜力度，将精品村、一事一议项目、小型公益项目向“旅游发展先行村”倾斜，并积极鼓励“旅游发展先行村”争创美丽庭院示范村，争办各类乡村节庆；鼓励精品村简化建设流程，发展“领头羊”，以点带面从根本上促进美丽经济与美丽乡村深度融合，促成经济效益；打造绿色种植样板村，由村集体统一发放有机化肥和有机农药，减轻农户负担，提高农户种植积极性，产出高品质农产品；拓宽有机产品销售渠道，比如建设农特产品综合市场。给农户一个良好的售卖环境，避免占道贩卖现象，也可以进一步提升农特产品的影响力和市场竞争力，提升有机产品自身价值，让优秀的农特产品引来人气，带动服务业、旅游业等相关产业的全面发展。

如今，柘坑村走上了发展特色辣椒文化产业致富之路，不仅有美味的辣椒酱，还兴建了辣椒博物馆、辣椒民宿等，发展辣椒文化旅游产业。像习近平总书记说的“新时代要有新气象，更要有新作为”，作为一名新时代青年，吕虹霏将一如既往地为家乡实现乡村振兴贡献自己的青春力量。

执笔人：人文学院2018级文管1班　吴宜珍

案例点评

“我生长在农村，吃着奶奶做的辣椒酱长大，村里原本种辣椒的人也都出门打工，种辣椒的人越来越少，这么好的辣椒落寞了，慢慢消失在市场上，太可惜了！”这是吕虹霏创立“虹禾谷”品牌的初衷。把对家乡的情感转变为实际为村民谋福利的辣椒产业，吕虹霏在其中付出了远超常人的努力。在学校的理论学习与之前学习柘坑辣椒酱的经验认识的过程中，她不断磨炼自身，养成优良的品格：责任心、执行力和创新性。

责任心是做好一件事情的根本动力。吕虹霏凭借这一良好的品格，投入到家乡的辣椒产业。“90后”姑娘吕虹霏选择回乡创业，她请来专家改良辣椒酱的口感，创建了品牌“虹禾谷”，创立武义虹禾谷食品厂，为家乡提供新的就业岗位，让年轻人返乡就业，振兴乡村。

执行力是做好一件事的必要条件。当自己笃定这份事业，做一个“辣妹子”的时候，吕虹霏一改女生的娇气，埋头扎进了山地之中。起早摸黑也成了家常便饭，制作辣椒酱时被辣出来的眼泪，正是她执行力强的表现。除了要应付乡下农活，吕虹霏还得研究市场、改良产品、检测产品、包装设计、写宣传文案、开设网店……就是这样一步步地努力和改进，吕虹霏和她的“虹禾谷”逐渐被人所知。

创新性是吕虹霏大胆突破传统的决断力。“电商让土特产卖得远”，吕虹霏综合整理了家乡的优劣势，如柘坑村本身近百年的辣椒种植历史，得天独厚的自然环境和当地村民熟练的种植技术，使得柘坑出品的辣椒一度成为优质的象征，但因缺乏品牌意识和系统发展观念，该村辣椒产业一度陷入低谷。为突破这一瓶颈，她在武义城区开了实体店，做起了电商，以线上带动线下，最终实现“线上＋线下”联动的方式，在创业第一年，就将4万瓶辣椒酱销往全国各地。

如今，辣椒成了柘坑村“一村一品”的有力支撑，辣椒村博物馆展现辣椒种植、再加工工艺，村标、村居门前花坛、墙画以及垃圾桶都是辣椒的形状，使小小辣椒成了美丽乡村的新景观，这个偏远的小山村竟成为一个网红打卡地。在这些年的奋斗岁月里，“辣妹子”吕虹霏凭借自己对祖国、对家乡的满腔热爱，她为家乡辣椒产业的振兴添砖加瓦，贡献出自己的一份力量，同时也为新时代乡村振兴树立了一个正面的榜样作用。“不忘初心、方得始终”是她返乡创业的最好写照，也是她带给柘坑村最宝贵的品质。吕虹霏的故事告诉我们，想要赚钱不难，需要有一颗善于发现的心。处处留心，并且坚信自己可以成功！对创业者来说，一个好的想法能够带来很多发展的机会。你敢做，说不定哪天，你也是致富经里的案例。最重要的是有一双善于发现的眼睛。

指导老师：校友工作办公室　冶治玲

唐平冬

创业者

理想是远航的风帆，趁着年轻，不畏失败，重头再来，搏一把总会有成功的一天。

校友简介

唐平冬，汉族，1990年9月生，温州泰顺彭溪镇车头村人。宁波财经学院包装专业2011届校友。现任浙江一诺农业科技有限公司和温州浙闽边创客空间运营管理有限公司董事长，兼任共青团温州市委基层工作部副部长。他先后荣获致敬改革开放四十周年科技创新杰出人物、浙江省青春助力乡村振兴带头人“青牛奖”、浙江青年创业奖、浙江向上向善好青年、最美浙江人、温州市十大创业创新领军人物、温州创业青年楷模、温州好人、2020年度感动温州十大人物提名等荣誉。

“跑步鸡”跑出乡民致富加速度

——记包装技术与设计专业2011届校友唐平冬

山水田野间，浙江一诺农业科技有限公司董事长、跑步鸡项目CEO唐平冬远眺千岩万壑——斜射的阳光照在绵亘的山上，显得小山村十分的安静祥和，突然间山间鸡鸣了起来……

英雄不问出处

十三年前，一位怀揣着梦想的青年走进了宁波财经学院的校门。三年里，他秉持着鹰的精神，以百折不挠、超越自我、不断追求崇高目标的精神，完成了三年的学业。最后以宁波市优秀毕业生的身份走出了学校的大门，同年获得了国际美术设计师的称号。

三年后，他路过中山西路和卖鱼路交叉路口，看见两名小孩不慎落水，周围聚集了十几个人，但是大家都不会游泳，只能报警，大喊救命。下班路过的唐平冬距离岸边大约3米多远，他来不及多想，纵身跳下了河。

故事的时间在8月份，正值夏天，水面微凉，但水下一两米却有些冰冷。跳下水的他一把将两个小孩拉过，想要将他们都推回岸边。可是，两个小孩出于求生的本能，都死死地拉住唐平冬的胳膊，这让他不知道往哪里使力气。他不得不撇开其中一个小男孩，将另外一个小女孩推到岸边。岸上的市民将小女孩拉了上去。他本想喘两口气再回头去救小男孩，可岸边的人又喊起来，“小男孩又沉下了，沉下了。”他急忙转身就加速往河中间游，使出最后的力气将男孩拽了过来，男孩终于得救了，在场的人都松了一口气。

回到岸上的唐平冬身体虚脱，浑身湿透，躺在地上。他回忆道，爬上岸累得已经什么都不想，救起男孩都是靠着一股子信念，一定要把这个孩子救起，这个孩子太年轻了，应该有最美的童年。此时，旁边的那两个七八岁的小孩仍然惊魂未定，被大家拍打脊背，吐出几口水后，才缓过劲。

唐平冬说：“我会游泳，但并不是很擅长，这次突然下水，身上衣服都没有脱，游起来很费力，第二次救那个小男孩时，小腿有些抽筋了，呛了好几口水。好在岸上有一位老人家找来一根竹竿递给我，连拖带拉地把我们两人救上岸来。”

他曾说，一直不忘母校的培养，让他能够成才成人，肩负起自身的担当与责任，看见落水儿童，就应该见义勇为，这是应该做的，是出于本能反应。

敢问路在何方

唐平冬，出生在浙江温州泰顺车头村的宁财青年，大学毕业后一直在宁波的一家高科技公司工作。认真负责的他三年就晋升成为部门经理，年薪50万元。这个工资在当时可以说十分可观，更夸张地说，是未来可期，有大好的前景。一次偶然的机会再回到儿时的小山村，他发现很多农户还是在延续传统的种养殖方式，儿时的小山村的落后与他所在的城市的繁华形成了鲜明的对比。城市的车水马龙，繁华与眼前的寂静不断地冲击着他的内心。回去后的他情系家乡，时刻想着回报乡村，帮助农民走上致富路。

回到宁波后，他考虑了很久很久，他作出一个大胆的决定，放弃现在稳定又有上升空间的工作，回到农村去。他把这个想法和家人说时，却遭到了全家人的反对，没有一个人理解和支持他。家人和朋友都不理解，甚至村民们也不理解唐平冬，周围议论纷纷，“明明可以在大城市赚大钱，却要回乡养鸡当农民，一般人都不会这么干，人家都是往城市走，你却倒着走”。他却说：“没有一种责任，比为自己的家乡奋斗更伟大；没有一种担当，比为父老乡亲的致富打拼更崇高。”

回乡上山干农活

毕业两年多后，听到家乡有支持大学生回乡创业政策，唐平冬借助从天猫代运营期间累积的“第一桶金”，回乡“务农”——2015年担任浙江我要赶鲜科技股份有限公司运营副总，开始网上销售泰顺当地的优质农产品。

为了继续农村创业梦的唐平冬，下定决心离开“我要赶鲜”，琢磨着再创业。

再创业仍要做农业项目，但具体做什么，唐平冬想不出点子。于是，他决定外出考察，在考察了国内知名的水果销售平台“水果营行”“果里果外”后，唐平冬决定再去考察“褚橙”。约见“褚橙”的创始人褚时健并非一帆风顺，经历多次拒绝，在云南“褚橙”基地等待了三四天后，褚时健最终答应与唐平冬见面，但只给他5分钟。

褚时健的寥寥几句建议，让唐平冬恍然大悟。

在2016年底，唐平冬联合他人共同创立了浙江香香农生态农业开发有限公司，借助“摩拜”这种交押金再付费骑行的模式，利用微信平台打造了“我的鸡笼”平台——129元认养一只土鸡，然后每年可按成本价付费购买360枚土鸡蛋。

“我的鸡笼”采取订单农业的方式，专业的养殖由专业养殖户去操作，该平台则制定标准来规范养殖户养殖。“我的鸡笼”这种新的卖鸡蛋模式，迅速得到了市场认可。

唐平冬表示，“我的鸡笼”项目没有选择过多的风投，一方面风投大多要求公司签订对赌协议，而“我的鸡笼”项目自身现金流充沛，无需太多资金。

经过一年多的发展，“我的鸡笼”已“圈”得省内外10万多名会员，温州本地会员占总量一半左右。此外，“我的鸡笼”还在温州铺设线下渠道，已开出24家门店，同时将触角伸向企业、银行等客户。“截至目前，我们已销售土鸡蛋近2000万枚，大部分集中在江浙沪，也有远至北京等地。”

唐平冬称，目前客户对“我的鸡笼”平台零投诉，对我们所卖的土鸡蛋和土鸡的品质很认可。

尽管如此，唐平冬仍然担心，将来“我的鸡笼”平台扩张到全国后，在供应链上会出现问题，于是决定尝试智慧养殖模式，研发专门的鸡脚环，从鸡一孵出就戴上，详细记录鸡的成长与运动数据，并实时向用户公开。对于鸡蛋则运用区块链技术，每枚鸡蛋从产出到送至用户手中，相应数据是不可篡改的。目前，智慧养殖场在泰顺建成，已有数千只蛋鸡按这种方式养殖。

“用户对我们智慧养殖的方式很感兴趣，有用自己孩子的生日定制日期到鸡脚环上，等来年孩子生日时买下这只鸡，用于其孩子的生日宴。”唐平冬说。

青山环绕疑无路

大学毕业在外地工作多年后再回到家乡，他考察了好久，发现家乡的鸡品质虽好，但是只在村里卖，没有销路。在一次与朋友的闲聊中谈及“微信运动计步”，他觉得如果将微信计步原理用到传统的养鸡上面或许是一次很好的创业机会。当时恰好听到家乡有200多亩的土地正在流转，这一下子点燃了他的创业激情，他认为是一个好的机会，心里产生了一个信念：认准的事情就一定要做下去。他希望打造一个平台能够让家乡农民科学养殖，让他们的作物走出大山，成为新时代的 “新农民”。

新农人重点在这个“新”这个字上。

唐平冬觉得必须要创新，养鸡也要不走寻常路，才会有出路。当时家乡有200亩的土地正在向外销售，他听到这个消息，立刻承包家乡的200亩山地。他认为传统的销售方法很难帮助农户致富，他就引用新技术，以互联网技术变“牢笼鸡”为“跑步鸡”。基于区块链+物联网技术，以科技养殖切入，实现禽蛋养殖可视化、规模化、智慧化。不仅如此，还给每只鸡的脚上都套一个白色的脚环，用手机扫二维码，这只鸡的所有信息一目了然。佩戴了脚环的鸡可以实现养殖过程的严格把控，每只鸡从落地到宰杀全程佩戴智能科技脚环，一个脚环对应一个数据链条，数据实时同步、不可篡改。每只鸡跑满100万步，预计养殖期六七个月，才会对外销售，所以称之为“跑步鸡”。

在创业的过程中，他经历多次设备故障，甚至是设备烧毁等情况。这些打击使得他变得一无所有，他开始迷茫。

忽见千帆隐映来

他母亲没有责骂他，而是默默将攒了几年的10万元积蓄给了他……他暗暗下决心，一定要熬住，把事业做成功，不辜负这沉甸甸的母爱。他重新调试设备，一次次测试。最终，脚环做成了。

唐平冬说：“单户农户最多可以养殖300到500只，农民跟我们签合同，把鸡领回去养，鸡长大后我们再从他们手上回购，通过平台上统一销售，打开村民的销路，只要村民愿意劳作，他就可以增收，就能脱贫致富。”

之后——

他又作出了一个大胆的决定——免费提供鸡苗和脚环，农户签约养殖，公司再回购销售，建立“公司+基地+农户”定向定点扶贫模式。鼓励农户用土地和劳动力入股合作社，承担养殖员的角色，将公司现有大鸡舍承包给多个农户，或协助筹集资金让农户自己修建小型鸡舍，免费提供鸡苗、智能脚环和养殖技术培训，并与农户签订成品鸡回购销售合同，通过这种模式实现带动农户而不替代农户，从“跑步鸡”里跑出一条不一样的创富增收之路，带动省际边界500多户农户实现稳定增收。

给鸡计步数，取得了消费者的信任，打开了销路。消费者相信“跑步鸡”的品质，也愿意购买。买回去后，消费者都夸“跑步鸡”的味道好，更多的消费者成为回头客。

拥有了一定的资金后，唐平冬团队开始升级销售模式，推出了生鲜侠公众号。在生鲜侠上线后，团队还自建小程序、京东生鲜店，利用互联网链接基地与消费者，消费者通过视频监控、大数据追踪、智能化溯源体系，

生鲜侠微信小程序　　生鲜侠微信公众号

生鲜侠小程序和公众号

了解基地的全部生产过程，真正做到农业数字化。

通过平台，一只鸡卖到198元，鸡蛋每斤25—35元，最远销售到北京、天津。平台运行一年多来，积累了10万多名会员，年销售“跑步鸡”近10万元，累计销售土鸡蛋近350万枚。其创办的“跑步鸡”项目先后荣获“中国乡村振兴十佳项目”“第六届·创青春全国赛最具影响力品牌”“浙江省农村创业创新大赛一等奖”“创青春省赛银奖”“温州青年创新创业大赛金奖”等荣誉。

共同富裕奔小康

共同富裕是社会主义的本质要求。唐平冬凭借自己的努力将“跑步鸡”项目做了起来，最先想到的就是农户们。唐平冬创业并不是为了替代农户，而是带动农户，跑出创富增收之路。

在彭溪镇车头村以及周边村，甚至在福建福鼎叠石乡的车头村，放养的“跑步鸡”每天穿梭于栀子花丛。这种生态养殖确保了鸡的品质，而鸡粪成为肥料，实现可循环利用的生态农业。“通过在栀子林底下饲养‘跑步

唐平冬与跑步鸡在栀子林合影

鸡’，亩产收益突破1万元。”有农户算了笔账，养鸡不仅有助于栀子花增产，以500只鸡的养殖规模计算，一年还能创收3万元。

虽然起步不久，但是唐平冬已经带动省际边界500多户农户实现稳定增收。其中也包括泰顺车头村和福鼎车头村以及邻村的60多户低收入农户。如今，唐平冬打造的“生鲜侠”不仅拥有了像京东生鲜这样的大客户，还与本地有关单位和机构深入合作，带动了一批泰顺农产品的旺销。“今后的订单，将重点围绕闽浙边农户，特别是以满足两地低收入农户为主。”唐平冬介绍，叠石乡车头村目前已经梳理了当地50多户低收入农户，共同养殖“跑步鸡”，预计未来年出栏量能达到8万元。

党员唐平冬深知推动社会经济发展，归根结底是要实现全体人民共同富裕。他认为不单单是要追求自身的发展，更重要的是谋求共同的发展——将贫困山村变成小康村。创业过程中，唐平冬还热衷于公益事业，从2019年开始承诺每销售一只鸡就向慈善基金注入1元钱，专项用于扶贫助农项目，目前已经累计捐资近50000元。

丹心未泯创新愿

2019年3月30日上午，彭溪镇浙闽边农创客创业园举行开园仪式。浙江省市县农业部门、省市农创客联合会、福鼎市农业农村局及与彭溪相邻乡镇相关负责人、助农主播等齐聚一堂，在园区负责人唐平冬的介绍下共同参观了农创园的展厅产品及相关业务，随后一同出席了农创园开园仪式，为农创园开园助力添彩。

浙闽边农创客创业园，是由浙闽两省边界共同打造的农业小微园。园区坐落于浙江省温州市泰顺县彭溪镇，一期占地面积3000多平方米，涵盖农产品电商、农产品深加工、网络直播、文化传媒、研学策划等业务需求。目前已经完成招商进驻10余家，入园企业计划总投资3000多万元，达成后

农创园负责人唐平冬接受牌匾

可形成年产值超1亿元。园区以浙闽农创为依托、以农创项目孵化为职能，为园区企业提供联合办公区、共享展厅、共享直播间、共享食品工厂、仓储、物流中心等服务。该园是泰顺首家农创客创业孵化平台，通过网络直播与电商等数字化手段赋能传统农业发展，以数字赋能乡村振兴，为未来农村建设赋予数字化动力，这既是未来农村建设蓝图的路径探索，也是浙闽省际合作发展的先行先试点。

同舟共济扬帆起

唐平冬事业一帆风顺的时候，一场新冠肺炎疫情突然席卷全球，经济面临巨大考验。疫情之下许多农产品的销售受到冲击，不少农企纷纷倒下。在这样的情况下，唐平冬用“互联网＋”和数字化智慧农业的新形式开拓出了崭新的销路。

唐平冬是一名中共党员，更是一位乡村致富带头人。面对疫情，他积极运用所学知识，帮助自身和农户解决了滞销问题，降低了因疫情带来的损失，以实际行动发挥优秀的农业带头人的表率作用。

他原本在京东发起一笔众筹团购卖“跑步鸡”的活动。原本信心满满的他，屯了近两万只鸡，不承想这场突如其来的疫情，打乱了他原有的计划。

面对突发状况，他没有选择坐以待毙，而是随即改变原有计划，立即和抖音、今日头条、温都猫等新媒体平台开展合作。他发现了销路——疫情背景下的大众更喜欢用网上购物的形式来消遣时光。唐平冬压低价格来刺激大众的消费心理，将原本每只鸡150元的价格降到了100元，再拍摄短视频做新媒体促销。一个月都不到的时间就惊人地卖出了15000只鸡，销售额达到了400万元。疫情的来袭并没有成为唐平冬创业路上的绊脚石，还成为了企业蓬勃发展的跳板。

疫情防控期间，生活物资短缺，特别是偏远村庄和孤寡老人的生活保障问题凸显。

得知消息，唐平冬积极组织旗下自营农场及合作基地，捐赠鸡蛋、蔬菜、大米等生活物资。同时，他考虑到近期要求减少外出，还要求旗下自营农场将捐赠物资配送到村民家中，向留守在家中的老人送去慰问。后来，部分行动不便的农户找到他，希望他帮忙代买生活物资，他二话不说答应下来，并一直坚持。

疫情捐赠生活物资

他说：“我们年轻人懂得更多的防护知识，更应该主动承担起责任，帮助行动不便的村民和老人。这也有利于村里疫情的防控，保障村民的安全。”

在疫情防控期间，他还积极响应号召，率领农场青年积极投身志愿服务，自2020年2月3日起，他们在彭溪镇“浙闽省际党建联盟疫情管控联合检查点”担任防疫检疫的志愿者，先后负责检查站出入口要道执勤、测量出入卡点人员体温、登记出入卡点车辆车牌号码等工作，由于卡点人手不足，他每次一执勤就是12小时，始终坚守在抗击疫情一线。

唐平冬为卡点的工作人员送上暖心乌鸡绿壳蛋

2020年2月8日元宵节，本是全家团圆的节日，而一线各检查点的执勤人员始终坚持在各自的工作岗位上。唐平冬自己也是志愿者，深知卡点工作人员的辛苦，当天就带领农场员工与村镇领导到彭溪、车头、外垟、水尾、富垟、峰文、双源等村检查点进行慰问，为卡点的工作人员送上了乌鸡绿壳蛋以表心意。当晚夜班执勤，他更是主动提出到卡点换班执勤，把团圆的时间也分享给工作人员。

他说：“病毒无情人有情，你们守护这座城，我们也尽一份自己的力量！中国加油、武汉加油、温州加油。”

直挂云帆济沧海

已过而立之年，对于未来的设想，唐平冬说：“希望从‘跑步鸡’领域出发，后续能够完善整个生鲜的产业链。”我们在北京开了分公司，泰顺彭溪仅是唐平冬事业的第一站，他希望能将事业推向全中国，在北上广深以及全国布局养殖体系和销售体系，让更多用户能够在更多的电商平台买到我们的产品。让更多农村大学生或务工青年选择回乡时，他希望自己能站成一个标杆。

如今，唐平冬以自身创业实践经验联合当地有志创客，推动发起“温州市农创客发展联合”，建立一个新农人社群，让温州更多的农创客有了自己的“家”，实现抱团发展、共享资源。目前，“跑步鸡”项目团队有近40人，其中不少是返乡的本土青年。唐平冬说，目前正在将养殖基地做成“青创农场”，优先聘用农户子弟，让基地为青年创业就业者创造更多“鸡”会，“只要是合作的养殖户，不管是大学生实习，还是回来工作，我们都会给予扶持，如果有志创业，我们也会提供一站式服务，让更多年轻人回到家乡并能留在家乡创业发展。”

为积极响应浙江省“两进两回”工作，进一步激发农创客活力，促进乡村振兴，2020年11月在彭溪镇党委的支持与指导下，唐平冬联合浙闽边省际边界村的20个党组织、18名党员创业青年和11家农创企业，牵头成立了“浙闽边农创客党建联盟”，通过借助省市县农创客联合会的辅导资源、省际边界的政策和产业链资源，携手边界的农创客们一起抱团发展，共同打造浙闽边农村创新创业平台。在彭溪镇党委、政府的支持下，“浙闽边农创客党建联盟”的首个创业基地“浙闽边农创客创业园”正式开园，首批11家企业的12个农创项目正式进驻创业园接受创业辅导。对接下来的发展，唐平冬信心满满，下一步他要依托创业园的平台优势，以党建为引领，整合各方资源对农创客们开展定向培养、创业指导、技术培训等创业辅导，以实际行动，助推浙闽省际边界农村产业振兴。

建立短视频团队开拓直播渠道，研发开罐即食的自热罐头鸡汤，联合食品公司制作卤味食品……今年以来，唐平冬通过项目整合，持续将“跑步鸡”从单品类向全品类延伸，打造产业链来提高附加值，“不光要提升平台的‘带货’能力，更要展示推介家乡的风土人情。”今年，唐平冬还受聘担任共青团温州市委基层工作部兼职副部长，用自己的亲身经历告诉有志于农村的青年，“乡村广阔天地，大有可为”。

唐平冬对青年说

唐平冬也不讳言，自己对于农业的期待，不仅仅有心“鸡”，而是有“野心”去谋划未来更大的空间，矢志以一个青年的担当，在故乡的土地上，续写新时代的农人创业史。

案例点评

乡村振兴的重点之一，是要调动亿万农民尤其是农村青年人才的积极性。有理想有担当的农村青年，是新农村人的领头羊，是乡村振兴的中坚力量。恰好与我们新时代宁财青年的自信、专注相吻合。

因地制宜，以乡村特色实现产业振兴。当地的鸡是优质鸡，也有大量的农户养殖，但是缺乏销售渠道。唐平冬对农村产业发展情况、生态宜居情况、广大农民意愿进行了调查了解，分析了存在的问题。根据地域特色，充分发挥了农村特色资源的优势，以特色养殖模式提高产品质量，以特色生态系统进行直播，着力构建了高品质鸡的销售体系。

情系家乡，振兴农村带动脱贫。唐平冬在事业有成时，首先想到的不是自己，而是家乡的父老乡亲们。自己生活得好，不是真好；父老乡亲生活得好，才是真的好。红心向党，唐平冬以帮助农民脱贫作为实现价值的方式。创业期间，带动300多户农户加入养殖，实际创收2000多万元。

率先垂范，加入返乡创业队伍。新时代的青年有气魄，敢于担当。唐平冬，很好地践行了身为新时代宁财青年，以实际行动跑出了乡村振兴的加速度。他气冲霄汉，以身作则，带头加入到乡村振兴的队伍当中，带动家乡经济，为农民增加收入，带动年轻人返乡创业。

创新模式，助力农业产品销售。唐平冬探索出了一条智慧农业的致富之路：以科技养殖切入精准扶贫，推出领养模式链接养殖户及农民，使得养殖可视化、规模化、智慧化。项目一推出立即赢得了市场，又帮助当地农户脱贫增收。

源于初心，忠于人民服务人民。在人民最需要的时候，争当排头先锋。小孩落水的时候，唐平冬来不及思考，直接跳下去救人，这是源于作为党员的初心：为人民服务。在城市闯出一番事业的时候，唐平冬首先想到的就是人民，毅然决然辞去工作回乡创业，带领周围村民致富。

抗击疫情，于变局中育新机、开新局。疫情给唐平冬带来了挑战，打乱了唐平冬的计划。面对突发危机，唐平冬静心思考，认为危中有机，危可转机。抓住危机，创造条件，他一改以往的销售模式，在多个新媒体平台开设销售渠道。此举不仅解决了自身的滞销问题，还使农户的钱袋子鼓了起来。

指导老师：校友工作办公室　冶治玲

陈诗洁

创业者

都说不忘初心，初心却总被叨扰，城市喧嚣不只来自人群，更多的是内心的不安，躁动。小而美的事业虽然不受青睐，对于我就是满心欢喜，就是坦诚面对自己。

校友简介

陈诗洁，女，汉族，1989年6月生，浙江省缙云县人。宁波财经学院艺术设计专业2011届校友。现为缙云县农孵专业合作社理事长，丽水朱子阁文化旅游开发有限公司总经理，高级评茶员、高级农民技师、高级茶艺师、中级农艺师、市青联委员、市妇联委员、县青联常委，曾获得丽水市“新时代新青年新农人”一等奖、民宿伴手礼大赛金奖、丽水大学生创业典型等诸多荣誉，其座右铭为“以茶明理、以茶修身、以茶会友”，立志以茶文旅融合为支点，探索出一种新时代乡村振兴企业发展的模式。她成立了缙云县农孵茶叶专业合作社和缙云县朱子阁家庭农场，构成产茶、制茶、卖茶的产业链，线上线下同步销售，初步形成了“农文旅融合生活化”的发展模式，带动当地农户走上了致富之路。

胸怀梦想，心系家乡，不忘初心

——记艺术设计专业2011届校友陈诗洁

她曾这样说道：“都说不忘初心，初心却总被叨扰，城市喧嚣不只来自人群，更多的是内心的不安，躁动。小而美的事业虽然不受青睐，对于我就是满心欢喜，就是坦诚面对自己。回归自然，回归原本生活， 抱着对自然的敬畏之心，去感恩自然的馈赠。回一趟老家，守一座茶山，做一件事情。当我变成我们不忘初心，子阁如初。”

创业缘起：谱写田园生活

初见陈诗洁，给人的第一印象：这是一位恬静的文艺女孩，长发及腰，一袭黄白色的茶服，恬静优雅。然而没想到陈诗洁内心种了一棵强劲的小草，坚韧并且充满力量，不仅放弃了大城市给她抛出的种种诱惑，并且选择在毕业那年，收拾行囊回到缙云老家。

总有人会问起陈诗洁为何会放弃一毕业就有的高薪工作和大好前程，回到一个小县城。陈诗洁说，每当她行走在匆忙的街道、每当夜深人静的时候，脑海里总会不由得闪现出：有一年暑假与父亲在新碧街道黄碧村当地称为黄碧山的一座茶山散步，豁然开朗的整片茶园景色，空气中弥漫的淡淡的花香，翠绿欲滴的茶树丛中，时不时传来的欢笑声，太阳渐渐落下，在茶山的上空铺开万道金光，茶园也被染上了一层金色，她的内心充满了宁静与平和。她也总会想起有次开座谈会，当她介绍自己的故乡是丽水缙云时，有同学说道："丽水就是山沟沟啊！"这句话让她沉思了很久，每一个从家乡走出来的人都有一种乡愁，因为那里有自己成长的回忆，家乡那么美为什么会有人嫌弃这山沟沟？怎样才能让别人真正认识到丽水的美？我又能为家乡做些什么？

正在泡茶的陈诗洁

她说不清楚这是故乡的召唤还是自己难舍的故乡情。缙云风里扬起的故乡润土，泥土里悠荡着乡里人的纯朴，缙云春水荡情烟雨蒙蒙，轻轻地揉进了泥土里，揉进了江南的芬芳，也揉进了陈诗洁的心里。她断然舍弃了大公司给她抛出的橄榄枝，走出了生活的舒适圈，带着朝着理想奋斗和建设家乡的美好心愿，毅然决然地回到了家乡。

她的母亲在很长的一段时间内都无法理解女儿是哪来的勇气和胆识，放弃稳定的工作投身于农业。陈诗洁听后莞尔一笑："应该是对认定事情的自信与专注吧。"

陈诗洁回到缙云老家以后，走着童年的石板路，感受熟悉的乡音乡容，或许心安即归处，从它的古朴生活节奏中获得了踏实感，清晰了自己想要的生活。随后陈诗洁在父亲的帮助下承包了村里85亩老茶园，办起了加工作坊，开起了茶厂。就这样，她开始了属于她的茶生活方式。

“栖于山水之间，行于茶园阡陌”，这是陈诗洁的初心。

坚定选择，初心永不变

自从选择经营茶厂之后，陈诗洁始终坚守自己的原则。

陈诗洁经营的原生态高山野生茶园，坚持“六不”的管理模式，不施肥、不除草、不剪枝、不翻土、不用药、不催芽，让茶树在天地间自然生长，在天然生态系统中达到自身特性的最佳状态，既对茶山负责，也对茶友负责。

陈诗洁茶厂的自产茶

这几年，陈诗洁做得最多的事，就是跟这些老茶树打交道，清晨爬上山顶，看一看茶园，摸一摸茶叶，攫取一些阳光，与茶园聊聊孩子、唠唠家常。和煦的春风吹过茂密的茶园，整个茶园就像绿色的海洋，漫山的茶树犹如一排排士兵，昂首挺胸占据着整个山坡，嫩绿吐舌的新芽儿，一片挨着一片，不留一点缝隙。

夜渐深，劳累了一天的陈诗洁带着笑容进入梦乡，只有那浓浓的茶香仍在寂静的夜空中久久弥留，如同陈诗洁每天在茶园里那甜美的梦。

在选择以茶为本的创业路后，陈诗洁遵循“自然而然、生生不息”的生产理念，追求“自然造物、原来生活”的朴实境界，在作坊的基础上创立了缙云县朱子阁家庭农场，不断拓展茶生活方式产业链，推进农文旅融合发展，初步形成自己独特的“农旅融合生活化”发展模式。

陈诗洁的茶园秉持“不插手自然”的理念，任其以自然状态生长，以获得最高品质的茶鲜。茶山也没有聘请长期工管理，除了每天上山采茶外，其余时间便是静静守望。在陈诗洁看来，陪伴便是最好的保护，她说这种保守的管理理念，她会一直坚守下去。

尊重自然，传承美好茶文化

“我一直在想：缙云黄茶以什么样的商业形态出现，会像咖啡那样风靡全球。”随着经营茶产业的深入，像这样来自灵魂的发问，这些年一直激励着陈诗洁在传承与创新中勇往直前。周边环境原生态、无污染，出产的是正宗的高山云雾野茶。

同年陈诗洁在老家缙云著名旅游景点河阳古民居开了一家融合茶生活美学、传统手工艺品、地方民俗体验于一体的朱子阁老茶铺。陈诗洁希望将“朱子阁”茶文化与河阳历史、旅游文化有机对接，促进“千年河阳、古朴乡村、美好生活”建设，古朴的旅游景区里传承茶文化内涵。

既不能墨守成规，也不可过于标新立异。

她决定卖原生态高山鸠坑种野茶、缙云黄茶并且与朱子阁茶铺结合起来，寻找一个创新点。陈诗洁的茶铺“朱子阁”就在河阳村的村口，一幢灰白、马头墙的老房子，是河阳村最常见的古民居类型。门口摆满了各式陶罐，种着荷花、铜钱草、兰花等各式花草，走进房子，一个天井，亦是种满了花草，在万物生发的季节生机勃勃。老房子是一眼可望尽的三间，只做了简单的隔断，一间是产品摆设，一间是可供十余人坐着喝茶的长桌，一间是喝茶的大厅，各种包装的茶叶、茶具置于架上，整个老房子，有着浓郁的茶氛围。在她的经营下，茶叶销量与日俱增，茶铺的生命力日益旺盛。

陈诗洁说，力量源于文化传承。

开业至今，朱子阁茶厂年销售额达到一百五十万元，因为品质好、包装设计独特，“朱子阁”牌高山野茶卖到每公斤三四百元，2016年卖出了一千五百多公斤。“品牌赋予了传统农产品新的价值，一片茶叶可以演绎出悠久的茶文化，也蕴含了浓浓的乡愁。”2016年朱子阁农场被评为县级示范家庭农场，2017年被评为省级示范家庭农场；朱子阁老茶铺2018年被评为浙江省四星级旅游商品购物点。

陈诗洁说：“希望能让往来游客免费品尝下缙云本土的高山茶。”几年前，她将当地一些无人问津、无人管理的野茶园流转过来，开始卖野生红茶，但由于缺少销售渠道，销量一直上不去。河阳是个有着一千一百多年历史的古村庄，平时也吸引不少游客。陈诗洁就想以朱子阁高山野生红茶品牌产品为载体，借茶铺推广。让陈诗洁惊喜的是，此举的确帮她对接了很多生意伙伴。“之前有个来自上海的一位茶叶经销商，喝了茶后觉得口感很好，就和我们建立了长期合作关系。”

家乡的老茶铺成为河阳景区休闲旅游观光、传统农耕文化、茶生活方式体验的最佳农旅结合点，成了“看得见的记忆、留得住的乡愁”，越来越多都市游客来到这里寻找梦中的原乡故土。农旅结合、农旅融合、农旅一体，是“朱子阁”将长期坚持的品牌经营理念，陈诗洁希望将“朱子阁”茶文化与河阳历史、旅游文化有机对接，促进“千年河阳、古朴乡村、美好生活”建设，在古朴的旅游景区里传承着茶文化内涵，进而延续家族生命的张力。

陈诗洁在传承和创新中，不断地去寻找一个平衡点。

她发挥自己在宁波财经学院学习的艺术设计的专长，将茶做成了一份份具有缙云元素、河阳文化、自身理念的伴手礼，让更多的人记住了她的原生态茶；每一位喝过“朱子阁”的茶友，都会发现，这个品牌虽时间不长，但每一款茶叶的包装都特别别致、富有创意。那正是擅长设计的陈诗洁，在管理茶山的空隙构思所成。她的设计理念也很快在当地同行里传开了，农博会前夕就有一个高端茶叶品牌主动联络陈诗洁，希望她能帮助设计一些精美又实用的茶叶包装。

陈诗洁正在挑拣茶叶

陈诗洁推出的“朱子阁”系列茶叶是原生态的野茶、独立个性的包装，非常受年轻人的欢迎。2014年，陈诗洁把丈夫家的老宅进行了改造，打造成了“朱子阁”老茶馆。既卖茶叶，也是陈诗洁的工作场所，游客路过，可以进来免费喝茶、泡茶。

陈诗洁把千年河阳古村落所蕴含的乡村慢生活、乡村传统手作、乡村的宁静与朴素融入朱子阁家庭农场的农旅生活当中，让“朱子阁”品牌逐步融入河阳朱家子孙的心灵寄托中。

现在，“朱子阁”几乎成了来河阳玩的游人必进的场所，喝一杯茶，带走一份伴手礼，这份伴手礼，不再是冰冷的景区随处可见的批发礼品，而是带着缙云特色的和一个女子心意的礼物。

发展自身，不忘反哺家乡

谈到未来发展，陈诗洁说，朱子阁茶产业会通过不同的方式以物化来展现。

在她的经营下，缙云县农孵茶叶专业合作社和缙云县朱子阁家庭农场，构成产茶、制茶、卖茶的产业链，线上线下同步销售，初步形成了“农文旅融合生活化”的发展模式，还带动其他农户自主创业增收。接下来，陈诗洁通过建立“网商、店商、微商”的“三商融合”营销体系，使得“藏在深闺人未识”的地方特色产品由河阳走向广阔市场，兴起一股河阳“乡愁产业”热潮。

陈诗洁认为乡村旅游首先应该被认定为一种生活方式，然后才是一种旅游方式。目前她打造的朱子阁已成立文化旅游发展公司，着力打造“缙云黄茶经典研学旅游线路产品”，推进全县一二三茶产业融合发展，实现茶产业兴旺。她说：“未来的乡村应当是既深刻保持传统乡村文明原真性，又开放接受现代社会创造性的一种新型社区。所有乡村产业发展的终极目标，终究要回到‘人’的身上。”

陈诗洁在茶域深耕的同时，不忘反哺家乡。

2017年，陈诗洁将众多农户有效地组织起来，联合农户发起创办缙云县农孵茶叶专业合作社，完善与农户的利益联结关系，实现共同发展。到目前为止，合作社新种植黄茶基地50多亩，链接农户50多户，实现新增产值300余万元。

同时通过联合其他合作社主体，发展生产性服务业、农业产业化联合体等多种形式，引导农户分工发展，提升劳动技能和致富能力。

陈诗洁希望，通过朱子阁家庭农场微不足道的努力，为乡村振兴提供一种可能模式，也希望农人用心做出的产品与服务，最终能得到广大消费者的认可与支持。

现在朱子阁家庭农场是村里的聚集地，平常不仅帮助村民解决琐碎事务，安装软件、打字、复印、扫描、手机购票、呼叫快车等，打通便民服务“最后一公里”，同时还帮助村民对农副产品进行包装、设计，并在微店进行销售，让农村电商成为促农增收的“加速器”。以亲子教育为出发点，以家庭为主要传播群体，以“自然、农业、乡村、爱心”为主题，开设一系列书法、剪纸、茶艺等公益培训课程。

2019年，陈诗洁开展的朱子阁家庭农场要坚持维护“农民利益、农村可持续、农业安全”新“三农”理念，实现“农工销文旅”五个环节深度微循环生态融合发展的多元形态，并且率先在丽水探索一条产出高效、产品安全、资源节约、环境友好的小农业现代发展之路。

陈诗洁说，丽水处在生态产品价值转换从而实现绿色经济高质量发展阶段，正在把绿水青山源源不断转化为金山银山。

陈诗洁回乡建设的这几年不仅打造了丽水的青山秀丽，还发掘了古色古香的农村建筑，联合两者打造出了新农村建设，建设了家乡，也成就了自己。

2020年9月，她成立了乡村巾帼培训学校。校长徐誉珲说：“学校培训内容有茶艺、网红直播等，还有一系列书法、剪纸、短视频等培训课程。”

2020年，朱子阁家庭农场要坚持维护“农民获益、农村可持续、农业安全”的新“三农”理念，努力从单一的茶产品销售经济持续转变为“农工销文旅”微循环生态融合发展的多元形态，已率先在丽水探索出一条产出高效、产品安全、资源节约、环境友好的小农业现代发展之路。

乡村振兴要靠产业，产业发展要有特色，我们要在农村因地制宜，找准符合当地特色的发展产业，走出一条有特色的乡村产业发展之路。而实现这一目标，朱子阁家庭农场要摒弃原来的经验，彻底自我革新，努力实现新的运行机制，要把个体化，碎片化的独立分散经营方式转变为“家庭农产+合作社+联合社+专业项目运营公司”的新型集体经济运行机制，同时结合优秀传统文化的传承创新、现代城市文明形态的融入，形成朱子阁自己的新兴农文旅业态。朱子阁家庭农场在发展壮大的过程中，不会一味强调经济发展，更要强调人与自然环境的相互依存、相互促进、共处融洽。

在新的历史机遇下，陈诗洁经营的茶厂不断深耕广袤乡村，发掘乡村功能价值，发展新产业新业态，开发新产品新服务，拓展新渠道新市场，不断提升产业发展的层次水平，助力乡村产业发展，带领农民增收致富奔小康。她相信只要一个人做自己真正热爱的事业，发挥其所有的潜能与才华，只要超前谋划农业经济发展的新产业、新业态、新模式，就一定能掌握未来，把握发展，带领大家共同致富，为乡村振兴提供有力支撑！

成就自己，共创未来

为贯彻落实省委、省政府关于“大众创业、万众创新”工作的决策部署，激励广大妇女释放创业热情、创新活力和创造潜能，营造全社会支持女性创业创新良好氛围，省妇联和温州市人民政府联合举办了浙江省妇女创业创新大赛。缙云县朱子阁老茶铺创始人、丽水朱子阁文化旅游开发有限公司总经理陈诗洁以项目“两山实践 一叶启航”基于农文旅模式下的生态茶叶全产业链荣获省妇女创业创新大赛特别奋斗奖！

陈诗洁个人也获得很多的荣誉：市级大学生创业典型、农产品设计大赛金奖、“新时代新青年新农人”一等奖、民宿伴手礼大赛全市金奖等。

陈诗洁公司现有野生茶园155亩，黄茶基地50亩，景区销售门店6个，研学基地1个，初步形成了“农文旅融合生活化”的发展模式，探索出了一条大学生“农创客”新路子。项目以“朱子阁高山野茶”“朱子阁缙云黄茶”

品牌产品为载体，以茶叶“+农业”“+文化”“+旅游”“+互联网”为路径，集种植、加工、设计、销售、研学、文创等于一体，努力将绿色有机的健康产品销往全国。

陈诗洁参加浙江省妇女创业创新大赛

陈诗洁不仅负责了全缙云包装设计、全省农村信用工作省级示范家庭农场、省级四星级旅游商品购物点等，并且成功地将生活和事业主流和小众、商业和文化做得高度融合，但陈诗洁不爱提这些荣誉，“茶就是我的生活，我只是用心地生活而已，其他的我还在继续努力。”

踏实做事，用心体会生活

陈诗洁说：“我们要有最朴素的生活与最遥远的梦想，要过诗一般的生活，允许朝升，允许花开，晴天茶山农耕，雨天听雨泡茶，逐渐向全世界游客展示‘朱子阁高山野茶’的茶文化内涵与品质传承，这就是我想要的生活。”陈诗洁表示，如何让别人相信“朱子阁高山野茶”是健康好喝的，她选择让儿子每天喝自家的茶。在茶园里，她可以放松地与自然共处，让儿子和蚂蚁对话，从平凡的日常细心提取生活的质感。收获前行的力量，把茶过成自己想要的生活。

陈诗洁说自始至终，她都不担心自己的茶卖不出去。“我虽然不知道他们怎么知道我的，但我用茶传递的心意应该在他们内心抵达了吧。”

陈诗洁和其他工作人员讨论工作细节

心意被看见，被认可，被珍惜，这种喜悦和感动让她越发坚定。她说：“获取信任这种事情，靠的是良心，没有技巧。很多重要的东西，眼睛是看不到的，只有用心。朱子阁高山野茶，除了用舌去品尝，更需用心去体会。”

陈诗洁守着茶园，每日过着“山气日夕佳，飞鸟相与还”的淡然生活。除了寄情茶山，陈诗洁更是弹琴写诗瑜伽样样行，生活过得充实而有质感。古琴音域宽广，余音悠远，对学琴者的文化素养、情感、理解力有着非常高的要求。弹古琴心要静，加上其清、和、淡、雅的品格，如今受到了不少人的青睐，陈诗洁就是其中的一位古琴爱好者。勤奋好学的她弹起琴来像模像样，悠扬的琴声或柔和婉转低吟浅唱，又或跌宕起伏震撼人心。闲时，陈诗洁手拔琴弦，弹弹《秋风词》，温馨惬意。陈诗洁还是位颇有才情的女子，生活中的小感悟信手拈来，也乐于帮别人写点小文章。有理想、有追求、有爱好，生活才不会乏味。

创业走过的每一个过程，陈诗洁始终脚踏实地，不浮夸，不求快。

对她来说，“余生想做的事情，是既可以兼顾家庭，又能做自己想做的事。”

看茶山云卷云舒，听琴音袅袅，她将生活过成了诗。

案例点评

“传耕读慈孝，承千年书香”，浙江丽水河阳古村的陈诗洁励志传承“朱子阁”茶文化。她是一名大学生，也是当地一名普通的朱家媳妇，她喜欢诗画田园，喜欢农耕文化，喜欢以茶明理，喜欢以茶会友。在学校中她培养了勇于拼搏创新的精神，而当地独特的茶园优势也让她看到了机会，所以选择了农业，选择了茶，选择在她热爱的茶产业上获得一份健康的生活。争当中国特色乡村振兴的排头兵，她开始了传承茶文化之旅，一步步办得风生水起。

“坚守传统，只为传承”，陈诗洁在老家——缙云著名旅游景点河阳古民居开了一家融合茶生活美学、传统手工艺品、地方民俗体验于一体的朱子阁老茶铺，希望将“朱子阁”茶文化与河阳历史、旅游文化有机对接，在古朴的旅游景区里传承着茶文化内涵，继而延续家族生命的张力。茶是色、香、味、形四美俱全之物，正可与人们追求真善美、追求超越的精神相契合；茶道的“和、静、清、俭”精神，恰与社会的可持续发展及人的全面发展要求相适应。因此，现代社会弘扬茶道有着积极、深远的意义，陈诗洁是在传承中华文化里独一无二的“真正文明”的养料。

“不断超越，追求完美”，陈诗洁经营的朱子阁家庭农场年销售额达到150万元，2016年被评为县级示范家庭农场，2017年被评为省级示范家庭农场；朱子阁老茶铺2018年被评为浙江省四星级旅游商品购物点。她把茶做成了上档次的伴手礼，对提高生活质量，丰富文化生活的作用明显。茶文化具有知识性、趣味性和康乐性，品尝名茶、茶具、茶点，观看茶俗茶艺，都给人一种美的享受。体会品茶中品情、品理、品德、品人生，享受修身养性、清静心灵的妙处，“志绝尘境，栖神物外”。品茶的最高境界，是人与自然、人与人的和谐统一。

“不忘初心，反哺乡村”，陈诗洁帮助村民解决琐碎事务，安装软件、打字、复印、扫描、手机购票、呼叫快车等，打通便民服务“最后一公里”。同时还帮助村民对农副产品进行包装、设计，并在微店进行销售，让农村电商成为促农增收的“加速器”。还开设一系列传统文化课程，是促进人与人之间、人与物之间更加和谐的生活艺术，将其推广，必有助于人类的和平与幸福。在发展农村传统文化中合理利用自然资源，与保护环境相结合，有利于我们的子孙后代能持续发展和安居乐业。

茶文化以德为中心，重视人的群体价值，倡导无私奉献，反对见利忘义和唯利是图。主张义重于利，注重协调人与人之间的相互关系，提倡对人尊敬，重视修生养德，有利于人的心态平衡，解决现代人的精神困惑，提高人的文化素质。陈诗洁传承茶文化是在振兴乡村经济，也是在培养人们可持续发展的理念，传承中华传统文化，有利于乡村文明建设，她带给河阳古村的是宝贵的精神财富和经济财富。

指导老师：冶治玲　任旭东

创业者

高益波

你的负担终将变成你的礼物，
当你为错过太阳而哭泣的时候，
你也要再错过群星了。

校友简介

高益波，男，汉族，1986年3月生，浙江宁波人。宁波财经学院电子商务专业2007届校友。2004年进入宁波财经学院电子商务专业学习，2007年毕业后就职于一家普通公司。凭借对时代发展潮流的敏锐洞察力，高益波于2009年创建“唇忆”咖啡馆。随着该咖啡馆稳定发展，在2012年作出扩大品牌的决定，创建“唇忆”服装厂。为顺应潮流，又陆续创建了慈溪市波德电子商务有限公司、宁波互众慧联网络科技有限公司、上海卿羽教育科技有限公司等。

一位时代追逐者的“旅行”

——记电子商务专业2007届校友高益波

时代的巨轮向我们急速驶来，高益波毫不犹豫地跳上去，静静地扬帆起航。没人确定巨轮接下来的航行方向，但我相信，高益波一定会笔直站立在它的甲板上。

活在最好的时代，便要顺应时代！

21世纪初，互联网的时代正在缓缓驶来，电脑、手机逐渐流行了起来，一改传统售卖方式，网络售卖也渐渐开始变得普遍。一个新兴专业、新型职业——电子商务开始出现并广受欢迎。

须知凌云志，曾许第一流

1.知识储备

他利用课余时间，勤奋学习，多次获得校级奖学金。他还利用学校资源，最大限度地掌握专业知识，为以后的发展做足了准备。同时利用空闲时间，思考自己的创业计划，甚至是以后的管理模式。

毫无疑问，高益波成了图书馆的“常驻”学生，一有时间，就会到图书馆看书学习。

周六周日的时候，高益波常常掐着开馆时间进入图书馆，一坐就是一天，直到闭馆时间，才会在老师的催促下匆忙离开。

“周六周日我们都看不到他，一开始还会好奇他去哪儿了，后来就习惯了。”他的室友回忆起他都这么笑着说。

2. 技能储备

高益波在校期间，除了每一节计算机课都认真听讲，每次计算机考核满分外，他还自学很多职场需要掌握的软件，如：PS、FLASH、OS等。

计算机时代给我们带来的不只是网络游戏，更多的还是技术上的便利。正是深刻地领悟到了这一点，高益波才没有沉迷于计算机游戏，而是沉迷于软件应用的学习。

高益波给慈溪退伍军人作关于互联网时代退役军人如何创新创业的专题讲座

除了计算机技能的储备，高益波还练就了惊人的演讲能力。从一开始的磕磕绊绊，到后来无论在多少人的报告厅，高益波都能镇定自如地表达出自己的想法。其中的辛苦，高益波一言带过，大概是只可意会不可言传。

十年磨一剑，今朝试锋芒

“出名要趁早， 实习也是如此。”2007年，初入社会，高益波没有盲目地实施自己的创业计划，而是同《平凡的世界》中的孙少平一样，在适合自己短暂学习，又符合未来发展方向的公司上班，进行自我沉淀。工作期间，高益波始终相信最公平的便是时间，每天风风火火，步履匆匆。他努力工作，谦虚学习，一直为今后的创业酝酿着。

2009年，高益波抓住政府鼓励青年自主创业的机会，开了当地第一家唇忆咖啡馆。“唇忆”正如字面意思，“唇齿间的记忆”，寓意着当一切烦恼消散后留下的才是记忆深处的美好。而这也恰恰代表着高益波心中的期盼，希望自己的咖啡可以为客人带来美好的记忆。

虽然第一次创业就取得了成功，但高益波并没有就此停下自己的步伐，并且仍然怀揣着最初的梦想。高益波一直认为，做自己喜欢的，而不是业务需要的才是最重要的，2012年，于是他坚定了自己的想法决定实施大学期间的创业计划。

于是他在经营好咖啡馆的同时，置办了唇忆服装厂，利用自己的专业知识，采取线上线下相结合的方式经营。“干一行爱一行”，慈溪唇忆服装厂在高益波的经营下，收益好，评价高。同时慈溪唇忆服装厂在淘宝上与众多个体经营户展开合作，合作者纷纷表示，从慈溪唇忆服装厂进来的服装使自己的团队收益得到了很大程度的提高。

2014年，在形势的推动下，高益波紧跟时代潮流迫不及待地成立了第二家公司：慈溪市波德电子商务有限公司。

与最初的慈溪唇忆服装厂不同，波德电子商务有限公司进一步扩大了经营范围，不仅售卖服装，还售卖玩具、文具用品、纸制品、轴承、金属材料等与人们生活息息相关的东西。

波德电子商务有限公司不仅顺应了时代潮流，还顺应了大众的需求，更是取得了比慈溪唇忆服装厂更加辉煌的成就。

随着计算机事业的兴起，基于“顺应时代，便如虎添翼；否则，就如逆水行舟般费力”这样的经营理念，高益波再次选择紧跟时代步伐，在2018年成立宁波互众慧联网科技有限公司。公司主要经营计算机网络技术研发、技术咨询、技术服务，教育信息咨询服务，市场营销策划，广告设计、制作……以不断贴近时代需求，来寻求更好的发展。

高益波为企业宣讲电商知识

通机变者为英豪，唯与时偕行

企业需要寻找什么样标准的事业合作伙伴？这个问题对于在商场闯荡多年的高益波来说是简单的，也是复杂的。

其一，追求共同利益和远大目标。

或许对一个人来说最精妙的智慧就是“妥协”，高益波坚持认为要能够分清什么是自己能够改变的，什么是自己不能改变的。

在时代的洪流中，人的心态往往会发生变化，你可能随波逐流，也可以坚持自我。

人或许不是被改变，而是努力改变别人，一个人在顽强地改变那些自己能够改变的东西的同时，也要有足够的胸怀去包容那些不能改变的东西。只有这样，才能激励大家求同存异，当市场呈现出一副百花齐放的样子时，想必也应该是欣欣向荣的。

对于企业家来说，没有绝对的伙伴与竞争对手，彼此都是为共同的利益和目标而奋斗。他也会在知乎上发表一些自己的看法，对于86版的《西游记》他也有所体悟，《西游记》讲述了一个师徒五人去西天取经的传奇故事，五个人组成了一个团队，他们拥有统一的使命、愿意、价值观，在故事当中，每个人的特征都被淋漓尽致地刻画出来。

高益波工作的地方

他始终认为人才是企业最大的核心价值和市场竞争力，华为能成为全球科技大佬，正因为任正非多年来投入了大量的资金吸引高端人才。华为坚持不上市但采取员工人人持股的方式，这就非常有效地保障了员工的自身利益，这样一来所有员工都愿意为公司全力以赴做事情。

华为的文化是将全体员工的价值观统一，行动方向统一，目标愿意统一。而更多的中小微企业还没有意识到人才价值的重要性，只是一味地追求企业利润最大化，才最后导致了企业衰败的结局。

其二，舍小家为大家。

高益波始终认为企业要打造一个“没有家族的家族企业”，“没有家族”是指一个公司不能让某个家族拥有。中国的宗法制延续几千年，影响深远，人们还是经常选择家族融资组成企业。

高益波带领员工聚餐

例如一个饭店的工作人员，总是和老板有着这样或那样的血缘关系。但高益波打破了这样的传统思维，始终坚持善用能人，几乎不聘用家族成员，不公偏私欲。

所谓“没有家族的家族企业”中的“家族企业”是指企业文化一定要像血脉传承那样代代延续，而这里的家族在他眼中已经摆脱了家族本身的姓氏、亲缘等血缘关系连接而成的人的集合的含义。

在他眼中，企业中的成员不仅要合作，而且要像家人一样团结一心，使“本族”企业的薪火代代相传，确保企业基业长青。

其三，能够带领团队学习成长。

“别让自己成为水桶的短木板。”高益波始终认为企业中的所有员工，只有通过共同学习一起进步，才能提升总体的理论认知水平，强化实践操作能力，实现自我超越；只有员工整体能力素质提高了，企业发展才能真正迈上一个新台阶。

企业职工OKR集训

高益波一直坚持“水桶不能有短板”，如果有员工落下，他往往比员工本人还要着急，陪同他共同学习，共同进步。

一个企业的进步，不仅仅是高层管理的问题，更应该是整个企业上下的事情。当整个企业在运营的过程中，始终跟随潮流、注意学习、认真总结时，那么这个企业一定能屹立在时代的洪流中不被浪潮打翻。

其四，要能够带兵打硬仗和胜仗的人。

一个人拥有良好而广泛的人脉关系，是走向成功的一个关键因素。如果一个人能够重视和搞好企业内外关系，能够调动各方力量来为企业服务，那么这个人就有了成为企业领军人物的先决条件。

一个善于把握大势的领导人是一个企业发展必不可少的，高益波认为一个有志于带领团队的人，应该有军人的气质和作风。要具备“带兵打硬仗、打胜仗”的能力，要懂得发挥团队的作用，懂得不断修正战略、强化执行力，打造出一个自强不息的团队。

一个人不要刻意把自己视为一个“完美”的化身，要能够认识现实环境，要对自我有清晰而正确的认识，既要自身有能力，又要谦虚爱进取。所以有的时候，管理者会选择“妥协”，但他们的“妥协”是有条件的，“妥协”是为了团结一切可以团结的力量，但是大的方向和原则不能动摇。

在保持初心的同时也能够慧眼识人和培育人。企业选人，一要看人品，二要看专业才能。在带领一帮人工作的同时培养起企业的一个核心精神，一个团队之所以能够高度协调，是因为团队成员具备共同的核心价值观，只有这样才能“心往一处想，劲往一处使”。为此，他提倡一定要在团队里深入贯彻核心价值观，激励员工执行公司战略。

就以上来看，高益波认为领导者特质可以浓缩为三点：一是能够站得高，看得远，能为他人指明前进的方向，提出正确的目标和思路；二是能够挖掘和发挥他人的潜力，满足他人的愿望，充分调动大家的积极性，让大家心甘情愿地跟着走、跟着干；三是能够适应现实的需要，既能坚持原则，又能采取灵活的方法，以保证目标实现。

除此之外，他还提出了网红直播电商是其中的一环，即产业园建立不同风格、不同面积的各类直播间，并配置完成直播所需的设施、设备等。

他也提出了各类企业配备优质电商主播时，可根据企业所属行业、产品属性等内容有针对性地对接网红主播，并在各个主流直播平台进行有计划性的直播。

这种线上的产业园拟计划不收取任何主播出场费、商品入驻费等，只根据每场直播所产生的实际销售额的 1%作为佣金，以维持产业园的正常运营和支出。

这种想法无疑是一场大胆的创新，他果断地从视频平台的火爆中预见到了未来的直播流量的兴起，而这样的前瞻性无疑和他在商海中多年的摸爬滚打有关。

紧跟时代步伐，新火试新茶

随着2018年抖音的火爆，短视频平台瞬间吸引了一堆的观众，短视频、直播、自媒体这些概念迅速火起来，然而，随之而来的也是行业人多拥挤而形成的乱象。

在自媒体兴起的时候，在他眼中，自媒体和电商是有着千丝万缕的关系，但在实际上又有本质的区别。

电商只要卖货就可以赚钱，当然，获客成本越来越高，也是目前电商发展的一个特点，但随着时代的变化，技术在变，营销环境也在变。

他认为，自媒体是一个“温水煮青蛙”的过程，短期来看，确实没有电商那般存在着爆发般的盈利，但一旦在自媒体上形成了大量的固定粉丝，拥坐高转换率，未来的发展潜力和利润空间比电商更大。

电商的交易只是限于物质上用货品来交易变现，但是自媒体则不一样，它可以针对当前的一个新闻热点，或是一个知识点进行额外的延伸。除此之外，商务合作、广告等形式的收入也使得一个拥有固定粉丝量的自媒体可以做到很多。

自媒体还有着很多优点：

其一是多样化，自媒体的传播主体来自各行各业，这相对于传统媒体从业人员单个行业的知晓能力来说，可以说是覆盖面更广。

在一定程度上，他们对于新闻事件的综合把握可以更具体、更清楚、更切合实际，位于“尾部”的他们的专业水准并不比位于“头部”的媒体从业人员差，甚至还更有优势。

其二是平民化，自媒体的传播主体来自社会底层，因此被定义为“草根阶层”。这些业余的新闻爱好者相对于传统媒体的从业人员体现出更强烈的无功利性，他们的参与带有更少的预设立场和偏见，他们对新闻事件的判断往往更客观、公正。

其三是普泛化，自媒体最重要的作用是：它授话语权给草根阶层，给普通民众，它张扬自我、助力个性成长，铸就个体价值，体现民意。

这种普泛化的特点使“自我声音”的表达愈来愈成为一种趋势。然而伴随着自媒体主体的普泛化程度的日益提高，这条“尾巴”的力量愈来愈积聚成长。

除此之外，最重要的是，自媒体还处于起步阶段，还存在着非常大的机遇和空间。很多人虽然看到机遇和红利，也发现很多自媒体网红已经悄然兴起并受益良多，但当很多人在决定进入这个领域的时候却始终在纠结于自己的颜值、口才等外在因素。

他在自己的自媒体上发出了这样一句话：“没有颜值，没有口才，可以拍短视频吗？”这里他引用了杜子建老师的一句话让我印象深刻，“我用美颜相机是为了尊重你的眼睛。”

他认为，科技发展其实能够将普通的人变成帅哥或美女，一个自媒体获得成功的关键并不仅仅在于颜值和口才，内容的价值是更多人所关注的，他说：“并不是高颜值、好口才的人才可以做自媒体，平凡的人同样可以创造不平凡的人生。”

不忘初心，自有风光

“我经常告诉别人，最好的自己，就是做你自己的事情，你没必要活在别人的故事里。”这一句话是高益波的座右铭，同时也是他对别人的勉励。

除了工作，他也是一个热爱生活的人，生活和工作规划得很清楚。企业事务之外，他也关注当下的热点，分享蒋欣的《遇见幸福》。

在知乎上和网友讨论建筑艺术风格的同时，他也会敏锐地从中观察到热点兴起的源头，加上点自己的感悟。他在对《遇见幸福》的感悟中，和

vlog（微录）进行融合，体会到正能量的同时，也敏锐地对生活、情感等维度的细节加以把握。

同时对当前vlog中“三农”相关的领域进行了一些探讨。不只如此，在企业团建中，他非常好地带动了团队气氛，在实践中，他对于管理也产生了许多新的体悟。

他将管理境界的理解分为了三个层次，第一层，通过成就自己团队的成员，通过给予团队成员机会，支持团队成员发展、辅导团队成员进步，最终成就团队成员的价值，从而实现自己作为管理者的价值。

第二层，即一个管理者一定要理解优秀的管理是要通过自己团队的努力，成就其他团队的价值。所有的子团队都是大团队达成的最终目标的一个环节和一个组成部分，彼此之间是对方的土壤，是对方的依靠，是价值传递中不可或缺的一个价值创造者。

第三层，一个管理者还可以通过成就体系之外的价值，来成就体系内的价值，管理中的霭霭迷雾，是对自己内心欲望的把控，是对自己精神的磨砺，是坚守自己内心深处的信仰。

每个层次都代表着一种新的对管理境界的理解和提升，他在努力地突破自我，因为他相信每次战胜自我之后，都能拥有一个更加强大的自我。在这条道路上，他努力前行。

抛开企业高管这个头衔，他也是一个普通人，他也会有迷茫，有的时候也会停下脚步去思索，在看到知乎网友对于人生的迷茫时，他表露出的是看似玩世不恭的诙谐，内里流露的却是坚守的执着，“看不见光是因为眼睛出现问题了吗？无论是否看见，都要积极面对生活哦。”他如此留言。

除了这些，似乎很少有人注意到，高益波创办的公司，都坐落在浙江省宁波市慈溪市，只因这是他生长的地方，他想为它的发展尽一份力。如今如他所愿，服装厂为附近居民提供了许多的工作岗位，更推动了慈溪的经济发展。

不忘家乡，亦不能忘记学校，这正是他的初衷。

高益波在自己的母校宁波财经学院担任企业联谊会、电子商务协会会长、创业导师。2018年，高益波投资母校学弟唐平冬成立浙江一诺农业科技有限公司。而当问起他资助原因时，他说：“顺应国家振兴乡村的计划。”

的确，浙江一诺农业科技有限公司利用互联网技术变“牢笼鸡”为“跑步鸡”，让“养鸡”这个传统农事变得科技含量十足，累计带动500多户农民创富增收，以自己的创业实践为资本、科技、人才下乡如何赋能乡村振兴作出了自己的努力。

2019年，高益波投资杭州千岛湖小乡馋农业科技有限公司，同样为乡村振兴贡献了力量。

在行进的过程中，他没有因为利益而追逐高发展的地区，相反，这些年他一直坚持在创业路上，坚持在不发达甚至贫瘠的土地上寻找着原生的那份血脉相连的特色。或许这正如高益波自己所说：“永远看见光亮，永远面向阳光。只要有一点阳光照进现实，就绝不放弃。因为你永远不会完全做好准备，最好的准备就是一边向着阳光，一边尝试走出阴霾。”

执笔人：工商学院2020级工商3班　王振晔

工商学院2020级工商5班　张思思　王佳统

案例点评

该案例主要介绍了校友高益波创业的成功案例，通过其成功经历可以发现高益波能够紧跟时代发展和变化。能够结合国家政策抓住时机，结合当下利用并充分挖掘资源积极探索，顺应时代潮流。在其创业过程中我们也能发现创业之路是一个长期发展管理的过程。从消费者需求入手，并在后期的发展历程中充分调查用户需求，解决用户问题，重新整合、利用各种资源，并紧跟时代步伐，不断进行创新，最终使企业在竞争激烈的市场环境中突出重围。该案例体现出在互联网时代企业和用户之间的关系更加紧密、更加丰富。适应发展趋势、提供用户价值等才能建立优势。同时，对初创者和即将创业的创业者，在某种意义上有着一定的激励作用和启示作用，能够让其在创业的道路上少走一些弯路，同时警示创业者不忘初心，方得始终。

指导老师：工商管理学院　张琳琳

创业者

陈国栋

创业其实首先就是创新。我们要有一个真正创新的点。这个创新的点，并不是你随便想出来的一个小窍门或是比较有意思的想法，并不是这么简单的。当你有了创新点后，需要考虑的就是如何把你的能力或是企业的能力与创新相结合。

校友简介

陈国栋，男，汉族，杭州桐庐人。宁波财经学院财务管理专业2015届校友。2011年进入宁波财经学院财富学院财务管理专业学习，2015年毕业后于进入家具行业工作。凭借其极强的语言与文字表达、人际沟通、信息获取以及分析能力，短短三个月就晋升成为督导，六个月后就被提拔成为主管，两年内从实习生跃升为项目总监，但他不甘埋没自己的才华，决心出去闯一闯。2018年4月，正式创立了杭州金粒子科技有限公司。

不忘初心　步履不停

——记财务管理专业2015届校友陈国栋

合抱之树，生于毫末

2011年，高考完的陈国栋在家仔细研究专业内容、专业发展，深思熟虑下填报了宁波财经学院财务管理专业，并被学校成功录取。谈到大学，他说："大学宛如一个人们向往的世外桃源。大学生的世界是五彩缤纷，充满激情的，那儿不单单只有我鸿鹄之志的梦想，还有着说不清道不明的情愫和蓄势待发的青春力量。"在陈国栋的眼里，大学使自己又离梦想更近了一步，正如李白在《行路难》中写的："长风破浪会有时，直挂云帆济沧海。"

"独在异乡为异客"，作为一名初到陌生城市，刚刚步入校园的新生，一切都是那样的不自在，所有的事物都在慢慢探索的阶段，陈国栋不是一味地抱怨，而是调整自己的状态，感受学校的氛围，尽快适应环境，他说："只有积极主动地适应环境，才能享受生活的美好，环境对人的影响巨大，我们在改变世界的同时，世界也在改变我们。"

经过一个阶段的学习，陈国栋已然完全适应学校的一切，开始参加学生组织、社团和一些比赛，并在比赛中荣获省奖和国奖。"在这些比赛中，让我第一次明白了什么是团队意识，所谓团队，就是指才能互补，团结和谐，目标统一，职责分工，相互配合的一群人。团队强调的是整体绩效，要有‘1+1>2’的效果，团队精神是一种作风，是团队成员为了整个团队的利益与目标而形成的作风，它的核心是奉献，奉献成为激励团队成员的工作动力，为工作注入能量，还有就是承诺，承诺是成员共同承担团体的责任，若没有承诺，团队将会是一盘散沙，作出承诺，团队就会齐心协力，成为一个强有力的团体。”陈国栋笑着说道。

陈国栋由于刻苦学习，各个方面表现突出，一年后当上了学生会主席，同学们信任他，辅导员欣赏他。谈起这一些，他顿时眉飞色舞，“在学生会和参加各类比赛期间，我结识了我的至交好友，我参加学生会，参加比赛，不为彼岸，只为海，人生就像一场旅行，不在乎目的地，在乎的是沿途的风景和看风景的心情。就像戈壁滩上的依米花，五年扎根，花开一瞬，为的是体验十年磨一剑的过程。”

社会学将人脉关系定义为人们在生产或生活活动过程中所建立的一种社会关系，心理学将人脉关系定义为人与人在交往中建立的直接的心理上的联系。俗话说，多个朋友多条路，一个篱笆三个桩，一个好汉三个帮。他告诉我们：“在人际交往中首先要真诚，对人真诚，对事真诚。不论是情感定向的交往，还是功利定向的交往，都需要真诚。有研究表明，真诚是每个人所期待的交往方式。人都有安全的需要。出于这种需要，人们都希望自己周围的环境是可以把握的。黑夜为什么往往害怕？就是因为我们对环境不能把握。同样，人们对自己的交往对象也希望是能够把握的。而你如果不真诚，就让人感到没法把握你，就提心吊胆。打个比方，谁愿意怀里抱个定时炸弹睡觉？人家把握不了你，只能像躲避炸弹一样躲避你。”

在大学期间，陈国栋发现了有一位同学家里做水产品生意，水产品的行情一直比较不错，而且水产品的单价也比较高，他做了一定的调研，发现虽然每一个行业都有其潜在的风险，但是水产品行业的风险远比许多行业要来得大，首先在价格方面，水产行业的价格是不确定不稳定的，还有一系列的问题，考虑了许久，他心生一计，决定开始第一次创业——代卖水产品。

陈国栋找那位家里卖水产品的同学家长商量，在线上帮他们代卖水产，自己负责沟通销售，而他们只需保证产品质量，并发货到指定地点即可。他说："我会在线上发布水产品相关信息，以网络为媒介，依托水产品生产基地与物流配送系统，有意向的顾客可以在网上与我联系、洽谈，洽谈成功后可以在网上下订单，由水产品生产基地直接发货。这样一来，信息技术与水产品交易很好地结合，给传统的水产行业带来了新的生命和活力。"就这样，陈国栋赚到了人生的第一桶金。

之后，他把目光放到了农产品上，他认为，推动农产品发展，最主要的还是要靠人，便进行了第二次创业——卖猕猴桃。陈国栋不断尝试，这种无所畏惧、乐观向上、勇往直前的精神，如潘阆在《酒泉子》中写的："弄潮儿向涛头立，手把红旗旗不湿。"2017年12月29日，中央农村工作会议首次提出走中国特色社会主义乡村振兴道路，让农业成为有奔头的产业，让农民成为有吸引力的职业，让农村成为安居乐业的美丽家园。陈国栋的长远目光，先见之明，为毕业之后的乡村创业奠定下了一块基石。

梦之伊始，心之所向

2016年，陈国栋经历大学毕业的分岔路口——左手是工作右手是创业，可是对于家底并不丰厚的陈国栋来说，最好的选择就是先工作再创业，在自食其力之余，工作首先是一个选择机制，可以将学校学到的知识转化为一门上手的技艺。只有在这个转化过程中，才能知道哪些书本知识是有用的，但在哪些操作细节上需要加强，哪些书本知识已经过时，需要跟进、学习行业的哪些最新发展变化。工作是更高阶、连续不断的学习进程，企业是纯目标导向、问题导向的学校。

因为大学专业是财务管理专业，掌握了管理学的基本理论和基本知识，

具有较强的语言与文字表达、人际沟通、信息获取以及分析能力、加上大学时期在学生会积累的工作经验，陈国栋在工作中就很得心应手，在很短的时间内就掌握了工作的要点和技巧，并将其合理地运用，很快就得到了领导的赏识。

陈国栋的岗位会接触到各种不同的家居公司，为了更好地服务客户，针对不同层次、不同需求的客户给予不同的帮助和服务，他除了在服务客户上尽心尽力外，在公司组织的各项活动中积极响应，经常参加公司组织的比赛，展示自己的专业才能。主动帮助同事配合其他相关工作的同事协调工作任务。积极主动地向老员工学习，弥补自己的不足。工作中陈国栋也逐渐习得这个社会运行的真实逻辑。他发现做好工作，让自己及家人过上体面生活已不容易，创业的事还得放一放。

“群体性的懒惰是阻碍个性发展的最大阻力。”盲从，墨守成规，听风是雨，人云亦云，只会令我们原地踏步，创新精神不论是在从前、现在还是以后都不可或缺，不管是一个平凡的团队，还是一个优秀的团队，总是会有人脱颖而出，有些人碌碌无为，因为某些人的身上天生带着某种韧性，当外在环境不好的时候，总是能凭借自身的韧性突破周围的环境的限制，而有些人身上天生带着“鸵鸟精神”，就算有优越的外在环境也会默默无闻。

陈国栋的身上就有着一股韧性，他一直秉承着创新的理念，在公司工作的时候就很有主人翁的意识，投身于实践，积极参与公司的制度创新和改革，“我在工作的时候，公司里的一些前辈会告诉我怎么做更保险，但是我觉得人一旦处在舒适圈，就很难有更好的突破。如果做一件事情，老板去做，经理去做，或是你去做，方式和结果都会截然不同。”总是问前辈问题，而自己却没有认真思考过，也不会自己动手去找答案，自己不敢去踩坑，总是期望别人给你指一条路，你才敢去走，这样永远都是原地踏步，不会有进步。于是陈国栋便借鉴前辈的意见，坚持按照自己的方法去改革创新制度，给公司带来很好的效益。领导对他也颇为赞赏，短短三个月陈国栋就晋升成为督导，六个月后就被提拔成为主管。

所以“生活不能等待别人来安排，要自己去争取和奋斗，而不论其结果是喜是悲，但可以自慰的是，你总不枉在这世界上活了一场。有了这样的认识，你就会尊重生活，而不会玩世不恭。同时也会给自身注入一种强大的内在力量。”陈国栋从小便养成了自律的好习惯，即使参加了工作，他也依然保持着自律的良好作风，遵守公司的各项规章制度，自觉抵制不良气息，成为主管后的他在上班期间依然严格要求自己，从不搞特殊，“要求别人做到的，自己先做到，禁止别人做的，自己首先不做。”与领导同事相处融洽，有着很强的号召力和凝聚力。

“真诚对待每一个人，用心做好每件事。”在与客户交谈的时候，陈国栋都会认真用心去对待每一位客户，涉世未深的他却善于察觉人心的变化，在别人需要帮助的时候施以援手，陈国栋还要求自己要做到言出必行，“得黄金百，不如得季布一诺”。在公司的两年工作中，他为人正直待人真诚，这使他的人际网迅速扩展，这些人在他之后的创业路上帮助了他许多。陈国栋还在这期间结识了他的爱人，“她的陪伴支持和鼓励让我更有信心开始创业。”

陈国栋进入企业工作的两年时间里不断学习，从一开始的职场小白渐渐成长为精英：不断学习老板处理问题的方式，怎么做费用预算，怎么谈业务，怎么与其他企业公司对接交流，包括吃饭的时候和领导如何交流，如果交流失败，要如何采取措施来减少损失……

“生乎吾前，其闻道也固先乎吾，吾从而师之；生乎吾后，其闻道也亦先乎吾，吾从而师之。”陈国栋不仅向公司前辈学习好的工作经验，还吸取采纳公司后辈的优秀经验。人的一生就是不断学习的过程，人越是弱小就越容易被吞噬，让自己能够有资本有更多选择的办法，就要拥有绝对的技能，用实力说话。而让实力站得住脚的首要办法就是多学习，学习更多的知识，保持一定的技能储备，才能不断有输出。将收获的知识应用于工作中，或者更进一步地教授他人，感染他人，才能获取更多的影响力，得到别人的尊敬。工作状态也发生了改变：初入社会的傲气不断被打磨后渐渐沉下心，保持良好心态，注重品质、勇于突破、创新改变，积累社会资源、思想也慢慢变得更加成熟，“不论做什么事都要用心去做，用心观察，从实际工作出发，多思考，当我开始着手做这个行业，我就会令自己爱上这个行业，全身心去投入。”干一行，爱一行，专一行，精一行。

陈国栋经历过几次创业的“实战检验”：卖过猕猴桃，卖过海鲜，再加上大学毕业后到公司的两年工作经验这使得陈国栋有着独到的见解：很多事情不是具备条件、做好了调查再去做就能做好，而是在条件不充分的时候就要开始做，这样才能抓住机会。经过了两年的蛰伏，陈国栋有了一技之长傍身，也积累了一些资源；工作两年也攒到了一笔积蓄，此时他也26岁了，开始为以后家庭的生活开销而考虑，他不甘心埋没自己的才华，于是他便决定辞职，来一场说干就干的创业。

弃旧图新，初入商海

在企业工作积累了两年经验后，不甘平平淡淡生活的陈国栋决定出去闯一闯。于是，他选择了创业干同行——家居建材培训管理和策划运营，简单来说就是帮助品牌营销，通过策划、指导、培训等营销手段给品牌带来更大的产能收益。

陈国栋的创业生涯在2017年的夏天冒出了萌芽，这一想法却遭到了母亲的反对，她认为目前的经济情况足以应付生活，可以再稳定一两年，再考虑是否创业。但是姐姐鼓励他说，“男人就该出去闯荡，就算失败而归也有家人做后盾，年轻输得起，试错成本低，而且成功了就能逆风翻盘。”正是姐姐的这一番话让陈国栋更加坚定了自己的创业道路，决定放弃现有的工作拼一把。

终于，2018年4月10日这一天，杭州金粒子科技有限公司成立了！在公司的取名上，陈国栋别有用心。“金”，意味着刚硬、坚韧，俗话说，“是金子，总会发光。”而“粒子”，表明了从小做、谦卑的心态，“科技”二字则体现了公司的实体业务涉及直播系统、社交软件的植入以及未来着手于发展自己的营销产品。同时，陈国栋还把自己的价值观融入企业的文化，秉承“务实·创新·感恩·发展”的理念，将求真务实、敢于创新、心怀感恩、发展至上的态度注入品牌的血脉中，代代相传。

公司的第一单业务在2017年的6月拉开了序幕。6月前期筹备，7月落地活动，虽然是第一次举办活动，但给陈国栋带来了意想不到的成功，在业内一炮而红。谈及公司赚到的第一桶金，陈国栋依旧兴奋得不减当年，他自豪地说道：“那一场活动赚取的利润就远超我工作一年的所有收入。”良好的开端是成功的一半。第一次的成功为杭州金粒子科技有限公司赢得了各类知名品牌的邀约，大大小小的活动开展了起来，公司的运营开始驶上了正轨。

生性要强的陈国栋却不满足于这一点小小的成就，心中的鸿鹄之志时刻提醒着他，不要拘泥于百万的目标，要向千万的方向迈进。订单数量急剧增加，团队开始变得力不从心了，人手不够的问题逐渐暴露了出来，陈国栋开始意识到了团队的重要性，不光是员工的数量，更重要的是凝聚力。

正所谓三个臭皮匠赛过一个诸葛亮，这就道出了团队力量的强大，比孤胆英雄的智慧还要高。团队合作能够实现“人多好办事”，多人分工合作就会有人多力量大的优势，能够把团队的整体目标分割成许多小目标，再分配给团队的成员去一齐完成，这样就能够缩短完成大目标的时间而提高效率。陈国栋明白大雁飞行的道理，飞行的大雁队伍大多呈“V”字形，它们定时更换领导者，帮忙两边的雁构成短暂的真空，减少飞行阻力。按这种队形飞翔的雁，与单独飞行相比，能多飞12%的距离，这就是团队合作的力量。团队合作的力量是无穷尽的，所以，“同心山成玉，协力土变金”。想清楚了问题后，陈国栋马上作出了调整，招募了更多优秀的求职者。

2020年的冬天，一场没有硝烟的战争吹响了号角，突如其来的疫情，把企业所有的计划搅成了一锅粥，受疫情的影响，很多企业无法开工，业务也根本没有办法开展起来，但这并没有阻挡住陈国栋前进的脚步，他发挥出了自己的闪光点——对市场的预见性，抓住疫情的机会，及时转变，线下转为线上，通过线上办公、线上会议等来保持公司正常运营与管理，开启了全新的家居直播之旅。

同行越做越难，金粒子却丝毫没有受疫情影响，反而越做越忙，公司的创收营业额也达到了最高点。

心怀感恩，砥砺前行。陈国栋说，“我做任何事情都带着一颗感恩的心。”创业一路走来他感恩所有帮助过自己的人，并会无意识帮助身边的一些人，正是带着这样一颗感恩的心，让陈国栋获得了一群难能可贵的朋友。

做生意就是做人品，卖产品就是卖自己。把产品做到极致是陈国栋一直以来追求的目标，陈国栋认为商人的追求，首先建立在道德信用和商业信誉基础之上，然后才能实现其价值目标和商业的盈利目的。一个商人无论多么才华横溢，只要品德上有缺陷，终究成不了大器，如果走歪门邪道赚钱，迟早会出事。

在管理员工方面，陈国栋有着自己独特的方法。出现员工积极性不高的情况时，陈国栋往往先反思自己。他认为作为老板，不能抓住员工的错误不放。没有人愿意被负面情绪环绕，所以自己在评价员工的方式上应该更灵活多变、实时和个性化，应该把重点放在促进今后的表现上，而不是评估过去，员工犯错是正常现象，比起抓着错误不放，不如多关注团队的成功之处。

“眼快、耳快、脑快、手快、脚快”是陈国栋对销售技巧的概括，他把整个销售流程培训分为了六块内容。第一，进门——接近顾客。要做到精神饱满，热情迎接，运用与众不同的导购形象及热情肢体语言和声音吸引顾客，要本着“宁杀错，不放过”的精神，同时在客流量多无法正常接待的情况下，要掌握“接一待二顾三”的本领，既不能冷落了前面的客人，又要照顾到后来的客户，在交流过程中还要果断判断购买意愿，把工作重点逐渐转移到购买意愿最强的客户身上。第二，询问——探询需求。探明需求，通过有效提问快速明确客户信息，从而有效把握客情关系，这个过程中始终要有礼貌，面带微笑，注意观察顾客的眼神，确认需求，用赞美顾客拉近距离，有目的地沟通，了解装修风格、装修进度（工期）、楼盘信息、户型、面积大小、用砖空间大小、是否有合作家装公司、是否带设计图纸等信息，以兴趣开头，从最发散的提问、没有压力的信息开始。第三，介绍品牌、产品，投其所好。要做到尊重顾客，热情服务，拉动与顾客的互动，根据了解到的顾客需求信息，针对新的推荐产品和介绍品牌，重点要将产品的核心优势特征转化成为顾客带来的好处、利益、快乐享受等，真诚服务，耐心讲解，强调核心竞争优势，塑造价值。介绍产品时，尽量演示并让顾客参与，以顾客为中心。基于FABE（推销法）的理论基础，顾客心中会有五个问题。其一，我为什么要听你讲？这时候销售人员一开始就要吸引住顾客。其二，这是什么？销售人员应该从家具产品的优点方面进行解释。其三，那又怎么样？因此，销售人员应该给予肯定，某某建材是第一品牌。其四，对我有什么好处？这时，销售人员应该表明，购物是满足自己的需求，而不是销售人员的需求这一观点。其五，谁这样说过，有谁买过？所以，销售人员应该从权威性的购买者、证明方面介绍来解除顾客心中的疑虑和对购买风险的评估。第四，深入交谈，善于倾听，及时赞美。面对顾客，要仔细聆听顾客的谈话，顾客讲话时不要打断，要留意顾客分析顾客顾虑的问题，顾客暂时看不中的，可留顾客的电话、地址，等有新货时能及时通知。客人进店后，要主动为客人奉上一杯水、茶或饮料，给人以亲切感。第五，及时成交。随时准备好订单，敢于成交，让客人有压力。在确定成交价时，先要给顾客树立不讨价还价的概念，但是客人还要争取优惠时，可以首先认同对方的感受。如果对方还是不依不饶，则以向老板申请或者赠品等让步达成缔结。一定要让对方感觉到我们已经在尽力帮助他解决问题，而且语气要真诚，态度要诚恳，这样即使最后没有给他任何实质性让步，顾客也会明白你确实已经尽力了而最后妥协。很多时候顾客其实并不一定就是冲着那点折扣来的，关键是他要一个购买的理由或台阶。第六，送客。客户付完钱后，马上转换话题，将客人送出门外，一定要到卖场大门，如有停车场送至停车场，有事电话联系。

饮水思源，明志笃行

陈国栋带领金粒子在专注做强固有业务的同时，积极准备着迎接新市场机遇。“我要对我的员工负责，为他们做好下一步打算，不能等他们到了而立之年被家居策划所束缚，我要为我的员工搭建更大的成长舞台。”陈国栋眺望远处林立的高楼，语气坚定地说道。

陈国栋始终没有忘自己的目标：让“家居”变为“居家”。在原先业务的基础上，他决心开展衍生业务，拓展自己的商业版图，向乡野民宿、农产品方向发展。

陈国栋在大学时期就十分关注养育自己的家乡——百江镇松村的发展，在校园内卖猕猴桃、帮助同学家营销海鲜，甚至连创业竞赛项目都与农业发展有关。陈国栋一直关注着农业的发展，计划用自己的力量带动松村的经济发展，让乡村百姓过上更好的日子。

2017年，乡村振兴战略的提出对于陈国栋来说是机遇，更是挑战。在乡村振兴的浪潮下，陈国栋更坚定了要发展多边业务的决心。2020年7月1日的早晨，一个电话打破了他的创业之旅。村里一位年近九旬的老党员建议他参加换届选举，为村子发展谋划打拼。接到电话的陈国栋开始重温当初的入党誓言和入党初心，回忆起自己在故乡成长的点点滴滴。他埋藏在心里想要发展绿色产品的火苗又被重新点燃，这与他现在公司的状况以及未来的发展规划不谋而合，公司的未来规划就是由“健康家居”转变为“健康居家”，致力于做健康、环保的家居。

经过慎重考虑，陈国栋毅然决定回归家乡，这对他来说也是第二次的创业，希望能通过自己的努力，真正带动农民致富、带动农村变美丽，打造乡村脱贫致富新模式，把绿水青山真正转化为金山银山，助力乡村振兴。

作为一名新上任的“90后”松村“当家人”，陈国栋的第一选择就是调研摸清村子的情况，深入挖掘当地资源。

“奶奶，最近身体好吗？家里有困难要和我们说，我们一起想办法解决。”“爷爷，最近天气冷，出门慢一点。”“大伯，今年养猪收成如何？”伴随着一句句问候，陈国栋再次开启了农村生活。

在党总支换届选举中，55名党员除一人弃权外，54人投票支持；村委会换届选举，1069人投票，得票率达98.2%。就这样，陈国栋扛起了桐庐县百江镇松村村党总支书记、村委会主任的担子。

上任伊始，和村干部一起，陈国栋利用一个月的时间走访了全村501户，完成了对1490名村民情况的收集。松村村由7个自然村组成，村民居住较为分散，历史遗留问题较多。为此，陈国栋组织新老村干部茶话会，新老村干部、村小组长们坐到一起，畅谈对村里工作的看法，为松村发展提建议。

在一次次调研中，新上任的"'90后'当家人"对松村情况有了深入了解，也赢得了村民的初步信任，凝聚松村发展的新动能。面对纷繁复杂的村情，陈国栋最初有些挠头。但他依旧认为，做好农村工作，态度好一点、为民办事效率高一点，就成功了一半。

陈国栋组织村"两委"干部共同研究，提出了"小事立刻办，急事优先办，大事研究办"的工作思路，并主动联系群众，缓和干群关系，提升办事效率。

陈国栋坚信，沟通是解决问题最好的渠道。村里新设立了党员例会和村干部集体接待日制度，把村里的各项事务都摆在台面上讨论，保障村民的知情权。"更要举起村规民约的大旗，让先进文化引领和谐村风。"陈国栋说，村规民约要加强可操作性。

"落其实者思其树，饮其流者怀其源。"面向前方看不见尽头的征途，陈国栋不忘做些实事去感谢那养育他的故土和曾经助他成长的东风，如何当好松村"当家人"，陈国栋正在不断前行。

追逐星辰，永远航行

世人都说：乔布斯那样的创业情怀，在这个悲情的时代已然无法存在，100个创业者，会死掉95个。那么剩下的5个成功创业者又会是谁呢？陈国栋一定是其中的一个吧。

陈国栋所描述的创业，并非一路披荆斩棘，也并非从原始社会而来，而是广泛地去学习，积累经验和资源，再跨过一路的障碍。陈国栋认为个人事业的发展离不开国家和社会大环境的稳定支持，“在这个时代，我想做的就是把自己的力量用在关键节点上，帮助更多人创造有品质的居家生活，提供优质的服务，温暖用户。”

“我发展得确实比较快，但我始终坚信：浓夭不及淡久，早秀不如晚成。虽然在他人眼里我现在做出了一点成绩，但我知道这只是开始。航行才刚刚开始，前面是星辰大海，我们追求的晚成是大器晚成。”梦想本身不会发光，但追求梦想的陈国栋在坚定说出这番话时，仿佛被光芒笼罩着。

在这个前所未有的科技时代，作为企业家，陈国栋希望可以提高人们的生活品质，让“家居”变为“居家”。作为村党总支书记，他希望能为乡村振兴献上自己一份微薄的力量，带动农村经济发展，推进农村现代化。他渴望有一天能转动巨大的命运之轮，进入新的世界，看时代的风景。

“做其他工作也许会有成长，但相对较慢，创业不仅挖掘了我的潜力，更在极大程度上锻炼了我。”陈国栋对在校的学弟学妹寄予厚望，并提出宝贵的建议：同学们要充分认识自我的优缺点，清楚自己想要什么，能做什么，适合做什么，制定明确的职业生涯规划。只有明确了自己的目标才不至于轻易被他人意见所左右。

对于大学生创业这件事，陈国栋建议每个创业者理智思考，问问自己“你是否做好接受成功或失败的准备”，这样才不至于草率地创业后轻易失败。与其明天开始创业，不如今天开始着手准备，积累资源和经验，培养一双能洞悉社会需求、看清创业形势的火眼金睛。社会的创业形势好比东风，逆风而行举步维艰，顺风而行才能日行千里，珍惜生活中的每一次磨砺，那都是草船借来的箭，等到东风一吹再说吧！

陈国栋始终保持着积极向上的心态和真诚的赤子之心去迎接各种挑战，在创业的浪潮中与时俱进，依靠胜败皆欣然的平常心和刻苦谦卑的学习态度，扎实地走好每一步，正如他微信中写的那句话：追逐星辰，永远航行！

执笔人：工商管理学院2018级创业3班　徐茜雅　朱雨洁

案例点评

成功不是功利的代名词。在每个人的坐标系中，需要超越的从来都不是同向而行的同龄人，而是一个个标注成长的过往节点，是属于过去的自己。正如一首小诗里写的那样，“你没有落后，你没有领先，在命运为你安排的属于自己的时区里，一切都准时。”

“追逐星辰，永远航行”是陈国栋微信的签名，就像这句话说的一样，他一直在前进，不忘初心。从陈国栋的创业经历中我们不难发现，他的成功不是一蹴而就的。在大学期间他就积极参加比赛，认识到了团队的重要性，还当上了学生会主席，结识了很多好友。丰富的人脉资源对每一个企业家来说都非常重要，与此同时在大学期间学到的知识，尽早得到实践也有助于成长发展。“纸上得来终觉浅，绝知此事要躬行”，内心想要创业的陈国栋，在大学期间就开始了第一次创业，这第一次创业的经历不仅为他赚到了第一桶金，更多的是积累到了一些经验。在大学毕业实习阶段，陈国栋接触到各种不同的家居公司，这为他之后进军家居行业打下了坚实的基础。从陈国栋的身上我们可以看到优秀企业家的一些精神品质。

1.勇于创新是企业家精神保持生命力的本质。经营管理创新。经营管理创新是指要创造新的生产经营手段和方法，新的资源配置方式以及新的符合市场需求的产品和劳务，开辟更广阔的生存发展空间，创造出新的组织方式。不断提高资源配置效率，增强产品的市场竞争力。陈国栋通过策划、指导、培训等营销手段给品牌带来更大的产能收益。创新还要有速度。在多变的市场环境下，只有超过市场发展的速度和同行的速度，经营管理创新才能有实实在在的效果。在同一市场范围，竞争对策独树一帜，创新才有现实意义。面对突如其来的疫情，陈国栋及时转变，线下转为线上，通过线上办公、线上会议等来保持公司正常运营与管理，开启了全新的家居直播之旅，公司营业额也达到了最高点。

2.强烈的责任心和忠诚度是企业家精神的境界。心理学认为，责任是对归属感的一种确认。当一个人确认自己属于一个集体时，这个集体可以是家庭，可以是企业，也可以是社会。陈国栋在大学时就十分关注养育自己的家乡——百江镇松村的发展，在经过慎重考虑后回乡担任了桐庐县百江镇松村村党总支书记、村委会主任。希望能通过自己的努力，真正带动农民致富、带动农村变美丽，打造乡村脱贫致富新模式，把绿水青山真正转化为金山银山，助力乡村振兴。

3.良好的形象是企业家内在精神的外在表现。企业家的形象是企业家精神的载体或形式。一个企业家的良好形象并不是穿着怎么样，具有企业家的气质是关键。一个健康的企业家始终给员工带来自豪感给合作者带来信心。企业家的气质培养来自各种渠道。陈国栋以身作则，为员工们树立良好的形象，他认为商人的目标追求，首先建立在道德信用和商业信誉基础之上，然后才能实现价值目标和商业的盈利目的。陈国栋善于沟通，在员工管理方面，关注员工发展成长。在与客户交流上，他积极满足客户需求，以客户为中心。

不忘初心，步履不停，陈国栋用他的实际行动向我们展示了他优秀企业家的精神品质。在实现梦想的同时，不忘党员的担当，为我们年轻一代树立了良好的榜样。“山不辞土，故能成其高；海不辞水，故能成其深”。想成功就要脚踏实地，一步一步从小事去做，最后终能梦想成真。

指导老师：工商管理学院　赵京芳

潘武波

创业者

将平凡变成非凡就是这个“持续”，不选择捷径，一步步、一天天拼命、认真、踏实地工作，假以时日，梦想变为现实，事业获得成功，这就是非凡的人！

校友简介

潘武波，男，1982年6月生，浙江舟山人。宁波财经学院计算机技术与应用专业2005届校友。2002年进入宁波财经学院计算机技术与应用专业学习，2005年毕业后于海曙区委宣传部实习。2005年至2010年一直从事国际货代业务员工作。2011年，成立宁波甬昱国际物流有限公司。2015年，成立豪鲜电商和圣希尼酒业公司。2019年，成立宁波市盛和酒业有限公司。扩大公司板块，收购了北仑的仓储企业——浙江亿流货柜仓储有限公司。

逆风的方向，才最适合飞翔

——记计算机技术与应用专业2005届校友潘武波

保罗·科埃略在《朝圣》一书中，向人们保证：只要用你的双脚、用你的步伐，你就绝对能走出自己的路，去实现自己的梦想并获得自己的剑。特别是那些丢失掉梦想或者正在寻找梦想的人，保持对生命的热忱，你愿意相信生命本身就是奇迹，奇迹才会降临于你。

有这样一位校友，他始终保持着对生命的热忱，时刻提醒自己不能忘记心中的那把剑。草根出身、白手起家，一个宁波港点亮了他熊熊燃起的创业之梦。创业十余载，他一路披荆斩棘，不忘初心，最终取得佳绩。

被誉为“经营之圣”的稻盛和夫曾说道：“难得来这世上走一回，你的人生真的有价值吗？”

他，仍在践行着他的人生价值。

他是宁波财经学院2005届校友——潘武波。

不甘平庸，敢于拼搏

我们每个人不能选择自己的出身，但是可以选择奋斗人生。从一无所有的穷小子到如今小有成就的优秀创业者，潘武波十六年来摸爬滚打，用自己的努力奋斗换来了成功逆袭，别人看到的是他成功后的光鲜，只有他自己知道走到这一步经历了多少坎坷与挑战。

1982年，潘武波出生于浙江舟山的一个普通农村家庭，当时家里的经济并不富裕，还常常受到别人的冷眼与欺负，他的父母善良、纯朴，总是勤勤恳恳，不与人相争。“多一事不如少一事”，这是他回想父母当时常常挂在嘴边的话。面对别人的白眼与嘲讽，他看不惯父母的忍气吞声，又恨自己年纪尚小，无能为力。于是，他从此便立志一定要出人头地，希望有朝一日能够有能力保护家人，给家人更好的生活。

“父母爱其子而为之计深远”，潘武波的父母也为了能让他有钱上学而选择外出打工，一年到头也回不了几趟家，把他交给了年迈的奶奶，因此，年仅7岁的潘武波成了农村留守儿童的一员。“就算少了庇护的翅膀，也要勇敢地学会飞翔”。在潘武波的身上我们看不到留守儿童惯有的孤僻和胆怯，更多的是乐观、独立、勤奋、坚强，他努力学习，乐于助人。在学校，他是老师信任的小助手；在家里，他是个勤快的孩子，放假回家总能看到他帮奶奶洗菜、扫地、做饭。

1999年，潘武波考上了定海民盟职业高中，离家很远，于是他开始了寄宿生活。独自一人从小乡村来到县城读书的潘武波一开始也曾深深地自卑过，他羡慕那些有钱人家的孩子穿着名牌，生活费无忧，而自己穿着朴素，还常常为每个月家里给的不多的生活费而省吃俭用。他回忆道：“知识改变命运”，只有努力读书才是他唯一的出路，他知道自己从来不是一个天资卓越的人，所以当别人去网吧上网打游戏的时候，他选择运动和学习。虽是有点乱乱的职业高中，但成绩始终是班里排名第一第二。“我小学和初中的时候成绩都是中等，我也羡慕考上高中的同学，但我相信读个职高，学会做人，努力踏实，肯定也会有出人头地的一天。”潘武波说道。

皇天不负有心人，2002年，潘武波以超出录取分数线100多分，成功考上了宁波财经学院的计算机专业。

“天将降大任于斯人也，必先苦其心志，劳其筋骨，饿其体肤，空乏其身，行拂乱其所为，所以动心忍性，曾益其所不能。”这么一段话，由孟子说出来，激励过的人，何止亿万。几乎所有的人都相信，只有经历过一番艰难困苦磨砺的人，才能够担当重大的任务，因为这样的人，其能力通常都会强于常人。“吃得苦中苦，方为人上人”，在潘武波的身上也得到了体现。贫困的生活，艰苦的成长历程锤炼了潘武波独立自强、乐观向上的个性，也更加坚定了他挑战生活、立志成才的决心，使得他在今后的创业道路上遇挫折不退缩，敢拼、敢闯。

怀揣梦想，不负青春

“考上了大学，意味着离出人头地的梦想不远了！”潘武波怀揣着他儿时的梦想踏入了宁波财经学院的校门，在这里书写了他无悔的青春故事。

刚进入大学，有很多学生充满着不安与迷茫，不知道该如何过好大学生活。而潘武波与他们不同，他清楚地知道自己想要什么，并能够为之付出千百倍的努力。为了锻炼自己的能力，他自告奋勇地担任了班长一职，并加入了校学生会体育部，在那里，他认识了很多优秀的学长学姐和一群志同道合的小伙伴，这锻炼了他的社交能力和活动组织能力。他积极的态度、出色的表现收获了学校领导和同学的一致好评。之后，他成功地通过双代会选举担任了校学生会办公室主任。“为同学服务，为学校贡献”是潘武波一直坚守的原则。正是这段学生会的经历，让他的各项能力得到了提升，认识了很多良师益友，也为今后的创业成功打下了坚固的基石。“感谢很多老师和师哥师姐的知遇之恩，让自己发愤图强，成为更优秀的人。”潘武波表示。

在大学期间，除了完成学生会的工作以外，潘武波最喜欢的是篮球，他常说：人一定要有一项自己热爱的运动，身体是革命的本钱，他的汗水挥洒在了篮球场。最大的爱好就是看各种题材的书，特别是名著、历史、金融、管理类的书。谈到读书，他觉得这是一个提升自己的最好方法。“腹有诗书气自华”是他信奉的箴言，至今他还一直保持着阅读的习惯，他认为在不同的人生阶段，应该有不同的人生态度，阅读能让自己更加了解自己的不足。

“青春只有拼命奋斗了，才能收获辉煌。不要贪图安逸，每个人都要明确自己活着的意义和人生追求的目标，在美好的大学生活里，我们要提高的不只是情商，还有财商，智商。安于享受，不思进取，必定不会有出彩的人生。”这是一位成功创业者的忠告，更是一位老校友对宁波财经学院所有在校生的肺腑之言。“十年寒窗”，求学路之难不可否认，但只要有一份勤奋与一份毅力，便没有做不到的事。路再难走，也终是为人的双脚所踏而成。学成归来，用行动感恩母校。作为创业成功、拥有了三家公司的优秀创业者，潘武波并没有忘记母校的苦心栽培，他始终谨记着“今日我以母校为荣，明日母校以我为荣”，他一直默默地在为母校人才培养贡献自己的一份力，至今在图书馆正对面国旗台下种着一棵潘武波认养的校友树，并在校友石留下对母校和校友“茁壮成长”的祝福。

坚定信念，迎难而上

宁波这座城市人文积淀丰厚，历史文化悠久，是我国东南沿海重要的港口城市，长江三角洲南翼经济中心。加上宁波话与舟山话又是如此的相似，留在宁波，成为新宁波人，成了潘武波唯一的信念。

2004年11月，大学毕业前的潘武波在学生会指导老师翁燕薇的推荐下，获得了去海曙区委宣传部实习的机会，经过长达半年的实习，在几位老师的帮助下他收获了很多：“那段难忘的政府单位实习经历除了让我的工作经验有所增长外，最大的收获莫过于为人处世，从校园思维到社会思维模式的转变，从纸上谈兵到现实社会的体验，为我今后更快适应社会、融入社会生活奠定了基础。”潘武波回忆。

2005—2010年潘武波在国际物流行业，成为一名货代业务员

实习结束后的潘武波开始思索自己应该找份什么样的工作才能留在宁波，在宁波早日实现买房、买车的愿望。他夜以继日地浏览招聘信息，到处投递简历，面临着很大生活压力的他就想找到一份工资高的工作，再苦再累他都无所谓。于是，误打误撞的他最终进入了国际物流行业，成为一名货代业务员。作为一个货代新手，在进公司一周后，他知道做货代业务开发并没有想象中的那么轻松，平时一有空就向同事、前辈请教各种专业货代知识，白天不停打营销电话，一约到客户就骑车去客户公司拜访，到了晚上就总结分析白天的工作，还要不停在网上搜索客户信息，为第二天开拓业务做准备。把握每一次跟客户沟通的机会，谈笑风生几分钟的背后，往往需要加倍的学习和机智，还要承受很大的拜访被拒绝的压力，随时应对拜访过程中的各种突发状况。当时许多人涌进来，能坚持下来的却少之又少，经过2008年金融危机，能活下来并筹划开货代公司的，那更是百里挑一了。就连他身边一年近百万元业绩的货代朋友，也忍不住感叹“货代难做”。但是，作为农村孩子，潘武波吃苦耐劳、自信专注，扎根宁波这一信念也给

了他强大的动力，他这一坚持，从2005年到2010年，就是整整六年。

抓住机遇，开创未来

潘武波在国际物流行业的六年时间里，他从一个什么也不懂的新人成长为业务达人。他刚入行就给自己定下了三大目标，并张贴在自己的电脑上。第一，早日拿到月薪5000元，在2006年达到并收入翻倍；第二，早日购买一套50万元的房子，在2007年达到并实现目标；第三，早日购买一辆20万元的汽车，在2008年达到并完成心愿。

“由于天生有一股不服输的劲，也不愿意老是寄人篱下。”2010年，潘武波开始萌生了自主创业的想法，凭借着六年业务沉淀和人脉积累，他认为自己应该能摸索出一套属于自己的发展模式。于是，“不安分”的潘武波，开始了他的创业生涯，也开始了他事业中至关重要的一个转折点。

2011年，潘武波辞去业务员工作，开始组建团队，成功创办了他人生中第一家公司——宁波甬昱国际物流有限公司。这个过程有许多的心酸与苦楚。“创业一年来，从来没舍得给自己放过一天假……没日没夜每天工作到凌晨一两点，第二天一早7点半照旧起来去工作。”潘武波哽咽了，每当想起自己离成功又近了一步，他便不觉得那么累了。

“创业需要勇气、需要努力，但也需要看清形势，要抓住机遇、顺势而为。”对于时下热门的“创业”话题，潘武波这样理解。2009年那会儿，进口食品已经开始在国内兴起，那个时候全国的市场可谓形势一片大好。经常接触外商的潘武波一直接触着进口食品，这也给了他一次机遇。2015年他敏锐地嗅到了进口红酒的商机，开始深入了解进口红酒行业，于是，他的野心更大了，也在这个过程中与几个朋友创办了酒业公司，还在国际会展中心开办了进口红酒展馆，跨行学习，增长知识。

事业步入正轨的潘武波并没有停止学习的步伐，2018年在稻盛和夫经营哲学的影响下，他更加明确了人生的方向，事业的目的，他决定要将企业做大做强。

2019年9月，宁波市盛和酒业有限公司诞生了。

2020年1月“校友之家”正式成立

从这之后，他的产业链越做越大，开始不断招兵买马，扩大公司经营，又与朋友收购了北仑的仓储企业——浙江亿流货柜仓储有限公司。

出人头地，他做到了！

企业经营，盛和之道

稻盛和夫与王阳明开启了潘武波人生的另一个起点。

2018年潘武波开始接触经营之圣——稻盛和夫的经营哲学。他说，盛和塾是一群中小企业经营者为向稻盛和夫请教经营的诀窍，在稻盛先生的支持下，自发成立的，并由稻盛和夫任塾长。盛和塾成立的目的是传播稻盛和夫先生“敬天爱人”的经营理念，以帮助中小企业经营者“提高心性，拓展经营”。潘武波在2005届校友陈斌辉的引荐下加入了宁波盛和塾。

盛和塾名称的由来，有“企业隆盛、人德和合”之意，又恰巧从“稻盛和夫的姓和名中各取一字”。时至2019年底，盛和塾在全球已经拥有26238名企业家塾生。因此，受到稻盛哲学“发心，利他”等思想影响，潘武波成立了宁波市盛和酒业有限公司。而“盛和”二字正源于盛和塾的学习感悟，意为：事业兴隆，天地人和。

其次，因为母校，潘武波对阳明心学有着自己的理解，与受稻盛和夫对阳明心学的推崇的影响。他追根溯源，从阳明心学和先秦儒家思想的根源上来探索企业经营的意义，践行企业经营之道。

潘武波说，阳明先生让他了解到业务员与管理者最大的不同。业务员要做的是去提高自己的销售能力，而作为管理者要从“长期视角”来关注企业发展。作为一名管理者，精神和心理状态能够不为环境的变异或个人的得失所影响，不仅是体现其意志是否坚强，更表明一个企业家整体的世界观、精神锻炼与修养程度。

“我不认为你坐在办公室里，就可以成功地管理好自己的企业。”这是IBM CEO郭士纳的一句话，潘武波对其感触颇深。管理的本质在于经营人心，他在企业文化中强调“敬天爱人，积极向上”，就是要坚持正确的做人之道，敬畏自然，与人为善；要摈弃一己私欲，体恤他人，常持利他之心，在此基础上积极工作、为人处世。

每月一次——宁波盛和塾·斗魂组　小组学习会

在转型、学习管理的道路上，他认识到企业不是追求经营者个人的利益，而是实现全体员工及其家属的共同利益。这样的目标自然可以赢得广大员工的认同，并形成强大的企业凝聚力。因此强调“目标共有，全力以赴”。而这些管理理念正是王阳明“人心即天理”的思想在企业管理中的具体体现。

疫情之下，迎难而上

2020年，注定是一个不平凡的一年，突如其来的新冠肺炎疫情来势汹汹，对各行各业都造成了不同程度的影响。

作为一家物流企业的管理者，潘武波说国际物流行业都受到了疫情的影响。但“危机”中挑战与机遇并存。由于不同地区疫情管控措施不同，对员工复工、道路畅通、运力调配，以及疫情防控等都造成了很大的影响。

物流企业一定要兼顾疫情防控和恢复运营，这对潘武波来说是一个新的考验，得益于对稻盛和夫“经营取决于坚强的意志”“追求销售额最大化与经营最小化”与王阳明“致良知”“知行合一”经营理念的学习，他组织员工一起学习稻盛和夫的文章《把萧条当作再发展的飞跃台》，以此来激励大家。无论是高管还是基层员工都树立终生修行良知的思想，团结一致，在此次疫情中使得企业业绩与前期稳中有升。

此次疫情的打击是迅速而猛烈的，短短数月，便从重创消费扩大到打击企业的生产和管理，深深地影响着各类企业。潘武波说，就像机体在抵抗病毒时需要免疫系统一样，企业同样需要有自己的免疫系统来产生免疫力，这个免疫系统就是企业强有力的管理和强健的组织结构。

对于公司未来的发展将从这四个方面来着手。第一，提高组织管理效能。在疫情防控期间，看到了混乱与贻误，又看到了有序与高效。究其原因是卓越的组织管理能力带来的有序与高效。疫情将企业的弱点放大，他说苦练内功在平时，运用一切资源来增强企业内部竞争力，提升组织管理效能。第二，强化人才队伍建设。不断完善选人用人机制，破除官僚主义与形式主义。第三，供应链体系建设。公司三大板块互补，仓储企业为物流与红酒企业提供保障。第四，零售渠道开发。探索线上线下转型路径，开拓新市场。

潘武波说道，2021年企业发展注重提升产值，降本增效，增强员工对企业的认同感、归属感，大力弘扬与践行新时代企业家精神，勇于创新，推动产业优化升级。形成以企业为主体、市场为导向、产学研用深度融合的技术创新体系，为经济高质量发展注入新的生机和活力，成为一家勇挑重担、不负时代的优秀企业。

心系人才，理想绽放

潘武波在高中时担任副班长兼团支书，大学时担任校学生会办公室主任，一直勤奋刻苦、踏实肯干，热衷学生会工作，助力校友会建设，为母校校友工作付出了自己的汗水，也夯实了一些基础。现今，他担任宁波财经学院宁波校友会会长、宁波财经学院物流行业校友会会长、宁波财经学院校友企业联谊会会长。

“服务校友、凝聚人心、助力学校”是宁财校友会创办的使命，“同创、共享、互助、互赢”的理念更在践行着，面对学弟学妹，潘武波这样说道。这是我们每一个宁财人共同的心愿，让我们在全省乃至全国每一个角落都能找到“家”。

早在创业初期他便有了成立校友会的想法，那时他已经非常感谢学校老师与学长学姐对他的帮助与支持，他将“自信、专注”的校训作为自身的内在价值尺度，并以此来自觉地衡量自己的行为，直至最终依据这一价值尺度来及时调整和校正自己的行为。他认为校训一直在引导与激励他，让他工作生活中明确自己的发展方向与目标，有意识地为母校的发展贡献出自己的一份力量。

俗话说“万事开头难”。在2015年，潘武波立足自己的物流行业，平时联系众多从事物流行业的校友，经过两年的筹备，于2017年3月成立第一个以行业为代表的物流校友会，现物流行业校友大约200余名。同时响应学校号召于2017年8月成立宁波校友会．校友会成立距今已有四年左右，每一次理事会议举行，挖空心思组织各类活动，不断创造校友之间的生活和工作交流，这对于没有经验和充足时间的潘武波来说是一份热情，一份担当，一种宁财学子的精神。潘武波常挂在嘴上的一句话：“再过二十年，等我到60岁退休的时候，回头看看我在校友会做过的奉献和建设，无愧于初心，无愧于老师，一点一滴做，一步一步来。”

潘武波说，校友会的核心不在于实际的物质与利益，而在于一颗感恩的心。2017年3月18日得知蒋天兵学弟身患白血病，筹备委员会第一时间就利用现有的校友群、校友网、朋友圈积极为蒋天兵学弟筹集善款，奉献校友的一份爱心，据不完全统计，爱心捐款近万元。他说校友怀揣一颗真诚的感恩之心，在自己力所能及的范围内给予校友会工作配合，付出努力、踏实做事。

潘武波等人始终认为，校友会的关键不在于形式、规模，而在于大学精神、文化的凝聚与传承。学校的毕业生中，有相当一部分的校友，遗传母校创业的基因，自主创办企业，或在企业里担任高级管理的职务。他们在不同的地方延续着自己的创业梦想，同时也在关注着母校的发展。在2018年4月成立校友企业联谊会，本着“同创、共享、互助、共赢”的理念，所有创业校友都希望尽自己的绵薄之力助力母校更好的发展，同时打造一个有温度、有热度，属于我们财经人的创业互助平台。

“磨炼意志，就会产生利他之心。”潘武波说一个人生来都是利己的。要从利己到利他的心性转变，有很长的一段路要走。而他这一段路的行走，自信专注、心无旁骛，即是在磨炼意志灵魂。他在行走的路上，铸就了为母校、为校友贡献一份力的想法，并落实于行动中。今后也将通过校友会的平台，以“产学结合”的方式为学弟学妹们提供更多社会工作岗位的推荐和相关社会实战技能的培训，帮助学弟学妹们成长。

从成立初期，校友已经建立了几千人的不同校友群、成立了不同的校友理事会。随着校友会的发展，接下来将加大校友会活动的宣传与组织力度，以宁波校友会为核心，发挥宁波核心地区的辐射带动作用，在此基础上筹备多个分会，对于校友之家提议和落地是一件有意义的事，一个城市总要有一个属于我们的校友之“家”，用心地一个地方一个地方建设、一个校友一个校友积累。

“校友会，汇校友”，大概没有别的话语比这六个字更能精确地概括潘武波对于校友会的真心付出与殷切期待。如果说母校是远航学子曾经停泊四年的港湾，那么校友会，就是前行路上仍可栖息的小岛。

母校情深，寄语学子

作为一名白手起家取得突破的创业者，潘武波始终认为不论是否创业，每个人都要明确自己活着的意义和人生追求的目标，在美好的大学生活里，我们要提高的不只是情商，还有财商、智商。“智者一切求自我，愚者一切求他人。”他说，我们不能被自身的惰性与不自信打败。在人生的起步阶段，我们自身能力不强、经验欠缺，需要寻求他人帮助，学习他人身上优秀的品质和处理问题的思路，汲取经验，提升自身素质。但是，在后面的发展过程中，一定要独立去解决问题。即使不适应，也要自信。

针对大学生在校生活与学习的情况，潘武波说，大学生不能轻易浪费自己的时间，因为进入社会后，竞争的残酷与专业知识的不足，会让人后悔在校时对于专业知识和技能的不重视。要多参加竞赛社团活动等，提高自身的知识面，培养自己的兴趣爱好，积极参加活动以提升组织协调等能力。

从一名业务员，到现如今三家企业的创始人，宁财各分会校友会会长，潘武波身上有太多值得我们学习的地方。但是他身上散发着浙商群体独有的人格魅力和精神特质——“四千精神”。他说，想在商海里弄潮，一定要亲自下海。大学生更是如此，要躬身入局，扎根到一个行业里去钻研，在进入企业实习时，更要脚踏实地，努力学习，扎实基础，抓住机会，升值升职。他的身上充满了浙商的生机与活力。

不负韶华，让梦想闪耀未来！

执笔人：工商管理学院2019级工创1班　黄千慧　王清清

案例点评

我们每个人都需要有一份自己的事业，它们不一定相同，也无须相同，但有一点是相同的，我们必须为之孜孜不倦地奋斗。

纵观潘武波十余载的创业历程，其不懈的梦想追求、坚韧的工匠精神以及永无止境的求学精神无不影响着企业的每一位员工。

第一，不懈的梦想追求是潘武波创业成功的原动力。农村出身的潘武波无家世可依靠，生活艰辛，但他始终怀有“出人头地”的理想，并为之坚持不懈地努力着。从一名小货代业务员到三家公司的创始人，潘武波以梦想为动力源泉，克服重重困难，最终成就一番事业。

第二，坚韧的工匠精神，是潘武波创业成功的关键要素之一。众所周知，2016年，国务院总理在《政府工作报告中》强调，鼓励企业培育精益求精的工匠精神。党的十九大报告更是提出“弘扬劳模精神和工匠精神”。工匠精神是企业家精神的一种体现。工匠精神作为一种职业精神，是从业者一种职业价值取向和行为的表现，其核心内涵就是敬业、专注和创新。

1.敬业

在从事货代业务员的三年时间里，潘武波每天坚持至少要联系或拜访不低于30个客户，冬天寒风刺骨、夏天烈日炎炎，一年四季，酸甜苦辣，历练了作为一名货代业务员的自信和勇气。工作之余，他不断加强对业务知识的学习，以求能尽快熟练掌握专业知识和专业技能，提高自身的业务素质、工作能力和办事效率。在后续的岗位上他也始终尽职尽责，克服工作压力，全身投入到事业当中。

2.专注

作为宁财学子，潘武波一直秉持着“自信，专注”的校训，在工作中亦是如此。发现进口红酒这一创业机会后，他便坚实地扎根这一领域，注重行业知识和经验的积累。在创业之初，尽管他也遇到了“无经验、无渠道、无人才”的难题，但他始终坚持不懈，耐心地突破每一个难关，学习相关知识，培养人才。

3.创新

潘武波也意识到创新是提高企业竞争力的关键因素。成立宁波市盛和酒业有限公司后，他不断扩大公司规模，公司板块集物流、仓储，销售于一体。他每年还从母校培养吸收具有创新精神的人才，为企业注入新的活力，不断开拓新的销售渠道，建立庞大的红酒销售网络。

第三，永无止境的求学精神也是潘武波身上的另一标签。他深知积累知识是开阔眼界、把握机遇的硬道理。读书时，尽管家境贫寒，他还是坚持勤工俭学；初入职场时，他虚心向前辈请教，学习专业知识，努力沉淀自己；创立企业后，从职工到管理者的转变，他依然不忘学习，加入盛和塾，受稻盛和夫的企业经营哲学影响，积极寻求企业经营管理之道。他待员工如同家人一般，互相学习，一起成长。

“三分天注定，七分靠打拼，创业遇上千载难逢的机遇，要感谢这个时代。”潘武波这样说。是啊，我们要感谢这个时代，把握时代赐予我们的机遇，但我们更要学习像潘武波这样顺势而为的学长们，他们身上怦然勃发的创业精神和一往无前的坚定信念，是点燃整个社会创新进步能量之火的种子。

指导老师：工商管理学院　赵京芳

创业者

朱成

没有比肩膀更高的山峰，没有比脚步更远的道路。人生是一场修行！觉悟、行证活出生命的本真。

校友简介

朱成，男，汉族，1984年7月生，浙江杭州人。宁波财经学院现代物流专业2006届校友。2003年进入宁波财经学院经管系现代物流管理专业学习。于2005年攻读远程教育浙江大学电子商务专业本科。2004年成为共产党员。2006年进入广告网络行业。2007年成为宁波仲宇网络科技公司经理。2008年创立杭州蓝牙货物运输有限公司。2012年创立绍兴市德勒眼健康管理咨询有限公司。2017年成为绍兴合一教育科技有限公司的合伙人，在绍兴和慈溪投资汉象幼儿园。

致良知，在创业过程中寻找人生智慧

——记现代物流专业2006届校友朱成

《大学》有“致知在格物”语。王守仁认为，“致知”就是致吾心内在的良知。这里所说的“良知”，既是道德意识，也指最高本体。他认为，良知人人具有，个个自足，是一种不假外力的内在力量。“致良知”就是将良知推广扩充到事事物物。“致”本身即是兼知兼行的过程，因而也就是自觉之知与推致知行合一的过程，“致良知”也就是知行合一。

有这样一位校友，他在创业过程中一直在寻找内心的快乐、幸福，希望能为社会带来价值。在毕业之后他做过销售、物流，开过孩子的护眼店和眼镜店，直到找到他心中真正的答案——汉象幼儿园。

他就是宁波财经学院2006届校友——朱成。

创业种子，从小种下

朱成，杭州建德人，在2003至2006年就读于宁波财经学院。小时候父母外出养蜂，朱成大部分时间都是跟着奶奶。到夏天，奶奶会偶尔给他买白糖棒冰，他也羡慕别的小朋友能吃到赤豆棒冰。奶奶告诉他“现在我只有条件给你买白糖棒冰，要想吃更好的我们可以用双手去创造”。这句话朱成一直记在心中，也影响着朱成的创业之路。

在朱成10岁那年的暑假，他通过卖橘子干和茶叶赚到了人生中的第一个10块钱。四年级，父母养蜂回来后在镇上开了一家枇杷副食品店，过年的时候店里忙不过来，朱成被父母叫去店里帮忙卖烟花。太忙的时候，朱成还会找自己的堂表兄弟们过来帮忙，组成了孩子团卖烟花爆竹。在之后的几年，每次过年父母都会将烟花爆竹交给朱成他们售卖。这些经历让他较早地接触到了买卖，也享受到了通过自己努力赚到钱的乐趣，在心中种下了创业的种子。

大一的时候，朱成在游泳馆教过小孩子游泳。在大二时，游泳馆老板将工资翻了一倍希望他继续教小孩子游泳，可是他拒绝了，他和大学的几个同学想要进行创业，一起在余姚开了夜宵店。这家夜宵店是朱成一位同学从亲戚手中接下的，付出的成本也很小。在他看来这是非常有意思的事情，从中也得到了锻炼。

在进入到大学的第一年，朱成就报名参加了院生活部，在大二时通过自己的努力成为部门的部长。回想起竞选的过程，朱成也很难忘。朱成很看重这次竞选，稿子也准备了十多天的时间，每天都在反复练习和修改。每天朱成都会在宿舍里念稿子，有时室友还会调侃他“发疯了”。在练习过多次后，朱成信心满满，不过在上台之后面对台下百来号人，朱成一紧张，脑子里一片空白。在部门锻炼的过程，也给朱成带来了很多。在非典时期，朱成接到通知，需要对每间教室进行消毒。学校在很短时间内，对每个系的生活部都进行了动员。在消毒的过程中，有很多

朱成大一时照片

同学的衣服被消毒水染了色。朱成意识到了统筹和管理的重要性，在极短的时间内完成了任务。“纸上得来终觉浅，绝知此事要躬行”，朱成意识到在大学中仅仅学习书本上的知识并不够，还需要不断地去实践。放假期间，他都会去寻找兼职。朱成很感谢这些不同的经历，让他得到锻炼、成长。

不断尝试，年轻之心无畏失败

在三年的大学学习期间，朱成把很多时间花在图书馆中，阅读了管理学、成功学、心理学、销售等相关书籍。他自己也总结了一句话，“如果想要创业成功，比较好的路径是从销售做起”。在毕业之后他找的第一份工作是网络广告销售，当时他也没想好选择什么工作，更多的是想选择一份接触面比较广的行业，能够锻炼自己。在他正式步入社会开始工作时，他发现这条路并没有自己想象的那么顺利，也没有书中所写的那么精彩，更多的是一份压力。朱成一开始做的是电话销售，每天都要打上百个电话，以至于到后面他对电话都产生了恐惧，因为每天回应他的更多是拒接，在上百个电话中能和他说话的寥寥无几。有一次在写字楼进行“扫楼”推销过程中，被一个经理狠狠地骂了一顿，让他心灵受到了重创，对自我产生了怀疑。事后他在望湖公园进行了反思，“大学三年为什么要从事这么一份工作？大学中所学的东西在工作中好像都没有用上，感觉人生没有意义。”在那时他感觉看不到任何希望。好在朱成心中自我创业的信念一直激励着他，把他从黑暗中拉了回来，他明白这条路是创业的必经之路，必须把它拿下。在想通之后，朱成一步步努力，做到了公司的经理。在这之后，朱成发现这份工作并不是自己想要的，创业才是自己的归属。他拒绝了公司老板的挽留，回到了老家。

回到家后，一次偶然的机会让他了解到同村有人在杭州开建材公司。朱成的父母也希望他能跟着这位同乡人一起做建材，跟在他后面学习经验。

两人在见面聊过之后，萌生了新的想法，一起开物流公司，正好朱成大学学的是物流专业。两人合伙开了一家物流公司，朱成占股30%。虽然大学学的是物流专业，但是对这个行业朱成并不了解。为了进一步深入了解物流行业，朱成在杭州找了一份物流搬运工的工作，每天跟着卡车在电脑市场搬运需要托运的货物。这份工作做了三个多月。

2007年年底，开始筹备成立物流公司，买了货车。2008年3月份，公司开始运作。在公司经营一个月后，朱成发现创业并没有想象的那么简单，创业是一件很美好的事情，可是现实却很残酷。对于物流这个陌生的行业，他并没有接触过，也没有前辈带领，没有任何经验。然而就在这时合伙人提出了退出。公司请了驾驶员，租了场地，业务却很少，支出与收入相差很大。因为第一次开公司创业，没有经验，虽然朱成对合伙人选择退出的决定很痛心，但还是将钱全部退给了他。事后朱成渐渐明白，创业合伙并不是这样操作，这一次只能自己吃亏。合伙人选择放弃，但是他并没有退缩。公司才刚刚起步，每天都面临着一天亏损1000多元的局面。让他进退两难，不做吧，心里真的不甘，更何况这些都是父母的血汗钱，如何向父母交代。就这样朱成痛下决心，一定要将公司做起来。也就是凭借这个决心和初生牛犊

朱成创办的物流公司

不怕虎的激情，每天到外面推荐自家公司，想不到在接下来的日子里渐渐地有了一些起色。在近过半年的时间，公司总算能做到收支平衡。中间也发生过一段小插曲，在一开始收到的货数量只有几件，三四件货送完只能赚二十几块钱。货车从杭州跑到嘉兴，途中的过路费和油费加起来要200多块钱，很明显这是非常亏的生意。所以朱成将货物转给了同行，让他们帮忙送去，结果他们并没有把货物送上门。发货方找到朱成，说他们公司骗人，朱成没办法只能加钱让同行帮忙送货上门。这件事发生以后，朱成定了一个规矩，不管是几件货都要自己送货，哪怕是一件也要送，否则不可能赢得客户的信任。慢慢把公司从没有货到有时两车都装不下。

朱成也开始筹备买新的货车，由于之前的亏损，并且家庭条件也不富裕，所以这个想法暂时搁浅了。之后朱成也想到新的办法——租车，当时一个月租金将近7000块钱。慢慢的，连租的这辆车也不够运货。可就在公司开始步入正轨时，一位驾驶员突然辞职，朱成没办法只能自己开车送货，送了一个礼拜才招到新的驾驶员。在创业的过程中意外随时可能发生，在这位驾驶员入职十多天之后与搬运工发生了矛盾，驾驶员的牙齿被年轻的搬运工打掉了。第二天，朱成对驾驶员进行安慰，平复了他的心情，让他继续工作。祸不单行，接下来发生的意外让朱成至今难以忘怀。搬运工的一个电话让朱成从睡梦中惊醒。那晚11点多开出去的货车在高速公路上翻车了，货物摊满了一地。凄惨狼狈的场面让他震惊，车子挡住了三个车道。幸运的是车上人员没有受伤。事故处理到凌晨两点，那一夜朱成彻夜未眠，耳边回荡的尽是施救的喇叭声，脑海里浮现的也都是事故的场景。朱成后悔过，抱怨过，但内心深处有个声音告诉他，抱怨没用一切得靠自己。经历了这次风波之后，朱成的内心也变得更加强大。接下来发生的事故（撞了三辆轿车、撞了公交车、撞了电瓶车）并没有像第一次那样，让他内心恐惧。回过头看，他说他依然会感谢这些经历，都是这些历练了他，让他变得更强大。公司发展到第四年时已经拥有七辆货车，但那时他并没有感觉到什么是成功。做这个行业每天也在不断面临着意外的发生，风险太大。朱成常常问自己，“忙着做这份事业，除了挣钱，还为什么？内心有快乐和幸福吗？”然而他并没有感受到，斟酌之后他将物流公司卖掉。但是朱成的创业步伐并没有停止，他开始寻找下一个行业。

朱成在视易佳护眼店中为客户讲解产品

2012年，朱成接触到了眼镜店行业。加盟了视易佳护眼店，专做小孩子的护眼。

2014年朱成创办了德勒眼镜店，是上虞首家O2O体验店，利用线上提供咨询解答服务同时给予优惠价格，线下提供便民服务，提高了配镜效率。凭借着“帮助客户找到属于自己的那份健康和时尚”的经营理念，以“发现你的美，让你更快乐”的宣传口号，在上虞成功开辟出了属于自己的市场。德勒主营降国华度数眼镜、超薄板材眼镜、儿童眼镜、PC光学眼镜、钛金眼镜和高档老花镜业务等，针对消费人群区别定价。在购物过程中，德勒采用开放式自选模式，方便客户挑选试戴，为客户带来轻松自如的购物体验。在经营眼镜事业之余，德勒还致力于开展公益活动，通过进学校开展护眼课、视力普查来传播健康知识，免费提供视力康复治疗等活动，从而建立了良好的市场口碑。

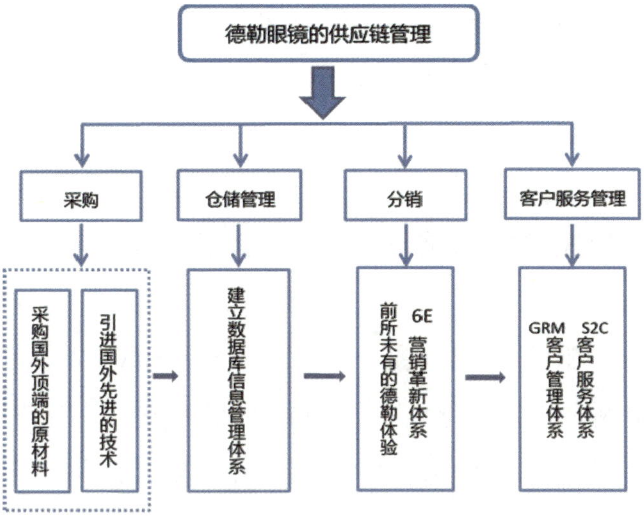

德勒眼镜的供应链管理

在这一过程中朱成也对眼镜店进行了创新，在商场中开了一家针对小朋友的眼镜店德勒眼健康，请来了专业的设计师对店铺进行了设计装修，店铺非常洋气、卡通。

德勒眼健康门店

在营业一年后，这家店宣告失败。在朱成之后的反思中，他提到可能是因为自己成功做了两家店之后有点膨胀，觉得开店比较简单。朱成在开第三家专做小孩子的眼镜店时并没有对市场进行调研，并不了解这个市场的需求，最终导致第三家店失败。每一次失败的经验，对朱成来说都是一种财富。

启蒙教育，扬帆起航，打造高端幼儿园品牌

2017年在做眼镜店的时候，一个机缘巧合，朱成跟北京的一家公司一起合作开幼儿园。为了全身心地投入到幼儿园建设中，朱成将德勒眼镜店与别人“合伙”，自己占股份。在不断地创业与尝试新行业的过程中，朱成对“隔行如隔山”这句话深有体会，面对又一个全新的行业，他一开始显得手足无措。好在朱成在创业过程中始终保持着激情，不断渴求着新鲜事物。

在最开始朱成就决定打造一个高端连锁的幼儿园品牌。在2017年7月收购绍兴市稽山幼儿园和凌雁幼儿园，收购后各投入100多万元；在这三年中，朱成和他的团队梳理组织框架，构建新的薪酬体系，明确岗位职责，让自身更高效和更自主地运作。定期安排专家到幼儿园进行指导，对整个幼儿园的课程和理念日常管理进行指导。与此同时他们开展了素质拓展培训、奥尔夫音乐培训，让老师们参加各类专题课程分享培训，也为幼儿园购买了线上的教学视频培训课程。三年的时间里，在绍兴主管部门的指导和朱成团队共同努力下，两所园区不断加强内部管理，改善设施设备，规范运作，得到社会及家长的认可。

朱成的公司又于2018年8月收购慈溪市古塘街道启蒙幼儿园，投资200多万元；同年10月收购慈溪市古塘街道芳芳幼儿园，投入150多万元。收购后两所园区分别进行硬件设施的改善，管理结构的整合，着重加强教学业务质量和提升教科研能力。在刚刚收购慈溪的幼儿园时，朱成发现这家幼儿园存在很多问题。即使这家幼儿园已经做了二十多年，但是口碑越来越差。在深入了解之后，朱成发现这家幼儿园原来的园长就是以赚钱为目的，

在管理教师团队上存在很大问题，老师的流动性非常大。这所幼儿园不仅没有活力，更没有使命感。之后朱成对幼儿园做了一些调整，他引进了一批和他有着相同理念的老师和管理团队，开始对团队进行培训，对园区进行标准化管理。

汉象幼儿园校区

在2019年朱成提出要创建省二级幼儿园时，所有的老师和园长一致反对，他们都认为这是一件不可能的事情，归根结底是之前幼儿园的底子太差了，大家都没有信心。但是朱成坚定地告诉他们“如果我们想要存活下去，想要更好地发展，我们必须要走优质园这条道路”。当时受疫情影响，留给朱成他们的时间并不多，好在朱成和他的团队团结一心，大家在确定目标后都一致朝着目标努力，许多老师包括管理层每天都在加班，有时甚至加班到凌晨两三点。朱成被他的团队打动，心中的使命感油然而生。2019年5月芳芳园区在创建省二级幼儿园宁波三星幼儿园的评估过程中成绩突出，破格升为省二级宁波四星幼儿园。接着，2020年6月更名的汉象幼儿园美域园区也成功创建了省二级幼儿园宁波三星幼儿园，朱成和他的团队完成了目标，那一刻所有的付出都是值得的。在优质园成功申请后，有多家高端幼儿园都来汉象幼儿园进行参观学习。朱成对同行们抱着“开放、合作共赢”的态度，与他们共同交流学习。在办学的过程中，不断践行“致良知”文化。

汉象幼儿园宣传手册

在幼儿园的发展创新上，朱成提出在“一种理念，多种目标”的办学模式下，以“良知润教，特色强园”的办学策略，创导“致良知”文化品牌。汉象幼儿园的文化理念也具有丰富的内涵，汉象幼儿园的名字由来是：汉即汉文化，延绵数千年的汉文化传承了以儒家思想为代表的圣贤智慧；象即道，出自老子《道德经》的“执大象，天下往”，意即谁掌握了那伟大的“道”，普天下的人便都来向他投靠。寓意举办者的办学初心：做“致良知”教育，搭建人影响人的平台，帮助家长树立正确教育观，为孩子一生幸福奠定基础。幼儿园在创导“致良知”品牌文化理念中着重做好三件事，即致良知人、致良知事和致良知教育。由此幼儿园以打造“致良知”的教育品牌，提出促进幼儿身心灵发展的办园理念：“尊重天性，启发灵性，为孩子的一生幸福奠定基础”；培养目标：“品德养正、艺术润心、运动健体”。

明代思想家王阳明开创的“心学”思想核心，“知行合一”“致良知”学说对朱成的影响也非常大，所以在幼儿园管理中融入了“致良知”文化理念，传承“阳明心学”，但不是让孩子学习古文化，而是先让每个走进汉象的员工学习用王阳明“致良知”思想精髓，做好“致良知人、致良知事、致良知教育”，再来影响每个孩子，乃至每个家庭和社会。

1.致良知人

至真至善至美。即做个真实、和善和心灵美的人。孩子本来就是单纯无邪，心如明镜。我们立志用多种手段学习“阳明文化”，植入“阳明思想精髓”，让每个教职员工永葆童心、怀有一颗“良知的心”，无功利、纯粹地与孩子在一起，为孩子创造纯澈的、安全的、快乐的成长环境。创导让孩子在幼儿园阶段乃至一生的成长过程中，保持真善美的本真品质，享有完整的人生。

2.致良知事

认真勤奋，守信克己，磨炼心志，塑造人格。即剔除一切私欲，在事上磨炼。人免不了欲望和惰性，只有走出自己的舒适区，诚实自律地通过事的历练，能时时刻刻在事中保持中正的状态，训练心智的成长。如：各园区开展“阳明心学”读书会、演讲会和心灵慧谈，借日常工作问题的发生，植入“致良知”心力展开对“心”的探索，锻炼对“心”的觉察力。引领每个老师真正纯粹地来做良知教育这件事。

3.致良知教育

谦虚内省、克己利他、正直关爱、慈悲感恩。即放下那颗小我的心，怀着空杯的心态，克服自己不断滋长的欲望，事事都能考虑到他人的感受，用同理心和感恩的心来做教育。作为教育人是非常幸福的，只要时时带着一份觉察的心去做教育，感受孩子带给我们的那份单纯快乐，无形中也被反教育了。这个过程中，那份与生俱来的“良知”时时被孩子照应着，触动着，每个教职员工本真的生命情感也在教育工作中处处闪现。

在课程设计方面，朱成和他的团队努力贯彻《国家中长期教育改革和发展规划纲要》，并响应《3—6岁儿童学习与发展指南》的精神，努力促进幼儿体、智、德、美的全人教育发展。内容涵盖健康、语言、社会、科学和艺术五大领域，以“欣赏国学、亲子乐园、创意美术、探索戏水、奥尔夫音乐、快乐运动”等为抓手，兼顾学科体系的完整性和知识结构的逻辑性，来构建课程框架和服务培养目标。目前芳芳园区以“快乐劳动”为课程特色，美域园区以“创意美术”为课程特色，稽山园区以“幸福音乐”为课程特色，凌雁园区以 “趣味阅读”为课程特色。

朱成和他的团队确立课程理念为“合孩童本真，享快乐童年”。“合”有“知行合一”的意思，“享”谐音“象”，也蕴含着“道”的意义，引申为“致良知”，幼儿园总部始终带领各园区管理团队研究阳明心学的思想核心，并贯彻于管理和教育教学之中。同时把握《纲要》《指南》的精神，使“合·享”课程归整于“儿童立场”，为每个幼儿提供充分和谐、健康快乐的教育机会与条件，把环境还给儿童，把课程还给儿童，注重培养幼儿自主研究性学习的能力；“合·享”课程也充分考虑到不同幼儿的发展差异性，提出不同层次的目标要求，通过不同体验式的学习，促进幼儿在原有水平上的发展。在课程建设中，教师时时带着觉察力，用本真的生命情感去融入，使良知自然呈现，教育过程也变得更加简单而幸福。相信幼儿发展中的各种需求和问题，都能通过课程途径加以解决。

为此下一步他们设想开发新的课程，如《开学第一课》《趣味学成语》《沙水游戏》和《探索生命》等，让孩子熟悉中国传统文化，学习圣贤智慧，在各种游戏中探索自然的奥秘和人类的融合，从而真正启发孩子探索生命的意义，缔造完整的人生。

关注生命成长，寻找人生智慧

从大学毕业再到几次创业，从最开始“为了赚钱”再到现在“关注生命成长”，朱成的心性在几次创业过程中也发生了改变。创办汉象幼儿园，朱成慢慢开始关注老师的工作、生活，帮助他们成长。通过读书会分享交流，给老师提供展示自我的平台。朱成从中发现，老师们慢慢交流多了，变得更加自信，班级也管理得更出色。每周的读书会，大家在一起分享交流，探讨人生价值。朱成也体会到了做教育的快乐，发现了做启蒙教育的意义。

朱成说："以前创业是为了创业而创业，现在创业更多的是一份使命感，希望帮助到更多的人。有缘分在一起的人，我们需要帮助他们一起成长，其中包括我们的合伙人、员工、客户。"在汉象幼儿园步入正轨后，朱成又将目光转到了德勒眼镜店上，他从合伙人手中重新接回了眼镜店，当时受疫情影响，合伙人提出他要么退出合伙眼镜店，要么把眼镜店都收回。朱成不想放弃德勒眼镜店，所以朱成把眼镜店重新收回，并用新的理念管理眼镜店。在管理过幼儿园之后接手眼镜店，朱成更多关注的是人的生命成长与健康，朱成提出"遇见德勒，遇见更好的自己"。传统市场企业的生存方式往往趋向于企业之间的竞争，为争夺客户，不良竞争行为层出不穷，导致整个行业发展曲折不前。例如不良价格竞争，企业为吸引顾客消费，将部分商品进行低价销售，而为了企业本身能够不亏损或者少亏损，黑心企业往往会选择降低商品的质量，最终损失的仍然是消费者。德勒眼镜作为一家非连锁经营的中小型眼镜店，与大型连锁眼镜店有着极大的差距，生产、

德勒眼镜店与樊登读书实体店

供应等是其弱势之一，如何在国内外各大眼镜店的市场分割下开辟出自己的生存空间，成为德勒眼镜的研究重点之一。在研究过程中，德勒眼镜基于价值链分析，开始关注价值创新，通过深入分析市场行情，最终构建了价值创新指标体系，以提高客户和企业价值作为指标体系的总目标，分别从技术发展、服务完善和营销创新三个子指标进行具体的价值创新。

读书会交流场所

朱成也在德勒眼镜店旁开了一家樊登读书实体店，用来做线下的读书会交流场所。每周一晚上持续两小时的读书会，会吸引到各行各业的人，医生、公务员、职员、老板。大家在一起分享交流的过程中，不断成长。朱成说："我们生活的世界很小，就在一个小小的县城，或者一个城市，能够接触到的人也很少，能够经历的生活也相对单一，甚至平淡。读书就像是一扇窗，书里有大千世界、芸芸众生，那是我们到不了的世界。脚能去到的地方或许很少，但文字能够做我们的双脚，带领我们去往更广阔的天地。阅读也给了我很多可能性，让我越来越向真、向善、向美，让我知世故而不世故，能够勇敢地面对这个世界。"在看到伙伴们通过读书会分享交流后生活越来越好，变得更加自信。朱成也被他们感动，带着这份使命感，希望为自己的伙伴带来更多价值。

"没有比肩膀更高的山峰，没有比脚步更远的道路。创业就是一种人生的体验，在体验中不断折腾，将生命燃烧得淋漓尽致，留下满满的回忆。人生也就没有什么遗憾可言！在经历痛苦、磨难的同时，也带给我更多的感动、激情、感恩！”这句话是朱成对自己创业的看法，与大多数自主创业者一样，他的创业之路坎坷崎岖，中间尝试过多个行业，如果不是心中的信念坚定，朱成可能在几次失败中就会选择放弃。“人生在于尝试和挑战，或许会感受到不一样的人生体验。当然其中会有挣扎、难受，当然也会有兴奋和精彩！这一路走来我会感恩帮助过和伤害过我的人和事，是他们让我成长，让我更有勇气去接受新的挑战。”

执笔人：工商管理学院2018级创业1班　王宋灯

案例点评

“没有人天生就是企业家——成功的企业家也都是通过不断学习和经年累月的经验积累而成。”2006届校友朱成一路的经历深刻地诠释了这句话的含义。从卖橘子干和茶叶的10岁小男孩逐步成长为一位小有成就的企业家，一路上，朱成尝尽了人生百态。在这一过程中，朱成以学习、创新、诚信、敬业的创业态度开拓事业，逐渐培养了企业家所必需的品格：前瞻性、决断力、执行力和必要的危机意识。“既然选择了创业，便只顾风雨兼程”，他成为一个永不停息的探索者和赶路人。

小学还没毕业的朱成并不像其他同学一样只知道学习和玩耍，他选择在课余时间和寒暑假通过帮父母卖东西、做些小买卖来赚取零花钱，他还会找自己的堂兄弟和小伙伴一起来做生意，让周围的同龄孩子在小小年纪就能实现财富自由。在这个过程中，朱成感受到了做生意的乐趣，创业的种子从此埋于心田，悄无声息地成长着。

在大学期间，朱成不是一个两耳不闻窗外事、一心只读圣贤书的乖乖学生。相反，朱成充分利用了学校为他提供的各种平台，不仅担任学生会干部，更是在掌握必要知识体系的前提下，努力去丰富自己的阅历，开阔自己的视野。起初他兼职去当游泳老师，随着时间的推移，朱成意识到这种兼职只能带来暂时的收入，并不能让自己有所收获，面对工资翻倍的挽留，他毅然决然辞职，和几个志同道合的朋友以极小的成本接下了余姚同学家的夜宵店。在经营这家夜宵店的短暂过程中，朱成感受到了创业的魅力，并坚定了毕业后创业的想法。

朱成是理性的，选择创业，但不盲目冲动。他选择沉下心来，更多的时间泡在图书馆，大量阅读关于管理学、心理学、市场营销等类型的书籍，像一块海绵般沉浸在各类学科中拼命吸收着养分，他将教科书从厚翻到薄，又从薄翻到厚，意识到“如果想要创业成功，比较好的路径是从销售做起”。这种勤奋好学的精神为朱成后来的工作打下了坚实的基础。毕业后，他的第一份工作是网络广告销售，每天都要打上百个电话，在上百个电话中能和他说话的寥寥无几，他意识到这条路并没有自己想象的那么顺利，也没有书中写的那么精彩，更多的是一份压力。即使后来，他在公司内取得了优异的成绩，老板的挽留也没能阻止朱成创业的脚步。

在那之后，朱成跟在同乡后面学习，结合自己的专业知识，开起了物流公司。为了彻底了解物流，他甚至在杭州找了一份物流搬运的工作。即使做了万全的准备，首次正式创业的朱成仍然逃脱不了“100个人创业，90个人失败”的噩梦。但这失败并没有打倒他，一次偶然的机会，他接触到了眼镜行业，创办了德勒眼镜并在上虞成立首家O2O体验店，开辟出属于自己的市场。

富有情怀，心系未来栋梁。在经营眼镜事业之余，朱成也带领他的公司开展公益活动，通过进学校开展护眼课、视力普查来传播健康知识，免费提供视力康复治疗等活动。机缘巧合，朱成通过合作开起了幼儿园，决定打造一个高端连锁的幼儿园品牌。朱成本着办学初心：做“致良知”教育，搭建人影响人的平台，“尊重天性，启发灵性，为孩子的一生幸福奠定基础”，帮助家长树立正确教育观，为奠定孩子的一生幸福基础贡献着自己的力量。

指导老师：工商管理学院　赵京芳

吴德堪

创业者

因为热爱所以坚持

校友简介

吴德堪，男，1995年生，浙江永康人，迷之游戏创始人、董事长兼CEO，09电竞平台联合创始人。宁波财经学院软件工程专业2016届校友。2008年，吴德堪制作了自己的第一张地图——英雄争霸1.0；2015年，成立迷之游戏有限公司，任董事长兼CEO；2016年，与伍声2009等人联合成立上海四游网络科技有限公司。其研发的游戏“IM觉醒篇”在2018年突破1000万元；“DotA1”在2019年突破1000万元。从2015年至今，吴德堪先后获得宁波网页设计大赛游戏组第一名、浙江省第十四届“挑战杯”大学生课外学术科技作品竞赛一等奖、寻访2016年“大学生创业英雄”百强、第二届“闪亮的日子——青春该有的模样”大学生就业创业典型人物前30名。被浙江日报、钱江晚报、人民网、中国青年报等争相报道。

从游戏少年到CEO，游戏玩到这样才叫牛

——记软件工程专业2016届校友吴德堪

吴德堪，从一个“沉迷游戏”的网瘾少年，到游戏开发行业新一代的佼佼者，众人只见其成功的光辉，却难晓其一路的风雨。

吴德堪用轻松的口吻娓娓道来他的创业经历，让我们深切地体会到了他一路创业的不易。

若非笃定意念坚守内心，何来个人的成长？

若非不甘于这平凡的人生，何来今日的成功？

吴德堪，新时代创业青年的代表之一，用自己的经历，把新时代中国青年的创业精神传扬远播。

沉迷网络，却将游戏研发种子深埋心底

一位年轻人坐在会议室的长桌前，揉了揉眼睛，好奇地打量着我们，这个人就是吴德堪。这位来自宁波财经学院软件工程专业的毕业生，眼下还有另外一个身份——迷之游戏有限公司CEO，早在2015年，迷之游戏有限公司种子轮融资估值就已高达1000万元。

“因为热爱所以坚持”是他的人生格言，凭着这个信念，他一步一步地改变命运，成为我们这一代人中的不平凡者。从儿时起的不被人理解，沉迷

网络的“网瘾少年”，到如今获得千万融资，并与他人一起创办多家公司的创业者。他一路披荆斩棘，不惧他人眼光，成长为一名成功的创业者、德智兼备的宁财榜样。

1995年8月，吴德堪出生于浙江永康的一户普通家庭。父母亲都在工厂里做着普通的工作，吴德堪是家中独子。

“我小时候家里是很苦的。”吴德堪回忆道。那时候，吴德堪的母亲一个月的工资是1000元，一个馒头的价格5毛钱。他妈妈每天中午就吃一个馒头。一个月就只花15元，她把剩下的钱都用在了家庭和吴德堪身上。这件事给长大懂事后的吴德堪很大的冲击，他发誓，他要让父母过上好日子。

但小时候的吴德堪，却不明白生活的不容易，没少让父母操心。

2004年，是中国互联网第一波热潮末期，那时候，八九岁的男孩子，正是容易对新鲜事物着迷的时候。吴德堪也不例外，他第一次接触到网络游戏，就是在他二年级的时候。小学几年，住在家里，打游戏要被家长管，他会趁爸妈上班的时间偷偷玩。到了初中，父母更加管不住他，就把他送去住校。

但对于从小就机灵的吴德堪来说，住校就像是为他打开了潘多拉的魔盒，一发不可收拾，他打游戏的机会更多了——周一到周五，偶尔还要偷偷摸摸去网吧玩个通宵，那个时候吴德堪一个礼拜的生活费也就100多元，一半以上都花费在游戏上了。但因为没有身份证，还会专门跑到很偏的地方找“黑网吧”；周末回家有电脑，那更是要玩的。

当时，他最热衷的一款游戏是《魔兽争霸》，这款游戏还可以自行编辑对战地图，但很少会有人主动去干这么烦琐的事情，吴德堪误打误撞，点开了编辑器，从那以后他便开始用游戏自带的地图编辑器设计新地图。那段时间，在网吧，他开始不再和大家一起打游戏，而是窝在一边设计游戏地图。

2009年，14岁的他制作出自己的第一张游戏地图——英雄争霸1.0。

这是什么意思？吴德堪打了个比方：他以游戏自带的工具和场景为依托，设计出了一款新的游戏。然后，他把这款新游戏放到网上，总下载量竟高达50万次。从此他又多了一个爱好——游戏设计。这也为他之后从事游戏设计埋下了种子。

但事实上在那个时候，这个充满着游戏设计天赋的年轻人，自初中以来，一直遭到来自老师同学和父母的各种质疑。

高中时期的吴德堪去网吧玩通宵也被老师抓了很多回。但他依旧会去，那个时候同学们都在网吧通宵玩游戏，而他却在通宵制作游戏，他们觉得他做的事情“不合群”，他们的眼里吴德堪无异于一个小丑，对于他的游戏开发充满着怀疑。父母也充满着不理解，认为他在做无用功，天天玩电脑不学习。吴德堪却不以为然，他说：“我在做很有意义的事，在做游戏。”他们会反问：“不好好学习，做这个有出息么，将来能赚钱吗？”因此，他决心他要成为一个游戏设计师。这是他人生的第一次重大转折，为他以后的行业选择和创业奠定了基础。

“不务正业”，曾一度想放弃高考

2010年至2012年，和所有高中学子一样，也是吴德堪人生当中最为重要的时段。他的成绩并不突出，在有些课程上甚至可以用差劲来形容。因为成绩差，甚至有放弃高考、直接去游戏公司上班的想法。高中的三年对于这个十七八岁的少年来讲压力真的太大了，一边是家人、老师对他的期望，一边又是自己不想放弃的梦想。他犹豫了，不知道该如何选择。

吴德堪告诉我们，自己从小就痴迷打游戏，成绩只算勉强过得去。不管是老师多次严厉批评，禁止他再踏足网吧，还是家中父母整日唠叨劝诫，他仍我行我素，一度让老师和家长头疼不已。

常年与游戏打交道，也耗去了他大量的时间，当时，身边所有人都认为吴德堪在高中紧张的学习情况下，还坚持设计游戏是“不分轻重，不务正业”。面对质疑，原本打算赌气放弃高考的吴德堪，倔脾气一下子就上来了：“谁说‘做游戏’是不务正业？谁说‘做游戏’就考不上大学？我偏要考上大学给你们看看”。

虽然刚开始吴德堪的成绩一般，但他从小就有的一股拼劲和不服输的性格，使他坚持了下来，别人越不相信他能干成的事情，他就偏要干成功。别人越不相信他能上大学，他就偏要考上。他也在父母的期盼和梦想之间找到了平衡点——大学。

努力没有白费，这个不被所有人所看好的学生，收到了宁波财经学院的录取通知书，改变了大家对他的偏见。更重要的是改变了父母对于他的看法，认可了他的能力。也为他之后创业获得家人的支持打下了基础。

巧遇伯乐，坚定创业之路

2012年9月，吴德堪满怀憧憬地进入宁波财经学院，如愿进入了他所热爱的专业——软件工程专业。这也是他梦想真正开始的地方。他也终于可以名正言顺地进行游戏设计和软件开发了。

进入大学后的吴德堪，就像是一条游入大海的小鱼，活泼开朗的个性与丰富多彩的大学生活，一碰撞就激起了无数火花。“大学改变了我的人生。”吴德堪这样对我们说道。

吴德堪喜欢街舞，于是他加入了街舞社，练起了街舞。他说：“我是学校街舞社团最坚持的一个，这个需要每天去练习，很考验人的耐心，热爱才会坚持，这跟热爱游戏是一样的。”当时的电子竞技行业逐渐兴起，他顺势创立电竞社，吸收了一大批拥有共同爱好的同学，也是在这里，遇到了他的创业伙伴们。

如果说大学社团为吴德堪的才华搭建了一个展示的舞台，那么大学的图书馆就是为他打开了一扇知识的大门。从大一开始，他一有空便去图书馆阅读游戏设计的相关书籍。“书看得越多，越是觉得自己会得太少了，庆幸还好没有放弃高考。”他说，“大学让我进化成更好的游戏制作者，现在想想还有些后悔，没有更努力地学习，没有更努力去触及更好更多的学习资源和知识。那些觉得上大学没用的学生，只是他们没有好好利用学校的学习机会和学习资源。我希望以后有机会能考上浙江大学的研究生，继续提升自己。”

吴德堪参与学科竞赛获奖

在大学校园里，吴德堪遇到了欣赏他游戏设计天赋的伯乐——周春良老师。在周老师的指导下，他放开手脚投入到游戏设计制作中，并且屡获大奖。2014年，获得宁波网页设计大赛游戏组第一名；2015年，浙江省第十四届“挑战杯”大学生课外学术科技作品竞赛一等奖。2015年，吴德堪筹备成立公司，周老师不仅帮他跑前跑后联系沟通，还提供了不少人力和物力帮助。曾经被指“不务正业”的男孩，正在用他的方式证明，这并不只是一场游戏。这也是他人生中的第二次转折，在校园内参加大学生科技竞赛的经历开阔了他的视野，拓展了他的人脉，学习了更专业的知识。

2015年秋季学期，学校首届“3+1”专创班，面向全校大三年级学生招生组班，“3+1”专创班，是宁波财经学院在创业人才培养中的又一举措，通过自主报名、面试评审后，把大三年级有创业想法或创业项目的学生组织到一起，形成一个特色班级，在大四这一年实施有针对性的创业人才培养，吴德堪顺利通过面试，成为学校首届“3+1”专创班的一名学生。在这里吴德堪遇到了他的第二位伯乐——赵迎军院长。吴德堪来自软件工程学院，主要的精力都集中在技术钻研、软件开发上，对于企业的创办和管理可谓是一窍不通。在“3+1”专创班里，赵迎军院长带着老师们，为这些充满创业热情的学子答疑解惑：撰写商业计划书、各种分析方法、商业路演、投融资、财务管理等各种专业知识，为之后企业设立和逐步发展提供了坚实的基础。吴德堪说：“非常感谢这两位老师，没有赵院长，没有周老师，没有学校‘3+1’专创班的学习，也不会想到放弃安稳的工作去创业，自己的人生可能就会是另一副样子。”

稻盛和夫说，“要想拥有一个充实的人生，你只有两种选择：从事自己喜欢的工作，或者，让自己喜欢上工作”。世上没有哪一份工作不辛苦，只不过那些成功的人从来不向你诉苦。没有白费的努力，把未来掌控在自己手上。吴德堪就属于把人生掌握在自己手上的人，自信、自主的性格贯穿了他的整个学生时代。谈及梦想，他眼里闪烁着小亮光，“我有两个梦想，一个是成为街舞冠军，以后可以做一款街舞游戏；另一个就是成为游戏界最有影响力的首席设计师，像偶像乔布斯一样成为改变世界的人。”

创办企业，带领团队获千万融资

从2009年制作第一张地图英雄争霸1.0（总下载量达到50万次），到2014年做到英雄争霸4.0，2015年创业，“95后”CEO吴德堪带领一支“95后”团队（成员：吴德堪、郭俞签、余津建、张硕谭、章均杰、张宇豪、胡耀杰），利用一学期课余时间开发制作完成SC2DOTA（策略类游戏）。

2015年，孵化器盛世方舟在宁波发起了英雄招募令，通魔作坊（是一个以制作魔兽地图为主的自发性民间团体，吴德堪团队是其中一员）作为宁波本土游戏创业团队中的一个优秀项目被筛选出来，参加了8月22日“盛宴·NBJOY”游戏专场投融资会的路演。吴德堪团队路演时的沉稳、回答投资人的幽默与朝气，让在场的游戏投资大佬们青睐有加，龙翌资本当天就抛出了橄榄枝，种子期估值约1000万元。中国首家专注游戏产业的锋人院孵化器也看好了吴德堪团队。

同时被几个孵化器看好的吴德堪团队，思考良久最终选择了盛世方舟孵化器。首先，他通过盛世方舟这个平台开始接触资本，并有了融资意识。其次，盛世方舟为他提供了多方面服务，包括融资、媒体、市场营销、法律、人力资源、财务等支持。最重要的是，盛世方舟把吴德堪带到了北京，使他接触到许多普通创业者难以接触到的游戏界大咖和投资人；使得吴德堪对游戏行业和产品有了更深入的理解，认识到自己的经验短板、团队短板和产品风险；帮助他更加清晰地规划公司的未来和产品的发展方向。

吴德堪参与培训讲座

路演后第三天，吴德堪就来到北京，每天奔波去见投资人和游戏界翘楚，为了节约成本，他借住在北京朋友在五环外的出租屋内。只身从宁波奔袭到北京，凭借着只有创业者才有的这种执着与坚持。经过努力，团队拿到了投资人的融资，这对团队来说是极大的鼓舞。

获得融资之后，吴德堪做了详细的规划，团队7个人未来都是核心骨干，他会继续培养和扩充团队，在技术上投入更多，改善产品。此外，他在摩点网上做产品众筹。像吴德堪团队这样年轻的、有情怀的游戏创业者，愿意为他们喜爱的东西付出，游戏发展的未来必将落在这一代人身上。

由于对吴德堪团队未来发展的看好，引力创投创始合伙人戴周颖把吴德堪引荐给了forgame（云游集团）副总裁刘畅。对于游戏如何运营，刘畅副总裁提供了宝贵的建议和辅导，这也帮助吴德堪团队减少了未来运营中的风险。此外，巨人网络商务总监冯超也给出了一些运营及未来发展规划的建议。

不断研发，做新一代Dota（网络游戏）行业领军者

21世纪初，中国的游戏市场一直被国外游戏把控主导，国外游戏一直都是国内游戏的追赶目标。吴德堪从小就接触国外游戏如《魔兽争霸》（DOTA），对国外游戏的核心竞争力有比较深入的了解，他的团队以国外游戏为基准，打造国内游戏核心，开发属于国人的游戏。

吴德堪在2014年时，通过Dota游戏和伍声在网上相识并成为好友，由此开始扩展在业界的人脉资源。2015年，由吴德堪出资成立宁波迷之游戏有限公司，公司修复War3引擎中的不足，使用Jass语言编写LUA引擎雏形，渐渐将公司引入正轨。

2016年公司发布DotaHD游戏并取得软件著作权，打下公司发展基础；2017年发布OMG与IM觉醒两款游戏并取得软件著作权，公司正式进入初创期；2019年，吴德堪与研发团队历时两年时间研发，成功研发了全新的LUA引擎，并在短时间取得软件著作权，为公司的核心技术研发奠定了基础，公司稳步进入成长期。2020年，依托LUA引擎，公司开发War3自走棋并取得软件著作权。伍声对公司发展很有期望，认为公司在Dota行业

具有很好的发展前景，不仅让公司以2009电竞平台为宣传渠道发布产品，还为公司介绍人脉和引进项目。

公司研发的DotaHD、IM觉醒、OMG、War3自走棋四款网络游戏，在2009电竞平台上线，通过斗鱼TV与虎牙TV及大型电竞赛事进行宣传和推广。

宁波迷之游戏公司年会合照

（1）DotaHD于2016年3月上线，在2017年6月25日获得软件著作权，用户年龄在28—32岁，玩家数量160万人，产品流水1500万元；

（2）OMG于2016年5月上线，在2016年2月15日获得软件著作权，用户年龄在25—35岁，玩家数量100万人，产品流水2500万元；

（3）IM觉醒于2017年8月上线，在2017年12月13日获得软件著作权，用户年龄在25—35岁，玩家数量80万人，产品流水800万元；

（4）War3自走棋于2020年3月上线，在2019年4月5日获得软件著作权，用户年龄在25—35岁，玩家数量60万人，产品流水500万元。

自吴德堪成立宁波迷之游戏有限公司至今，公司一直从事大型MOBA（多人在线战术竞技游戏）类电竞游戏的设计、研发和更新，整合赛事、直播、社区等相关业务，打造明星互动、娱乐赛事、游戏联运为一体的电竞生态圈。公司创始人吴德堪修复War3（《魔兽争霸3》）引擎的不足，自创LUA（游戏脚本）引擎，制作DotaHD、OMG、IM觉醒、War3自走棋四款游戏。公司于2016年与Dota世界冠军伍声共同创办国内领先的Dota电竞平台——2009电竞平台，平台拥有100多位知名游戏主播。公司玩家用户超过400万人，年流水超5000万元，用户数量在整个Dota行业中排名第二。

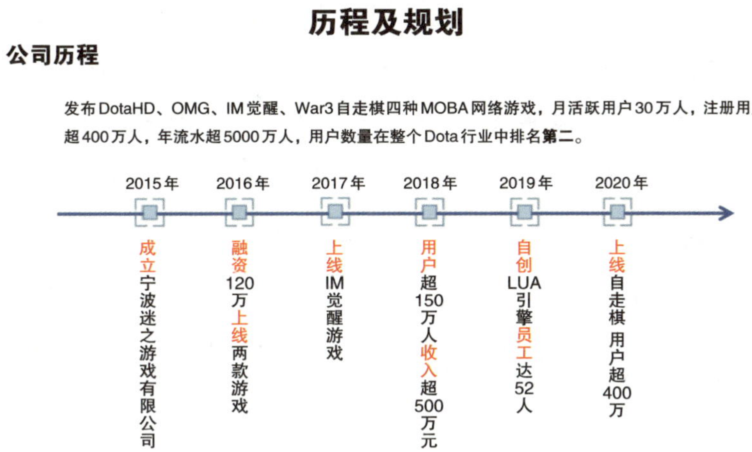

宁波迷之游戏发展历程

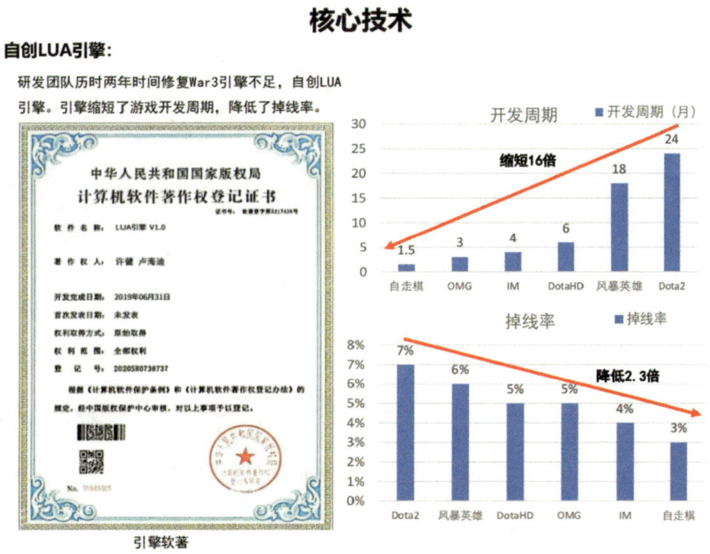

宁波迷之游戏LUA引擎专利

吴德堪依托全新的LUA引擎提升了游戏的开发效率，缩短产品开发周期。从Dota2（24周）到最新的自走棋（1.5周），开发周期缩短了16倍。引擎兼容MOBA类游戏和塔防类游戏，升级的游戏引擎将兼容移动端更多游戏类型。降低游戏的掉线率：原War3引擎开发的项目会导致用户在游戏中掉线率高达7%，而以LUA引擎开发的游戏掉线率仅为3%，掉线率降低了4%。他带领团队在Dota1领域首创八人在线休闲竞技模式。采用新型八人模式对决，通过棋子操作的形式，依靠智慧战略运营来赢得心理上的愉悦感。产品结合象棋、益智类游戏等多种娱乐项目，体现产品多样化，满足多类玩家的游戏需求取向。

如今吴德堪团队创办的宁波迷之游戏有限公司和吴德堪与伍声联合创立的四游网络科技有限公司在业界备受好评，成为新一代Dota行业领军者。

疫情之下，是挑战也是机遇

2020年爆发的新冠病毒疫情也给了许多行业一个重大的机遇，在这一时期直播、线上教育、线上运动等互联网行业迎来了巨大的发展，其中也包括了游戏产业。

疫情防控期间公司发布了休闲版游戏，排解人们长期居家形成的烦躁情绪，缓解因停工造成的社会压力，玩家用户数量得到了巨大的提升，并带动公司其他游戏共同发展。但在这一片向好的情况下，也暗藏着对公司发展的挑战——人员问题。

虽然行业持续向好，但是长时间居家办公，却给公司人员留用方面带来了潜在的危机。互联网行业办公可能只需要一台电脑，但是制作和维护一个游戏，一个平台需要所有员工的共同努力。员工在家办公使得沟通的语境、沟通交流的效果大打折扣。词不达意，员工不理解，令第一次碰上这种问题的吴德堪困扰不已，一方面沟通效果大大降低，另一方面也造成了一定程度上的人员流失。幸运的是这个艰难的时期持续不是很长，公司很快就步入正轨。

2019年，公司成立四周年时，吴德堪将公司从盛世方舟孵化园搬迁至宁波中心，并举办庆祝仪式，其中不乏业界大佬来捧场，也证明业界对于吴德堪、对于宁波迷之游戏的认可与期待。2021年，公司成立六周年，在经历过疫情的挑战后，吴德堪明确了公司未来的发展方向。当代的年轻人时间碎片化严重，很多曾经的端游用户因为迫于生活的压力和时间的不足都渐渐放弃了原本热爱的游戏。对此他设想的是未来将开发一款魔兽MOBA类手游或者魔兽主题的自走棋，将游戏时间压缩，在有限的时间内给用户足够大的乐趣，吸引一批情怀用户回归。虽然手游行业现在被四个大厂垄断，技术上也存在差距，但吴德堪相信，既然决定了就要勇敢地去尝试，万一成功了呢！

自信专注，宁财校训谨记心中

“自信专注”是宁波财经学院的校训，是吴德堪多年来所坚守的品质，更是帮助他成功的基石。

要有自信，然后全力以赴。具有这种观念的人，做任何事情十之八九都能成功。吴德堪就是那个自信又敢于尝试的人。吴德堪说：“能有如此自主自信的性格还要感谢父母。”在小学、初中、高中择校过程中，父母都是听从吴德堪本人的意见。虽然在初高中时他“沉迷”游戏，但父母还是极大程度上给予他个人空间，让他坚持自己的爱好。或许正是父母给他的这份信任，让吴德堪建立起了强大的自信。

像是他开启的“外挂”，在任何时候，都给人一种只要我做，就一定会成功的满满自信。事实确实也是如此，在个人兴趣爱好、各类竞赛和创业等方面都取得优秀的成绩。他的这份自信就像一剂“兴奋剂”，感染着身边的人。六年时间里团队和公司所创造的商业价值、创新程度都是一般初创企业所不能伦比的。在创业的这六年中吴德堪也不忘加强自身的学习和拓宽自己的眼界，积极参加相关知识讲座、国内外交流和阅读书籍等，在这个终身学习的时代，自身实力是自信心的来源。有时候他会将学习、阅读的感悟发表在微信朋友圈里，常被人调侃他有着不属于他这个年龄段的稳重和见识。

如果说自信是推动吴德堪前进的“能源”，那专注就一定是他前进的“工具”。他在大学三、四年级学习期间，他经常每天只睡五六个小时，其他的时间就是在写游戏。在刚刚创业的时期，那款拿到融资的游戏，是整个团队用了六个月做出来的，吴德堪和团队成员每天都在熬夜。这么拼，累不累？吴德堪说，“做自己喜欢的事情，怎么会累呢？好像十几岁的时候在网吧，别人打游戏的时候我在写游戏，那个时候我特别快乐，跟打游戏一样快乐，或许当你专注于一件事的时候，就感受不到累了吧。”现在对他来说，写游戏带来的成就感，已经超越了玩游戏本身，这就是“专注”所带来的力量。就像吴德堪所说：“当我们真正地热爱自己所从事的事业并全身心投入进去的时候，所有的疲惫和焦虑都将被抛之脑后。”

创业注定是一条孤独者走的路，吃得起苦头，耐得住寂寞，幸运的是吴德堪撑过来了，如果不是心中的坚定信念，他可能在创业路上，就会被那些各种各样的困难所吓倒，而选择放弃。打铁还需自身硬，许多人都盼望着奇迹能够发生在自己身上，但其实在这个世界上哪有那么多的奇迹，大多数的奇迹都是经过了无数次打磨，无数汗水换来的，它只是努力过后的一个形容词！

执笔人：工商管理学院2018级工创1班　姚凯

案例点评

每个人可能都有一份属于自己的工作，其不同之处在于各自工作中要完成的任务及方式。在自己的工作岗位上，有的人终其一生不过原地踏步，而有的人却在平凡的工作岗位上如鱼得水，有声有色。最根本的原因只是他们对自身工作的认知和对待工作的态度及处理方法不同。

回顾迷之游戏创始人、董事长兼CEO的吴德堪六年来的创业历程，不懈的梦想追求、永无止境的求学精神以及自信专注的宁财精神都深深地嵌入了这一位宁财学子的心中。

第一，不懈的梦想追求是他创业成功的原动力。从小到大，尽管生活艰辛、创业不易，他始终怀有“鸿鹄之志”，并为之坚持不懈地努力着。从14岁制作出第一张《魔兽争霸》的地图，再到理想与学业同时进步，然后进入大学进行系统学习，最后同团队伙伴一起创立宁波迷之游戏有限公司，吴德堪以梦想为动力源泉，克服重重困难，最终成就一番事业。

第二，永无止境的求学精神，助其创业不断成功。吴德堪深知知识积累是开阔眼界、把握机遇的硬道理。小时候，他读书成绩虽然不理想，但依旧努力跟上学习进度，自主择校就读；高中时期他将梦想和学业摆在同样重要的位置，在坚持梦想的同时也不忘学业的重要；进入大学后，专业学习为他打开了知识的大门，努力学习专业和创业知识；公司发展有起色也不忘记，未来要进入更好的学校深造。正是这种永无止境的求知精神，推动其在创业道路上取得一个又一个成功。

第三，自信专注的宁财精神，使公司蓬勃向上，员工充满干劲，为创业成功提供良好精神食粮。自信专注是吴德堪一直以来所秉持的优秀品质，也是我们宁波财经学院的校训。

“自信”意谓相信自己，坚持信念，自信是一种心态、一份涵养，更是一种品质、一份智慧；“专注”意谓全神贯注、专心致志、始终如一。专注是一种意志、一份毅力，更是一种精神、一种气质。

“自信”与“专注”相辅相成，相得益彰，唯有自信者才能坚守信念，专心致志，唯有专注者方能充满自信、走向成功。自信、专注者，无往而不胜。

“雄心壮志是茫茫黑夜中的北斗星”。吴德堪用他的实际行动向我们展示了他在梦想实现征程中的坚持、求知以及创新精神，也为我们树立了新一代“95后”“00后”的创业榜样。我们作为新时代的青年力量，也应朝着自己的理想，坚持不懈，以自信专注的精神燃烧青春岁月，获得属于自己的成功。

指导老师：工商管理学院　赵迎军